講談社選書メチエ
685

胃弱・癇癪・夏目漱石

持病で読み解く文士の生涯

山崎光夫

MÉTIER

目次

凡　例

・本書の年譜に関しては、『漱石全集』27巻（二〇〇四年　2刷）を参照している。
・年齢に関しては、グレゴリオ暦における満年齢を採用した。
・引用文中の〈注・　〉は、引用者による注釈とする。

はじめに　ミザンスロピック病

四十九年と十ヵ月

夏目漱石《なつめそうせき》の小説は、「闇病《やみやみ》小説」だと思う。人間の深い心の闇を、病んだ身体で書き綴った作品だとわたしは考える。心の闇は、嫉妬、憎悪、疑義、煩悶《はんもん》、復讐、恐怖、確執、欲望、不和、痛嘆、背信、煩悩、自責など、ありとあらゆる感情として表現されている。漱石はその人の心の暗部を照射する。

漱石は多病才人だった。宿痾《しゆくあ》は胃潰瘍だといわれている。他に、神経衰弱や痔疾、糖尿病などがある。

漱石は大正五年（一九一六）十二月九日に死去している。享年、四十九だった。くわしくは、四十九年と十ヵ月の生涯である。

人生五十年とはいえ、少し早い死でなかっただろうか。織田信長《おだのぶなが》は、幸若舞《こうわかまい》の「敦盛《あつもり》」を好み、その一節、「人間五十年、下天《げてん》のうちをくらぶれば、夢まぼろしのごとくなり」と謡いながら舞った。しかし、信長は漱石のはるか三百年以上前、戦国の世の武将である。

■表１　50歳以上で没した近代日本の主な作家

作家名	生没年	死　因	享年（満年齢）
坪内逍遥	1859 〜 1935	気管支カタル	75
森鷗外	1862 〜 1922	萎縮腎、肺結核	60
幸田露伴	1867 〜 1947	心不全	79
徳冨蘆花	1868 〜 1927	慢性腎臓炎	58
徳田秋声	1871 〜 1943	肋膜がん	71
島崎藤村	1872 〜 1943	脳出血	71
泉鏡花	1873 〜 1939	がん性肺腫瘍	65
永井荷風	1879 〜 1959	急性心不全	79
北原白秋	1885 〜 1942	腎臓病、糖尿病	57
谷崎潤一郎	1886 〜 1965	腎不全	79

■表２　50歳以前に没した近代日本の主な作家

作家名	生没年	死　因	享年（満年齢）
二葉亭四迷	1864 〜 1909	肺結核	45
伊藤左千夫	1864 〜 1913	脳出血	48
正岡子規	1867 〜 1902	肺結核	34
尾崎紅葉	1867 〜 1903	胃がん	35
斎藤緑雨	1867 〜 1904	結核	36
夏目漱石	**1867 〜 1916**	**胃出血**	**49**
北村透谷	1868 〜 1894	自殺	25
国木田独歩	1871 〜 1908	結核	36
樋口一葉	1872 〜 1896	結核	24
石川啄木	1886 〜 1912	結核	26
直木三十五	1891 〜 1934	肺結核	43
芥川龍之介	1892 〜 1927	自殺	35
太宰治	1909 〜 1948	入水心中	38

漱石の生きた明治・大正期は現代とちがって新生児死亡率が高いために平均寿命は五十歳を切っていた。だが、幼児期を乗りきり、二十歳を乗り越えて壮年期に達した人はそれ相応の年齢を生きるもので、満四十九歳の人生は早い死といえる。

とくに、作家、画家、僧侶は、自殺せず、難治の結核と進行がんに罹《かか》らなければ長命の職種である。結核は昭和二十五年（一九五〇）まで、わが国の死因の第一位の難病だった。罹ったら死を覚悟しなければならない、まさに死の病だった。

漱石の場合、自殺でも、結核、進行がんでもなかった。

たとえば、明治・大正期を中心に活躍した作家たちの死亡年齢と主な死因を調べてみた。五十歳以上まで生きた作家は表1、五十歳前に死亡した作家は表2のようになる。

いかに自殺と結核が、作家の若い命を奪ったかがわかる。

もともとは健啖家だった漱石

ところで、漱石はもともとから胃弱だったのだろうか。

漱石の妻・鏡子《きようこ》夫人は夫の追想録『漱石の思い出』（娘婿の松岡譲《ゆずる》が筆録）中の「新家庭」の項で以下のように記している。

食べ物の話で思いだしましたが、後に長く胃をわずらって、とうとう胃で命を取られた夏目も、そのころはまだなかなかの大喰べで（夏になると少し胃が弱る様子ではありましたが）、どちらかと言えばこってりした脂《あぶら》っこい肉類のようなものが好きで、魚は臭いといってあまり好みませんでした、年もようやく三十を越したばかりで物の味もわかり、また相当おいしいものを喰べたかったのでしょうが、こっちは年は行かないし、人間お腹《なか》さえすいていれば何でもおいしいはずだなどと禅坊主じみた頑固《がんこ》なことを言い張って、多くはうまいもまずいもお構いなしだったのですから、今から考えるとわれながら乱暴だったと気のどくでなりません。

漱石は相当の健啖家《けんたんか》だったようだ。こってりした脂っこい肉類が好きなのだから、今日なら連日、ステーキやハンバーグを食卓に並べただろう。

もともとは胃弱や胃潰瘍からほど遠い人だったのではないだろうか。学生時代は水泳、ボート、乗馬、野球、器械体操などに興じているから身体壮健の若者だった。

多病才子の友人

むしろ病弱だったのは漱石の友人である。その友人は、「多病才子」と題して次のように克明におのれの身体を記している。異常ともいえる多病である。

俗にいふ多病とは病身の意味にて　病む時の多きをいふなるべし　余ハ俗にいふ多病の上に　字義通りの多病をかねたり　即チ病気の種類の多きこと也　今身体の上部より挙げんに　神経質の癖と脳のわるきは当り前にて　時ゝは眩暈《めまい》を起し　又は頭蓋骨のさけなん心地すること少からず、第二に眼は血膜《ママ》炎にて下瞼に腫物を生すること絶えず　(併《しか》シ眼力は非常に強く書生間には珍しき程なり)　歯は堅固ならず　常に痛む程にはあらねど　多少動揺を感するが如きは　屢《しばしば》也　第

四、肺はいふまでもなくよろしからず　殊に左方をよろしからずとなす、此春学校にて測りし時は三百二十リットルの肺量ありしが　今は其半分位なるべし　第五、胃のわるきこと書生の通病、日本人の通病なる上に一層のはげしきを加へ　食後直ちに動けば嘔吐すること妙也　第六腸も面白からず　第七　肛門不都合にして糞ハ常に秘結し　為に脱肛するを常とす、只全体の上にて病気なきは足のみ（脚気　リウマチスの如き病なし）されどもと貧血病なれば冬季は足指の冷却すること氷よりも甚だし　才子多病といふ語あり　若し多病は才子也といふ反対《コンバース》の真なることを許さば　世の中に我程の者は多からざるべし　呵〻《かか》

こう書いているのは漱石の親友、正岡子規《まさおかしき》である。初期随筆『筆《ふで》まかせ』（『筆任勢』）で明治二十二年（一八八九）に記述している。

子規の病を見ると、まさに、後年の漱石の体調を彷彿《ほうふつ》とさせる。漱石の宿痾――胃病、痔疾、「神経質の癖と脳のわるき」などみな同じである。

漱石自身は三歳のときに痘瘡《とうそう》を患い、十七歳で虫垂炎、十九歳に腹膜炎、二十歳で急性トラホームなどに罹っているものの、特段の病弱とは判断できない。

misanthropic 病なれば是非もなし

漱石は第一高等中学校本科を卒業したころ、子規との手紙のやりとりのなかで、二十三歳の自分の病気を、

misanthropic 病なれば是非もなし

と綴っている。

「misanthropic《ミザンスロピック》病」とはなにか——。

厭世《えんせい》病。人間嫌いと訳される。

二十三歳の若者が自嘲をこめて厭世病と表現しているのは衒《てら》いや羞恥、気取りがあり額面どおりには受け取れないが、実際、人間嫌いの面はあったのだろう。そこには、じつは人間好きを裏返した屈折した感情も含まれそうだ。

漱石は「misanthropic 病」に続けて次のように記す。

life is a point between two infinities とあきらめてもあきらめられないから仕方ない

英文を直訳すれば、「人生は二つの無限のあいだの点である」となる。二つの無限《インフィニティーズ》はなにを意味するのか。誕生と死か。ミザンスロピック病に罹っている漱石を考慮すると、「人生なんて、しょせん、二つの無限に挟まれた点にすぎない」という感想になりそうだ。それなのに、「あきらめてもあきらめられないから仕方ない」と嘆いている。漱石のため息がきこえそうだ。人生への煩悶が読み取れる英文といえる。のちに、禅宗寺院の山門をくぐり、坐禅を組んでおのれを見つめる萌芽がここにあるように思える。

H先生は言った……

わたしの漱石との本格的な出会いは高校時代にさかのぼる。昭和三十一年版、岩波書店刊の『漱石全集』（全三十四巻）の入手だった。新書判の大きさで、箱入り、橙《だいだい》色の表紙。中身は上下二段組である。第一回配本は第十二巻の『心』で、五月二十八日発行だった。

わたしはこの昭和三十一年版の全集を、後半の一部は欠本だったものの兄の友人から譲ってもらった。当時、この全集で漱石の小説類をほとんど読んだはずなのだが、加齢による記憶力の低下も加わり、現在、その内容をよく覚えていないのである。

このたびその一部を読みなおしてみると、高校時代に読んだ印象とはずいぶんと異なる。学生時代は日本を代表する作家として教科書的に読んだのだが、七十歳を超え、漱石が生きた年齢以上の歳を重ねると読みかたもちがってくる。人生の長さだけを見ればわたしのほうが先輩である。漱石は、五十歳も待たずに死去したのだから。

教科書といえば、わたしが高校一年のとき、樋口一葉《ひぐちいちょう》について授業を受けた。

国語担当のH先生が、

「一葉があのまま生きていても、それまで以上の作品は遺せなかっただろう」

と言った。

一葉は結核により二十四歳の若さで死去している。

H先生は言外に、若いうちに死んでよかったという意味をこめていたのでわたしは驚いたのである。その記憶はいまでも鮮明に残っている。

そのH先生は次年度には北海道の大学に赴任していったので、一介の都立高校教師で終わる人ではなかったようだった。あとで知ったのだが、H先生は一葉の研究家でもあった。

たしかに一葉がその後、七十、八十歳まで生きたとして、あの「たけくらべ」や「にごりえ」のような鮮烈な作品をしのぐ小説を発表できただろうかと考える。できたかもしれないし、できなかったかもしれない。しかし、生き長らえて人生経験を積めば、そこに独自の新境地が拓ける可能性は十分にあるように思える。

だが、H先生は、一葉は彗星のようにあらわれて眩《まぶ》しい光芒《こうぼう》を放ち、そのまま猛スピードで消えるのが最善だったと考えたようだ。短い命は不幸かもしれないが、優秀作品を遺せたのだから作家冥利《みょうり》に尽きると思ったのだろう。

H先生は厳しくも独創的な目をもった教師だった。わたしは少なくとも、H先生から教科書の教えからはずれた発想を学んだのである。

芥川、鷗外に続くチャレンジとして

その後、わたしは筆一本を生業《なりわい》とする世界に入り、漱石同様、愛読した芥川龍之介《あくたがわりゅうのすけ》と森鷗外《もりおうがい》に感じた疑問をみずから解きあかした。

芥川龍之介では、ほんとうに睡眠薬で自殺したのだろうかという疑問から発して、睡眠薬で自殺できるはずはないという結論にいたり、それを『藪の中の家――芥川自死の謎を解く』（文藝春秋、のちに中公文庫）と題して刊行した。

また、鷗外では、留学先のドイツで医学留学生たちとどんな生活を送っていたのだろうかと疑問を抱き、記念写真に写った十九名の医学者の人物を追って、『明治二十一年六月三日――鷗外「ベルリン写真」の謎を解く』と題して講談社から出版した。
まったく個人的な関心と疑問から芥川龍之介と森鷗外を研究して記述したつもりである。
そして、今回漱石について長年にわたり感じてきた謎や疑問を想像と推理を交えて解きたいと思っている。

漱石の親友、正岡子規は肺結核にて三十四歳の若さで無念の死を遂げた。あまりにも若い死だった。

この死は漱石にとって他人事《ひとごと》ではなかったはずだ。生きていればこその創作活動である。また、漱石の長兄の大助《だいすけ》、次兄の直則《なおのり》は、明治二十年（一八八七）の三月と六月に、ともに肺結核で死亡している。大助は三十歳、直則は二十八歳だった。若すぎる死である。

漱石にすれば、いつおのれを襲うかもしれない結核だった。警戒と養生こそが漱石の命題だったはずである。

漱石の死因は結核ではない。彼を悩ませたのは宿痾の胃病といわれている。その胃病はいつ漱石を襲い、誰が主治医でどんな治療を受けていたのか。

大吐血も経験し、何度か死の一歩手前にも陥っている。その胃病は胃潰瘍ではなく胃がんではなかったのか。そもそも漱石は胃病で命を落とす必要があったのか。ミザンスロピック病は影響しなかったのだろうか。疑問は次々に湧き起こってくる。

漱石の病跡に考えをめぐらせると、わたしの心は闇の迷宮に入る。謎を解いて明るい世界に浸りつつ漱石作品を堪能《たんのう》したいと思うのだが……。

第一章　変人医者が生きかたのお手本

1　内科の杏雲堂

兄の叱責

今日、漱石はわが国でもっとも著名な文学者のひとりである。それゆえ、昭和五十九年（一九八四）に千円札の肖像にも採用された。文豪・漱石を知らずして日本人ではないと極論できるだろう。

しかし、その漱石も生まれ落ちたときから文学者であったわけではない。長じてなにかのきっかけから文学者の道を歩みはじめた。人間は環境の動物で、漱石とても例外ではない。どこかで、誰かとの出会いがあって小説家になったはずである。

いったい、いつ文学で身を立てようと思ったのだろうか。

それを知る手だてとして漱石自身が記している文章がある。おのれの職業の選択や人生の歩みについてみずから書いている。

私は何事に対しても積極的でないから考へて自分でも驚ろいた。文科に入つたのも友人のすゝめだし、教師になつたのも人がさう言つて呉れたからだし、洋行したのも、帰つて来て大学に勤めたのも、朝日新聞に入つたのも、小説を書いたのも皆さうだ。だから私といふ者は、一方から言へば他《ひと》が造つて呉れたやうなものである。

（「処女作追懐談」『文章世界』明治四十一年〔一九〇八〕九月十五日）

漱石、四十一歳の述懐である。前年には朝日新聞社に入社し、〝新聞記者作家〟として、「虞美人《ぐびじん》草《そう》」を発表し、この年には、「坑夫」の連載を終えて、すでに小説家として一家をなしていた。それにもかかわらず、「他《ひと》が造つて呉れたやうな」人生だと回顧している。他人まかせを自認しているのである。

では、まだ若い漱石に、のちの〝文学者・漱石〟を造った〝他《ひと》〟はいったい誰なのか。

漱石は「処女作追懐談」で書いている。

私も十五六歳の頃は、漢書や小説などを読んで文学といふものを面白く感じ、自分もやつて見ようといふ気がしたので、それを亡くなつた兄に話して見ると、兄は文学は職業にやならない、アツコンプリツシメントに過ぎないものだと云つて寧《むし》ろ私を叱つた。

この兄は、長兄・大助（幼名・大一）である。アッコンプリッシメント（accomplishment）とは、この場合、上流階級の教養といった意味。

「文学なんざ有閑連中のお慰みよ」

といった意味で、兄は口にしたのだろう。

文学者への長兄の辛辣《しんらつ》な感想といえる。十一歳年上で、英語を教えてもらった兄だった。肺結核のため東大の前身、開成学校を中退し、警視庁の翻訳係を生業にした。

漱石と同時期に活躍した小説家の二葉亭四迷《ふたばていしめい》、本名、長谷川辰之助《はせがわたつのすけ》が親に、

「文学者になりたい」

と言ったら、

「くたばってしまえ」

と怒られたのを理由に筆名を「二葉亭四迷」にしたという話は俗説ながらよく知られている。真説は自分を卑下してみずからこのペンネームにしたようだ。俗説が流布された背景には、文学や音楽は男子一生の仕事とはみなされなかった時代があった。

小説など女、子どものやること、日本男子たる者、末は博士か大臣か、あるいは、陸軍大将をめざすというのが憧れだった。

長兄・大助が文学など人生のテーマとして歯牙にもかけなかったのはむしろ当然といえる。兄というより父とも思う長兄から一蹴された漱石だった。

自分はどうも変物である

しかし、と漱石はおのれの職業を展望する。

然《しか》しよく考へて見るに、自分は何か趣味を持つた職業に従事して見たい。それと同時にその仕事が何か世間に必要なものでなければならぬ。何故といふのに困つたことには自分はどうも変物である。当時変物の意義はよく知らなかつた。然し変物を以て自ら任じてゐたと見えて、迚《とて》も一々此方から世の中に度を合せて行くことは出来ない。何か己を曲げずして趣味を持つた、世の中に欠くべからざる仕事がありさうなものだ。——と、その時分私の眼に映つたのは、今も駿河台《するがだい》に病院を持つて居る佐々木博士《ささき》の養父だとかいふ佐々木東洋《とうよう》といふ人だ。あの人は誰もよく知つて居る変人だが、世間はあの人を必要として居る。而《しか》もあの人は己を曲ぐることなくして立派にやつて行く。それから井上達也《いのうえたつや》といふ眼科の医者が矢張《やはり》駿河台に居たが、その人も丁度東洋さんのやうな変人で、而も世間から必要とせられて居た。そこで私は自分もどうかあんな風にえらくなつてやつて行きたいものと思つたのである。

漱石は青少年期をふりかえり、

――自分は変人だ。

との印象を強く抱いていたのがわかる。世のなかに度を合せていくことはできない、と記す。ミザンスロピック病――厭世病の人であってみれば世間の基準には親しめず、また時世にも馴染めないだろう。しかし、ここで注目すべきは変人を自認する漱石が生きかたの手本や目標として、佐々木東洋と井上達也という二人の名前をあげていることである。

十五、六歳のころの漱石がその生きかたに感銘を受けた先人、それは文学者でもなければ、長兄でもなかった。医者だったのだ。

“叩き東洋”

佐々木東洋は杏雲堂《きょううんどう》医院の創設者である。その肖像画を見れば、角張った顔に密生した太い眉、鋭い眼力。その両眼は左右が不均衡である。巨大な鼻梁《びりょう》、大口で分厚い唇はへの字に曲がっていかにも頑固そうで、顔貌からも変人は一目瞭然である。

東洋は天保《てんぽう》十年（一八三九）六月二十二日に代々の外科医の長男として江戸・本所《ほんじょ》に生まれた。安《あん》政《せい》年間（一八五四〜六〇）、下総《しもうさ》・佐倉順天堂《さくらじゆんてんどう》の佐藤泰然《さとうたいぜん》の門に入り、その後、長崎に遊学。江戸に戻り、大学東校《だいがくとうこう》（のちの東京大学医学部）に出仕するかたわら、ドイツ人お雇い医師を補佐した。お雇い医師の下で医長を務めている折、打診・聴診の研究と修得に打ちこみ、日本語初の聴打診法の書物、『診法要略《しんぽうようりやく》』を著した。打診・聴診に通じた東洋は、〝叩き東洋〟の異名をとった。やがて東京医学校病院長にも就任。辞任後に開業した。そして、ドイツの内科医学書を翻訳して、『内科提綱《ないかていこう》』（全六巻）を刊行した。

明治十年（一八七七）二月、西南の役《えき》が起こり軍は大阪に臨時陸軍病院を設置した。ここには戦地から負傷者ばかりでなく、熱病や脚気《かっけ》、コレラなどの患者が続々と搬送され、医師不足が深刻化した。そのため民間から臨時の軍医が募集された。だが、戦場の危険や報酬の不満から応募する医師はいなかった。官僚のなかには、医師の不協力を、国の危急を等閑視する私利私欲の輩《やから》との批判を口にする者もいた。世間も同様の非難を医者に浴びせた。この状況に義憤を覚えたのが東洋である。

「それならおれが町医者の代表として応募する」

と決意して、東京府知事に軍医採用願いを提出した。他の町医者たちは変人の思わぬ登場にただただ驚いて事態を見守った。軍は東洋を採用し、一等軍医正に任じた。民間医師にたいして、前代未聞の破格の処遇だった。

だが、東洋はその階級を一蹴し、

「臨時雇いでけっこう」

と大阪に着任した。地位など意に介さないのが変人・東洋だった。

東洋は軍服を拒否して和服で出勤した。和服での軍務は軍医界始まって以来の珍事だった。だが、和服では患者が信用せず受診も嫌がったので、東洋はしかたなしに一等軍医正を拝命して正規の軍服を着用して内科診療に臨んだ。東洋が生涯で洋服を着たのはこの臨時陸軍病院時代だけだった。

長与専斎の相談

明治十一年（一八七八）の夏のある日、三十九歳の東洋は医療政策をあずかる内務省衛生局長の長《なが》与《よ》専斎《せんさい》に相談をもちかけられた。

長与専斎は天保九年（一八三八）八月、肥前大村藩・蘭方医の子として生まれ、安政元年（一八五四）、大坂に出て緒方洪庵《おがたこうあん》の「適塾」で学んで後、長崎におもむき、医学伝習所に入った。やがて、上京し岩倉使節団の欧米視察に随行、中央で頭角をあらわして、明治六年（一八七三）六月、文部省の医務局長に就任した。

この医務局が明治八年（一八七五）六月、文部省から内務省に移管された際、「衛生局」と改称された。今日、あたりまえのように使用している「衛生」という言葉だが、じつは長与専斎の命名による。「健康局」や「保健局」では、「露骨にして面白からず」として、中国古典『荘子』のなかにある、「衛生」を思い出して採用した。専斎は初代局長に就いて以来、十九年の長期にわたりその地位にとどまることになる。まさに日本の衛生行政の創始者だった。

さて長与は、

「軍隊内で脚気が蔓延《まんえん》している。この事態を打開したいのだが、なにかできないか」

と言った。

明治六年（一八七三）の徴兵令施行以来、軍隊で脚気が流行していた。軍隊ばかりでなく、都市在住の庶民のあいだにも脚気が多発していた。

当時、脚気は〝江戸煩《わずら》い〟といわれた原因不明の病気で、流行病説や白米中毒説、細菌説など種々いわれたものの確定するにいたらなかった。その後も長く国民病として日本国民を悩ませた。

今日、脚気はビタミンB_1が欠乏して発症するビタミン欠乏症と病態は明らかになっている。末梢神経を冒して、下肢の倦怠《けんたい》や浮腫《ふしゅ》、知覚麻痺を起こす。もっとも危険なのは心不全を起こして急死する脚気衝心《しょうしん》だった。軍隊内での脚気の流行は兵力の弱体化につながる。だが、長与の憂慮は軍隊だけの問題ではなかった。

「御上《おかみ》が脚気でお悩みであり、早急に対策をたてたい」

明治天皇は浮腫性脚気に罹っていた。

長与の心配は天皇に起こりうるまさかの事態だった。それは絶対に回避せねばならないという切実な願いがあった。明治天皇の侍医団は洋医で構成されていた。西洋人には脚気がないため、洋医で占められた侍医に診せてもしかたがないという声も宮中に届いていた。このため天皇は積極的に侍医の診察を受けようとしなかった。

そのころ、脚気の治療で名を馳せていたのが、漢方医の遠田澄庵《とおだちょうあん》だった。家伝の秘薬を用いて、「脚気といえば遠田澄庵」として繁盛していた。

長与ばかりか明治新政府も澄庵に治療の秘策をききたいところだったが、新政府のプライドから表だってきけない事情があった。

明治新政府は明治二年（一八六九）に医学教育においてドイツ医学の導入を決めた。西洋医学に範を採る一方で、漢方医は医者にあらずとして、漢方医を医学界から事実上、締め出していた。さらに、もし澄庵の秘薬が効くとしても門外不出の内容もわからない薬を天皇にさしあげるのは適切ではないと長与は判断した。こうして長与は行き詰まったのだった。

〝漢洋脚気相撲〟から

黙って長与の話をきいていた東洋が口を開いた。

「それなら」

と東洋が提案したのが脚気病院の設立だった。

「三年を一期として漢方医と洋方医にそれぞれ病院で脚気を治療させ、世に問うてみてはどうだろう」

変人が考えだした、いわば、〝脚気公開コンペ〟だった。

明治新政府はこの案を採用した。

かくして、明治十一年（一八七八）七月、神田一ツ橋に脚気病院が設立された。西洋医学からは佐々木東洋、小林恒《こばやしひさし》が、漢方側からは遠田澄庵と今村了庵《いまむらりょうあん》が代表として名を連ね、治療にあたる運びとなった。漢洋どちらも斯界《しかい》を率いる著名人である。

世間はこの闘いを、〝漢洋脚気相撲〟と名づけて注目し、揶揄《やゆ》もした。新聞報道も熱を帯び、錦絵も売りに出る騒ぎとなった。

そのころ、十一歳の夏目（塩原）金之助少年は神田猿楽町《かんださるがくちょう》の錦華《きんか》学校尋常科第二級に転校したてだった。当然、同じ神田の騒ぎは耳に入っていたにちがいない。

この脚気病院での活動が東洋を一躍有名にしたので、漱石は「佐々木東洋」という名前もこのときに知った可能性がある。

その後、脚気病院は本郷向ケ岡弥生《ほんごうむこうがおかやよい》町に新築されて移転し脚気相撲は続いたものの、明治十三年に突如、閉鎖となる。以後、脚気の研究は大学の研究課題とされた。

〝漢洋脚気相撲〟の結果は、漢方側の患者は死亡例は少ないものの、治るまでに時間を要した。洋医側は治癒する患者の治りは早いが、死亡率は高かった。明確には勝敗は決まらなかったが、世間はおおむね漢方側に味方した。痛み分けといえよう。

漢方側の治療では、遠田澄庵が用いた秘薬より、患者にすすめた麦飯や赤小豆などの穀類の食事が自然と脚気を治していた。だが、それには漢洋どちらの医者も気づかなかったのである。

その後、明治天皇は幸いなことに脚気衝心から免れた。西洋料理に抵抗がなかったからともいわれ、自然と良質の蛋白質を摂取されていたからと想像される。

脚気病院の急な閉鎖に東洋は不満と怒りを覚えた。研究はまだ終わっていないし、設立は、「三年を一期として」が約束だった。それが二年で閉鎖された。東洋は長与にあと一年の存続を迫ったが政府内の決定はくつがえらなかった。ここで変人・東洋が動いた。

「それなら」

とみずから私費を投じて脚気病院を建て、脚気病院の患者を引き取ると同時に新患も迎え、「三年を一期として治療する」と新聞に広告を出した。節を曲げない行動をとったのである。

この病院がのちに杏雲堂医院の設立につながった。

年を経るうち、東洋の患者は結核患者が多数を占めるようになった。結核にたいする打診と聴診技術、加えて綿密な治療が支持されたもので、世間は東洋を〝肺病医〟と呼んだ。

逸話は尽きず

変人・東洋の診察は奇癖に満ちていた。患者の頼みかたが気に入らないとどんな権門、貴人、富豪といえど往診しなかった。

ある高官から往診を依頼されたとき、応接室で待たされる時間が長く、そのまま診察せずに帰ってしまった。こうした例は一再ではなかった。

「医は射利の業ではなく、収益の三割はつねに慈善に用いよ」

と門弟を指導した。そして、病院内に施療病棟（無料診療）十五床を設けて治療し、一方で貧窮者にたいし神田区役所と警察を通して毎月三百回分の無料診察券を配布した。医は仁術であるという信条どおりに慈善事業を実践したのである。

あるとき、入院患者が病院食にたいして、

「まずい。食べられるか」

と不満をもらした。

それをきいた東洋は、

「病院は料理屋ではない。うまいものが食べたかったら、さっさと退院するがいい」

と面と向かって叱った。

時間に遅れる者、服薬指示にしたがわない者、養生しない者など、真剣に治療する意志のない患者は容赦なく叱責し、ときに診療を拒否した。患者のわがままは絶対に許さなかった。医者を次々に替えてまわる巡礼患者《ドクターショッピング》は初めから診察しなかった。頑固で無愛想な医者だった。それでも杏雲堂医院は患者で門前、市をなしたのである。

有言実行の人、変人医者・東洋の雷名は東京ばかりか、全国にとどろいた。それは漱石の耳にも入り、強く意識され、記憶されたようだ。

熱海の恩人

東洋は明治二十九年（一八九六）、五十七歳で院長職を養子の政吉に譲り、その後、熱海《あたみ》の別荘に隠棲した。体調を崩したとき転地療養で滞在したのが縁で、熱海が気に入ったのだった。

当時の熱海は、国府津《こうづ》から御殿場《ごてんば》まわりだった東海道本線からもはずれた不便な場所にある湯治客中心の小さな温泉地だった。また、風光明媚《ふうこうめいび》で空気も清浄なので結核患者が集まる場所でもあった。このため、結核菌が町に蔓延していて、養鶏も患者の喀痰《かくたん》をついばむので熱海の卵には結核菌が含まれていると恐れられた。その噂に湯治客には卵をわざわざ自宅から持参してくる客もいたほどだった。いきおい、客足が激減して町はさびれる一方となった。

この風評に、世間から〝肺病医〟の異名をとる東洋は黙っていられなくなった。

「馬鹿げた話だ。それならわしが家を建てて住むことにしよう」

みずから進んで別荘を建て移住することで噂を否定し、同時に風評被害を解消しようとしたのだった。変人の示した義侠心《ぎきょうしん》といえるであろう。

以後、東洋は熱海で悠々自適、読書三昧の生活を送った。

〝外科の順天堂、内科の杏雲堂〟と全国に評判をとった名医の佐々木東洋が居を構えるなら安心だと温泉客も増えてきた。

今日、熱海は温泉とともに日本有数の別荘地でもあるが、そこには変人東洋の、風説を粉砕した気骨が伏在している。

佐々木東洋は大正七年（一九一八）十月、この年の酷暑に体力を奪われ、そのまま七十九歳の天寿をまっとうした。

なお、佐々木東洋の養子で二代目院長、政吉は日本に冷水摩擦の健康法を採り入れた人物として知られている。杏雲堂病院は百三十余年の歴史を経て、現在もＪＲ御茶ノ水駅近く、神田駿河台一丁目に百九十八床の総合病院として開業している。

特技をもってさえいれば

漱石は佐々木東洋について、後年――死の二年前、次のように語っている。

立派な技術を持つてれば変人でも、頑固でも人が頼むだらうと思ひました。佐々木東洋と云ふ医者があります。此の医者が大へんな変人で、患者をまるで玩具か人形の様に扱かふ愛嬌のない人です。それで、はやらないかと云へば不思議な程はやつて門前市をなす有様です。あんな無愛想な人があれ丈《だけ》はやるのは、やはり技術があるからだと思ひました。

（「おはなし」東京高等工業学校に於ける講演、大正三年［一九一四］一月十七日）

漱石は特技をもっていれば、おのれを曲げずに生きていけると佐々木東洋から学んだのである。

2　駿河台の井上眼科

トラホーム

漱石は明治二十年（一八八七）九月ころ、急性トラホームに罹ったために、自宅（牛込馬場下町）に呼び戻されている。そして、自宅から第一高等中学校予科（第二級）に通学する運びとなる。

このとき漱石のトラホームにたいし、どんな治療がおこなわれていたか判然としない。医者は目薬を処方したと思われる。

今日、目薬といえば液体があたりまえになっているが、そのころの目薬は、生薬や鉱物を磨《す》りつぶした成分を白湯《さゆ》や水などで溶いて真綿に付けて目を洗うという方法だった。

日本初の洋式液体目薬は、慶応三年（一八六七）に発売された「精錡水《せいきすい》」である。これは岸田吟香《きしだぎんこう》（一八三三〜一九〇五）が米国宣教師で医師だったヘボンから処方を伝授してもらったもので、硫酸亜鉛を主成分として水に溶いた点眼薬だった。なお、吟香は日本新聞事業の先駆者であり、画家・岸田劉生《りゅうせい》の父でもある。

硫酸亜鉛は収縮、防腐、組織修復作用などがあり、今日でも点眼薬に使われている。発売当初は、適応症として、かすみ目、ただれ目、はやり目などがあげられている。ただ、漱石の罹った急性トラホームに点眼すれば多少は効いたかもしれないが、やはり医者の治療にはおよばないだろう。

歴史をたどれば、トラホームは一七九九年、ナポレオン遠征軍がエジプトからもちかえった眼炎がまたたくまに世界中に広がった病気である。日本では嘉永《かえい》六年（一八五三）の黒船来航以来、明治期に入って外国船の出入りが盛んになり、蔓延した。失明の危険を孕《はら》んでいるので人びとを恐れさせた。

今日、トラホームはクラミジアを原因とする伝染病と病態は明らかになっていて、抗生物質で対応可能だが、当時は原因不明で大流行した。かつては眼病といえばトラホームを指すほど多かった。統計によれば、明治末期には、若者や小学生の約四分の一がトラホームに罹患《りかん》していたという。

漱石もそのひとりだったのである。

眼疾で好きな読書もできない

明治二十三年（一八九〇）七月二十日――。漱石は正岡子規あてに手紙を出している。

何の因果か女の祟《たた》りか此頃は持病の眼がよろしくない方で読書もできずといつて執筆は猶《なお》わるし
実ニ無聊《ぶりよう》閑散の極、試験で責めらるゝよりは余程つらき位也

眼疾で好きな読書もできず、呻吟《しんぎん》するようすを書き綴っている。眼病は試験で責められるより苦しい体験だったようだ。

手紙の最後で、子規の、

西行の顔も見えけり富士の山

への返しに、

西行も笠ぬいで見る富士の山

の一句を書き添えている。

さらに、八月九日にも子規に手紙を送っている。

爾後《じご》眼病兎角《とかく》よろしからず其がため書籍も筆硯《ひっけん》も悉皆《しっかい》放擲《ほうてき》の有様にて長き夏の日を暮しかね不得已《やむをえず》くゝり枕同道にて華胥《かしょ》の国〈注・昼寝の夢〉黒甜《こくてん》の郷〈注・眠りの世界〉と遊びあるき居《おり》候得共《そうらえども》……

その後も眼の調子は悪く、枕の両端をくくった括《くく》り枕を相手に惰眠を貪っている。

そして、無聊閑散の極を自嘲気味に、次の一句を書き添えている。

寐《ね》てくらす人もありけり夢の世に

眼病で不自由をかこつ漱石がいる。

これに子規は八月十五日付けで返信した。

何だと女の祟りで眼がわるくなつたと、笑ハしやァがらァ、此頃の熱さでハのぼせがつよくてお気の毒だねへといハざるべからざる厳汗の時節、自称色男ハさぞ〳〵御困却と存候併《しか》シ眼病位ですみとなり、まだ顋《あご》で蝿を逐《お》ハぬ処がしんしよう〳〵。僕君の眼を気遣ふて之をトするに悲しや

　易の面、甚だよろしからず

この文中にある、「女」が誰であるかは不明である。占いをよくする子規は続けて漱石の眼病が、「凶」と出たと記す。なかば戯れながら、女性のことを、「夜目遠目病ミ目」だとたとえて注意をうながす。そして、

　併シ病ミ目ハはやり目又ハ低度の近眼にて血《ママ》膜炎ハ粋病の範囲内に非ず

と結膜炎に罹った漱石を親友の誼《よしみ》でからかっている。

漢詩にも

その後も二人の書簡による応酬は続く。

若き日の漱石は眼疾の煩わしさを漢詩にも詠んでいて、その詩を子規に送り、評を得ている。『函山雑咏《かんざんざつえい》』（八首、明治二十三年〔一八九〇〕九月）のなかには、眼の病にまつわる詩句がある。（書き下し文は吉川幸次《よしかわこうじ》郎《ろう》『漱石詩注』岩波文庫による）

　奈此宿痾何　此《こ》の宿痾《しゆくあ》を奈何《いかん》
　眼花凝似珂　眼花《がんか》　凝《こ》りて珂《か》に似たり
（意訳：この持病をどうしようか。目やにが玉のように固まっている）

別の詩でも眼の不自由を詠っている。

三年猶患眼　三年猶《な》お眼を患《わずら》う
何処好医盲　何処《いずこ》か好《よ》し盲《もう》を医《い》せん
（意訳：三年来、眼の病気に罹っている。どこかによく眼を見えるようにしてくれる医者はいないものか）

さらに、後年、「私の経過した学生時代」のなかでも回顧している。漱石は十九歳のころ、家計を助けるため、本所の江東義塾《こうとうぎじゅく》というところで教師のアルバイトを一年ほど続けた。

此の土地は非常に湿気が多い為め、遂《つ》ひ急性のトラホームを患つた。それが為め、今も私の眼は丈夫ではない。

（『中学世界』明治四十二年［一九〇九］一月号）

四十歳を超えての感想である。

漱石は生涯にわたり眼疾——慢性結膜炎に冒されていた。胃病が宿痾なら、結膜炎も持病だった。

「井上眼科の女」

明治二十四年（一八九一）七月十八日——、漱石の子規への手紙。封筒の表に、「真言秘密封じ文」

と記している。

書簡の後半で書いている。

あゝそう〳〵、昨日眼医者へいつた所が、いつか君に話した可愛らしい女の子をみたね、――[銀]杏返しに竹なはをかけて――天気予報なしの突然の邂逅《かいこう》だからひやつと驚いて思はず顔に紅葉を散らしたね丸で夕日に映ずる嵐山の大火の如し其代り君が羨ましがつた海気屋で買つた蝙蝠傘《こうもりがさ》をとられた、夫故《それゆえ》今日は炎天を冒してこれから行く

文中にある、「可愛らしい女の子」が前段の、「夜目遠目病ミ目」に関係する「女」なのかどうかはよくわからない。文面から漱石が以前から心を惹かれていた女性であることは確かなようだ。

眼医者というのは井上眼科病院である。このころ、漱石は毎日のようにこの眼医者に通っていた。当時、病院長・井上達也はドイツ留学帰りで、その最新の医療を受けようと患者は激増していた。

井上眼科と「可愛らしい女の子」については鏡子夫人が回想して、『漱石の思い出』中の「松山行」の項で述べている。

当時夏目の家は牛込の喜久井町《きくいちょう》にありましたが、家がうるさいとかで、小石川の伝通院《でんずういん》付近の法蔵院《ほうぞういん》という寺に間借りをしていたそうです。たぶん大学を出た年だったでしょう。その寺から、トラホームを病んでいて、毎日のように駿河台の井上眼科にかよっていたそうです。すると始終そこの待合で落ちあう美しい若い女の方がありました。背のすらっとした細面の美しい女《ひと》で――

そういうふうの女が好きだとはいつも口癖に申しておりました——そのひとが見るからに気立てが優しくて、そうしてしんから深切でして、見ず知らずの不案内なお婆さんなんかが入って来ますと、手を引いて診察室へ連れて行ったり、いろんなめんどうを見てあげるというふうで、そばで見ていてもほんとに気持ちがよかったと後《あと》でも申していたくらいでした。


漱石はこの、「井上眼科の女」に魅せられて結婚したいと熱望したようだ。

だが、鏡子夫人は回想にさらに続けて、

「ところがそのひとの母というのが芸者あがりの性悪の見栄坊」

だとして、けっきょく、破談になったと綴っている。

『井上眼科病院百年史』には、以下のような記述がある。


漱石の眼疾はさして悪性のものではなく、そんなに長期の通院を要しなかったのだが、漱石はせっせと、しかもかなり長期にわたって通院した。その美女と親しくなるためだった。これがたぶん漱石の初恋だったのだろう。

ところで、この鏡子夫人の回想では、「井上眼科の女」に会ったのは、「小石川の伝通院付近の法蔵院」時代とされている。だが、漱石が法蔵院に下宿していたのは、明治二十七年（一八九四）十月十六日からであり、「銀杏《いちょう》返しに竹なはをかけ」た女と会った明治二十四年七月十八日の手紙と三年もの時間差がある。鏡子夫人の記憶ちがいであろうか。

したがって、漱石、あるいは夏目家が井上の声望《せいぼう》を知っていたなら、明治二十年九月ころに罹った急性トラホームの治療で井上眼科病院に出かけた可能性が高い。当時、眼科の専門診療をおこなっていたのは、本郷の帝国大学医科大学の眼科、小石川春日町《こいしかわかすがまち》の明々堂《めいめいどう》眼科医院（院長・須田哲造《すだてつぞう》）、そして駿河台の井上眼科病院と数えるほどだった。すると、法蔵院に下宿していた明治二十七年まで、じつに七年間、漱石はなにかあると井上眼科に通ったという可能性も否定できないのである。井上眼科には、そうした事情を明らかにするカルテが保存されていたはずだが、惜しくも関東大震災で焼失してしまった。

大学教授にならずとも

井上眼科病院（現・東京都千代田区神田駿河台四—三）の初代院長・井上達也は近代日本眼科学の鼻《び》祖《そ》といわれている。

嘉永元年（一八四八）、阿波《あわ》（いまの徳島県）で生まれた井上は、明治三年（一八七〇）に上京。いまの東大医学部の前身である大学東校で医学を学び、明治九年（一八七六）に東京医学校（大学東校が改組）に初めて眼科講座が設けられたとき、初代の講座担当者に就任した。それまで外科の一部門にすぎなかった眼科を日本で初めて専門にした人物となる。明治十三年（一八八〇）には、東京医学校がさらに改組された東京大学医学部の助教授に就任し、眼科の診察と教育に携わった。当時、お雇い教師がトップを占めていたので、日本人としては助教授が最高位である。

ところが、明治十五年（一八八二）十月に大学を辞めてしまう。本来なら、その知識や経験、業績から判断して東大医学部眼科教室の初代教授になってしかるべき人物だった。が、教授には就任せず開業の道を選んだ。この背景には、三宅秀《みやけひいず》の東大医学部長就任がある。三宅は就任した明治十四年の十二月に、当時、広島県病院長兼医学部教授をしていた須田哲造を、眼科教室に呼び寄せた。三宅の親戚関係にあたる。こうして須田は、翌明治十五年一月に眼科助教授の職に就いた。将来の教授選考を想定すると、井上は微妙な立場に追い込まれることになる。

そんな中、井上の講義がよくわからないとか、言葉が不明であるといった、井上を貶《おとし》める噂が伝わった。そこで井上は筆記者を教室に入れ、筆記録を配って講義内容の徹底をはかり、悪評をはね返したが、今度は筆記者を教室に入れることを禁じる妨害がはかられてしまう。井上追放の画策は、あからさまで陰湿だった。

事、ここに及び、世渡り下手を自認する井上は何の未練もなく、助教授の地位から去ったのである。

「よし、それなら大学教授にならずとも、おれがこの国の眼科学を牽引していく」

と決心したようだ。

井上は大学から民間に下野《げや》したのである。下野といえば、この前年――、明治十四年(一八八一)、伊藤博文《いとうひろぶみ》や岩倉具視《いわくらともみ》が陰謀により、参議・大隈重信《おおくましげのぶ》を廟堂《びょうどう》から追放した。大隈は立憲改進党を結成し、政党政治をめざす。世にいう、「明治十四年の政変」である。井上の辞職はさしずめ、〝明治十五年の医変〟といえそうだ。

井上はみずから看板を掲げた眼科病院の経営に専念し、順調に推移すると、かねての計画どおり、明治十八年(一八八五)にドイツ、フランスに私費留学した。欧州で最新の眼科知識と技術を身につけ、一年後の明治十九年(一八八六)六月に帰国した。

洋行帰りの井上に患者は全国から殺到した。

のちに軍医総監となり、森鷗外の上司でもあった石黒忠悳《いしぐろただのり》は井上を評して、

「豪傑にあらず、俊才にあらず、実に一代の奇物なり」

と語っている。

「病気に休日はない」

井上は富貴貧賤、位階、老若男女を問わずに診療した。眼科を日本で初めて専門にした人物としての自負があり、眼科の発展と治療の進歩に邁進《まいしん》した一生だった。

漱石が変人とみて敬意を払った井上に、奇行のエピソードが伝わっている。

ある日、井上は往診に出かける道々、傘をさしながら書を読んで歩を進めていた。そして、相手先に着いて傘をさしたまま家のなかに入ったという。井上の集中力は傘をさしていることさえ忘れさせていたようだ。

井上は年中無休を通した。これは、「病気に休日はない」という考えかたによるものだった。

あるとき、井上は無休による過労のせいか体調不良に陥り周囲のすすめで静養のため箱根温泉に出かけた。が、その日のうちに帰宅した。

そのとき詠んだ歌——。

安楽で箱根の山に隠るより家に学問なして斃《たお》れん

治療優先の精神が伝わる。

井上は手術上手で知られた。ある手術のとき、患者がなにを思ったのか妨害するような仕種をとった。井上は間髪をいれず患者を機器で叩き、患者が放心している隙に所定の手術を瞬時に終了したという。鬼《き》手仏心《しゆぶつしん》を地でゆく手術は枚挙に暇がないと評判をとった。

明治二十一年（一八八八）に学術団体である「井上眼科研究会」を結成した。これは日本眼科学会の先駆けだった。研究論文や実験結果などを発表し、眼科医同士の技術の向上を模索する交流の場を提供した。

井上は、明治二十二年（一八八九）、雑誌『井上眼科研究会報告』に奇抜な学生募集広告を載せた。

> 今般本院ニ於テ学生五名募集ス、専習修業中ハ一身上ノ経費ハ本院ニテ一切支給ス、年齢ハ十四歳以上十五、六歳ニシテ欧米ノ大学ヲ卒業シ得可キ才力ヲ有スル者ニテ後来自家相続ニ関係ナキ者ニ限ル。

世に埋もれた俊英を発掘して、みずから育てて欧米先進国に留学させる方針を示した広告だった。文部省が考えそうな国の教育目標を、身銭をはたいて実行しようという遠大な眼科医の育成計画だった。

井上達也の門下生は数百名に及んだ。門下生は全国に散り、眼科医界で、「井上山脈」を形成した。

不慮の死

井上達也は毎朝、愛馬に跨《また》がり自宅周辺を散歩するのを習慣としていた。愛馬は小松宮彰仁親王《こまつのみやあきひとしんのう》から拝領した駿馬《しゅんめ》だった。宮の眼病を治療したお礼の馬である。

明治二十八年（一八九五）七月十日の朝——、この日はいつもの散歩コースを変えて駒を進めた。途中で愛馬がなにを思ったのか急に向きを変えて進もうとした。井上が馬首を立てなおそうと手綱を引いたとき、愛馬が足をとられて左側に横転した。急のことで井上はその下敷きになって、左大腿骨複雑骨折の重傷を負った。すぐに治療につとめたが、五日後、病状が急変し脳の異常を訴え急逝した。享年、四十六。

井上達也は落馬して死去した。その死にかたはきわめて希《まれ》で、いかにも変人そのものだった。

二十八歳の漱石はこのとき、愛媛県尋常中学校（のちの松山中学。現・愛媛県立松山東高校）に赴任中だった。

漱石の松山行きは井上眼科で出会った女性との破局による傷心赴任との説もある。

漱石はこの井上達也の奇禍をどう受けとめただろうか——。

3　拙を守って……

木瓜の花

ミザンスロピック病――厭世病を自認する青年――漱石もそのひとりだが――の課題はこの世に生を受けて、この社会でどう生きるかであろう。「困ったことには自分はどうも変物である」と自認している漱石にとって、娑婆《しゃば》でどう身を処するかが命題である。基本は、「己を曲げずして」生きたいのである。現実世界に妥協せずにどう生きるかが問題になる。

まだ小供のとき、財産がなかったので、一人で食はなければならないと云ふ事は知ってゐました。忙がしくなく時間づくめでなくて、飯が食へると云ふ事について非常になやみました。

（「無題」東京高等工業学校に於ける講演、大正三年［一九一四］一月十七日）

漱石はおのれの人生を自分で切り拓かねばならないと子どものときから自覚していた。

漱石――本名、夏目金之助がなにゆえ、こう号したかについては、「漱石枕流《そうせきちんりゅう》」からきていると人口に膾炙《かいしゃ》している。中国・晋《しん》の孫楚《そんそ》が、「枕石漱流《ちんせきそうりゅう》」（石ニ枕シ流レニ漱《くちす》グ）というべきところを、誤って「漱石枕流」と言い、訂正せずに、それは歯を磨き、耳を洗うためだと無理にこじつけた。転じて、負け惜しみが強いへそ曲がりのたとえに使われる。

それを雅号に用いた漱石は負け惜しみの強い頑固さを自認しているといえる。また、変物と言われても、世間の流れに逆らってでも生きてみせるという意気ごみや覚悟をこめてつけた筆名といえるだろう。

変物・漱石にすれば、変人の内科医・佐々木東洋と眼科医・井上達也はまことに逞《たくま》しくも清々《すがすが》しい生きかたをしていると映じたにちがいない。

漱石に次の一句がある。

木瓜《ぼけ》咲くや漱石拙《せつ》を守るべく

明治三十年（一八九七）に詠んだ俳句である。漱石、三十歳。第五高等学校の講師として熊本に赴任中だった。小説『草枕』の素材を得た時期でもある。

『草枕』（明治三十九年）のなかに木瓜が描写されている。

木瓜は面白い花である。枝は頑固で、かつて曲つた事がない。そんなら真直かと云ふと、決して真直でもない。只真直な短かい枝に、真直な短かい枝が、ある角度で衝突して、斜《しゃ》に構へつゝ全体が出来上つて居る。そこへ、紅《べに》だか白だか要領を得ぬ花が安閑と咲く。柔かい葉さへちらくく着ける。評して見ると木瓜は花のうちで、愚かにして悟つたものであらう。世間には拙を守ると云ふ人がある。此人が来世に生れ変ると屹度《きっと》木瓜になる。余も木瓜になりたい。

画工の主人公に仮託して漱石は木瓜になりたいと吐露している。

拙を守るとは、世渡り下手を改めようともせずに押しとおす意。漱石好みの生きかたといえる。

佐々木東洋と井上達也を変人としながら、「あんな風にえらくなつてやつて行きたいもの」だと評価したのは、「拙を守る」姿を両医師に見たからにちがいない。

禅への傾倒

ところで、佐々木東洋と井上達也は両人とも医者で変人・奇人であるという共通項のほかに、もうひとつ共通点がある。禅師に教えを請うている点である。両医師の生活態度や医療方針に禅的発想が見られるのも禅師に教導されての精神である。

漱石は頑固で気骨ある両医師に親近感を抱いたが、その背景に禅の世界が横たわっていたことには気づいていなかったとわたしは想像する。

佐々木東洋が師事したのは曹洞宗《そうとう》・青松寺《せいしょうじ》（現・東京・港区愛宕）の北野《きたの》元峰《げんぽう》禅師（一八四二〜一九三三）だった。福井県大野《おおの》出身の元峰は十四歳で松月院《しょうげついん》（現・東京・板橋区）に預けられ、修行後、明治六年（一八七三）、三十歳のとき青松寺の住職となり長年にわたり在職する。その後、七十七歳で永平寺《えいへいじ》六十七世貫首《かんしゅ》に就任した。

東洋は杏雲堂医院を設立したころから仏教の研究を始めた。そのとき講師に招いたのが元峰師だった。当時はまだ廃仏毀釈《はいぶつきしゃく》の風潮が残っていて仏教の研究者は肩身の狭い思いをしていた時期だった。東洋もはじめは内密に講話会をもち聴講していたが、回数を重ねるうち、元峰師の有意義な講話に心酔し、秘密会にしておくのは無益だと考えるようになった。そこで方針を切り替えて、東洋の自邸で月二回の割合で昼間に堂々と講話会を開くことにした。
講話会は識者のあいだで評判となり、聴講者は続々と増え、
石黒忠悳（陸軍軍医総監）
金子堅太郎《かねこけんたろう》（枢密顧問官）
三宅秀（医科大学初代学長）
菊池大麓《きくちだいろく》（東大総長）
長与専斎（初代内務省衛生局長）
緒方惟準《おがたこれよし》（緒方病院長）
長谷川泰《はせがわたい》（東京府立病院長）
岩佐純《いわさじゅん》（宮中顧問官）
佐藤進《さとうすすむ》（順天堂堂主、陸軍軍医総監）
佐藤志津《しづ》（佐藤進夫人）
など多彩な顔ぶれが参聴するようになった（カッコ内は主な役職）。
日本医学の黎明期《れいめいき》に巷間《こうかん》、〝外科の順天堂、内科の杏雲堂〟といわれたが、順天堂の佐藤進と杏雲堂の佐々木東洋、どちらの主宰者とも同じ部屋に集い元峰師に指導を受けていたことになる。

〝医療四弘誓願〟

元峰師の講義は、『証道歌《しょうどうか》』（中国・唐の僧、永嘉玄覚《ようかげんかく》の作った禅の意義を詠じた詩篇）に始まり、『心《しん》経《ぎょう》』、『維摩経《ゆいまきょう》』、『円覚経《えんがくきょう》』と続いた。

やがて東洋は仏教書にも精通し、明治二十一年（一八八八）には『信仏論』（誘善社）を刊行した。

そして、「菩薩《ぼさつ》四弘《しぐ》誓願《せいがん》」（修行の初めに衆生《しゅじょう》を救うために起こす四つの誓い）に倣《なら》って、〝医療誓願〟を作った。

「四弘誓願」は、

一、衆生《しゅじょう》無辺《むへん》誓願《せいがん》度《ど》
二、煩悩《ぼんのう》無量《むりょう》誓願《せいがん》断《だん》
三、法門《ほうもん》無尽《むじん》誓願《せいがん》学《がく》
四、仏道《ぶつどう》無上《むじょう》誓願《せいがん》成《じょう》

の四つをいう。

以下が東洋の作った〝医療四弘誓願〟である。

一、疾病は無辺なり療せんことを誓願す。
二、病因は無尽なり断せんことを誓願す。
三、病理は無量なり学ばんことを誓願す。
四、医道は無上なり成ることを誓願す。

東洋が、常々、

「医は射利の業ではなく、収益の三割はつねに慈善に用いよ」と門弟を指導し、率先して慈善事業を実践したのも、〝医療誓願〟にもとづいた禅の心である。

一方、井上達也が師事したのは大道長安《だいどうちょうあん》（一八四三〜一九〇八）である。越後国《えちご》（いまの新潟県）出身で長岡《ながおか》の曹洞宗・長興寺《ちょうこうじ》で得度《とくど》し、修行を経て岡山県津山《つやま》の長安寺《ちょうあんじ》の住職に就任。その後、独自の思想の下、布教活動をおこなった。社会貢献を訴えるその考えに感服し、井上達也は大道長安を自邸に招いて修養談を門下生とともに聴講した。

病院を年中無休にする奉仕精神や医療現場で実践した「鬼手仏心」などは禅の精神に教導され具現したといえるだろう。

鎌倉《かまくら》・円覚寺で坐禅すべく禅門をくぐった漱石である。佐々木東洋と井上達也に内在する禅の心を無意識に嗅ぎとっていたのではないだろうか。

明暗双双

ところで、「明暗双双《みょうあんそうそう》」は禅語である。『碧巌録《へきがんろく》』の第五十一則「雪峰是れ什麼《せっぽうこなん》ぞ」の頌《じゅ》（仏教の真理を漢詩で表現）に出てくる。漱石の未完作『明暗《めいあん》』の表題はこの「明暗双双」から採っている。

その執筆の最中――、大正五年（一九一六）八月二十一日付けで芥川龍之介と久米正雄に送った手紙のなかでみずから作った七言絶句を記している。（書き下し文は吉川幸次郎『漱石詩注』岩波文庫による）

尋仙未向碧山行　　仙《せん》を尋《たず》ぬるも未《い》まだ碧山《へきざん》に向かって行かず

住在人間足道情　住みて人間《にんげん》に在りて道情足《どうじょうおお》し
明暗双双三万字　明暗双双《みょうあんそうそう》三万字
撫摩石印自由成　石印《せきいん》を撫摩《ぶま》して自由に成る

そして、続けて、

明暗双々といふのは禅家で用ひる熟字であります。

と説明している。

禅語に精通し、禅的世界に浸っている漱石がいる。

漱石が円覚寺の塔頭《たっちゅう》・帰源院《きげんいん》で参禅したのは明治二十七年（一八九四）十二月、満二十七歳のときである。その折、禅師から、「父母《ぶも》未生以前《みしょういぜん》本来の面目如何《いかん》」という公案を与えられた。その坐禅を組んだ体験は、のちの『門《もん》』や『行人《こうじん》』『夢十夜《ゆめじゅうや》』などの作品に反映されている。参禅後、公案が通奏低音として漱石の人生や執筆に影響したのは否めないようだ。

禅的心情を解する漱石が禅の心をもった佐々木東洋、井上達也の両医師を評価し、親近感をもつのも自然であるといえよう。しかも、両医師は変人・奇人といわれながらおのれの信念を曲げず、拙を守って医療に邁進している。「漱石枕流」を地でゆく漱石にとって憧憬の念すら抱かせたはずだ。

それなら、二人に倣って医者になるという選択肢はなかったのだろうか。

第二章

円覚寺参禅をめぐって

1　大怪物・米山保三郎

はじめは建築家志望

変物・漱石は変人の内科医・佐々木東洋と眼科医・井上達也両医師の生きざまに感服した文章を残している。それなら、漱石自身、身すぎ世すぎの手段として医者を考えてもよいはずである。

実際、漱石は、「そこで私は自分もどうかあんな風にえらくなつてやつて行きたいものと思つたのである」と書いている。なのに、そのすぐ後に、「ところが私は医者は嫌ひだ」と、あっさりと職業として医者を選ぶことを否定する（「処女作追懐談」『文章世界』明治四十一年［一九〇八］九月十五日）。

なんとか「己を曲げずして」「忙がしくなく時間づくめでなくて、飯が食へる」が基本の生活手段を考え出さねばならない。

漱石はさらに綴る。

どうか医者でなくて何か好い仕事がありさうなものと考へて日を送つて居るうちに、ふと建築のことに思ひ当つた。建築ならば衣食住の一つで世の中になくて叶はぬのみか、同時に立派な美術である。趣味があると共に必要なものである。で、私はいよ〳〵それにしやう《ママ》と決めた。

建築は衣食住の一端を担うので食いっぱぐれがないはずだ……。漱石の頭に建築家が魅力的な職業として浮かんできた。ところがである――。

　丁度その時分（高等学校）の同級生に、米山保三郎《よねやまやすさぶろう》といふ友人が居た。それこそ真性変物で常に宇宙がどうの、人生がどうのと大きなことばかり言つて居る。

米山保三郎（一八六九～九七）は金沢生まれ。父、専造は加賀藩の算学者だった。地元の高等小学校で学んで後、明治十八年、大学予備門に入学した。明治二十一年、第一高等中学校予科で二十一歳の漱石と同級だった。米山のほうが二歳年下だが、漱石が留年しているので同学年になった。同級には正岡常規《まさおかつねのり》（子規）、山川信次郎らがいた。

米山は漱石好みの奇人・変人だった。

読みはじめた論語を寝室ばかりか便所にも持っていった。自習室にある他人のペンやインクを無断使用する。他人の歯ブラシや爪楊枝を使用し洗わずに放置しておく。街頭の乞食にめぐんでやった金銭を入用ができたと言って一部を取り返した。外山正一《とやままさかず》教授の社会学の筆記試験では午後一時の開始から午後八時ごろまで答案を書きつづけ事務員に提出して帰宅した、などなど、奇行のエピソードに事欠かない。

算数学に秀でていたうえに、図書館にこもり漢籍と外国書も読みふけった。また、難解なスペンサーの哲学言論を読みこなす哲学家でもあった。

この年――、明治二十一年（一八八八）七月に二人は予科を卒業した。

その米山が漱石を訪ねてきて例によって哲学の話をした後で、

「君は将来、なんになるつもりだ」

ときいてきたのである。

文学の方が生命がある

漱石は、

「建築家がいいと思っている」

とみずからの志望と意欲を口にした。すると、米山は一も二もなく漱石の言をしりぞけて自説を披《ひ》瀝《れき》しはじめた。

日本でどんなに腕を揮《ふる》つたつて、セント、ポールズの大寺院のやうな建築を天下後世に残すことは出来ないぢやないかとか何とか言つて、盛んなる大議論を吐いた。そしてそれよりもまだ文学の方が生命があると言つた。

（「処女作追懐談」）

セント・ポールズはイギリスの代表的なバロック建築。ロンドンの主教座大聖堂であり、現在の建物は第三次で一七一〇年に建設されたものである。

元来自分の考は此男の説よりも、ずつと実際的である。食べるといふことを基点として出立した考である。所が米山の説を聞いて見ると何だか空々漠々《くうくうばくばく》とはしてゐるが、大きい事は大きいに違ない。衣食問題などは丸で眼中に置いてゐない。

（同）

ただ大言壮語して煙に巻く人物なら漱石も騙されはしないし、相手にもしないだろう。だが、年下ながら、米山の「大議論」は真実を衝き、おおいに理屈に合っているのである。

自分はこれに敬服した。さう言はれて見ると成程又さうでもあると、其晩即席に自説を撤回して、又文学者になる事に一決した。随分呑気なものである。（同）

漱石は「即席に」文学者になる道を選んだ。人生の大事を一晩で突然に決めてしまったのである。「随分呑気なものである」と他人事のように書いているが、この決断は乱暴なほどに早い。早すぎる。案外、性急《せつかち》なのが漱石である。性急という表現が適切でないとするなら、ひらめく人である。だが、あとで後悔の念に呻吟《しんぎん》する人でもある。

英文科へ

職業選択について、漱石は、「落第」（『中学文芸』明治三十九年［一九〇六］六月二十日）でも同様のことを書いている。

僕は其頃ピラミツドでも建てる様な心算《つもり》で居たのであるが、米山は又却々《なかなか》盛んなことを云ふので、君は建築をやると云ふが、今の日本の有様では君の思つて居る様な美術的の建築をして後代に遺すなどゝ云ふことは、迚《とて》も不可能な話だ、それよりも文学をやれ、文学ならば勉強次第で幾百年幾千年の後に伝へる可《べ》き大作が出来るぢやないか。と、米山は恁《こ》う云ふのである。僕の建築科を択《えら》んだのは自分一身の利害から打算したのであるが、米山の論は天下を標準として居るのだ。恁う云はれて見ると成程然《そ》うだと思はれるので、又決心を為直《しなお》して僕は文学をやることに定《き》めた

以前、兄から、

「文学は職業にやならない、アッコンプリッシメントに過ぎないものだ」

として一蹴された職業にふたたび向かうのである。

再度、兄に、

「文学をやりたい」

と言ったら兄はなんと答えたであろうか。また叱るだろうか。さらに強く叱責される可能性がある。だが、このとき、長兄も次兄も肺結核ですでに死去していてこの世にいないのである。反対者がいなくなっているのは漱石にとって幸運だったかもしれない。もし兄が生きていたら厚く高い壁となって立ち塞がり一悶着《ひともんちゃく》は必至であっただろう。

そして、漱石は、
然《しか》し漢文科や国文科の方はやりたくない。そこで愈《いよいよ》英文科を志望学科と定《き》めた。

（「処女作追懐談」）

ここに変物・漱石は職業として文学者を選択したのである。

賦性恬澹

それにしても、漱石の人生を決定づけた米山という人物は何者であろうか。二歳年下の同級生の助言に漱石が得心したのは、おそらく人間的魅力にあふれ、人を納得させる雰囲気を備えていたからにちがいない。

その容貌は漱石の元に残された写真で見ることができる。角張った顔に男性的な太くて濃い眉がひときわ印象的である。丸い金縁眼鏡をかけた、その奥には自信に満ちたまなざしがある。短髪を七三に分け、目鼻だちは整い、いかにも聡明な大人の風格をただよわせている。大器の片鱗が一枚の写真からも窺《うかが》えるのが米山である。

漱石は子規に示した漢詩文体紀行録『木屑録《ぼくせつろく》』（明治二十二年［一八八九］九月九日脱稿）のなかで米山の人物を記している。

大愚《たいぐ》山人《さんじん》余同窓之友也《はよのどうそうのともなり》。賦《ふ》性恬澹《せいてんたん》。読書《どくしょ》談《とぜんをだんずるの》禅之外《ほか》無他嗜好《たのしこうなし》。

大愚山人は米山の号である。生まれつき物事にこだわらない性格で、読書と禅を語る以外に楽しみのない人物と評している。

続けて、その米山があるとき手紙をよこし、

「閑居無事《かんきょぶじ》就禅刹読仏書《ぜんさつにつきてぶつしょをよむ》」

禅寺で仏教書をのどかに読んでいると伝えてきた。

米山は坐禅を組む学徒でもあった。明治二十二年（一八八九）に鎌倉・円覚寺の今北洪川《いまきたこうせん》老師のもとで参禅していた。

今北洪川は近世禅界の一大学者視される人物である。江戸時代後期の文化十三年（一八一六）、摂《せっ》津《つ》西成郡（いまの大阪府）に生まれた。儒学を学んで、二十四歳で相国寺《しょうこくじ》で出家し修行を積んだ。外国通でもあり視野の広い進歩的な考えをもっていた。明治維新後の廃仏毀釈の混乱のなかにあり、仏教の未来に危機感をいだいて時代にどう対応すべきかの指針を示し行動した。仏教界の危機を救った傑物のひとりであった。明治八年に円覚寺の住職に就いている。修行僧の教育、指導はもとより、居《こ》士《じ》禅《ぜん》（一般人の参禅）の発展に尽くし、禅を大衆化した功績は大きい。山岡鉄舟《やまおかてっしゅう》が洪川のもとで参禅したのはよく知られている。明治二十五年（一八九二）一月、七十五歳で死去した。

米山がもっとも禅道に励んだのは明治二十二年から二十三年のころといわれる。米山が洪川老師から与えられた公案にたいして見所《けんじょ》（思い）を示したところ、透過《とうか》したという。そして「天然居士《てんねんこじ》」の号をもらっている。これは禅において、ある一定の境界《きょうがい》に達した証拠である。

米山は老師から、学業を離れ、さらに禅道に邁進するように勧められている。おそらく次の公案も与えられたはずである。よほどの出来物でなければこのような提案はされない。大久保純一郎《おおくぼじゅんいちろう》の『漱石とその思想』によれば、この流れに、米山家内でも進路について議論されたようだ。しかし、結果的に米山は学業を採った。

空々漠々の風格

漱石は明治二十三年（一八九〇）一月、松山に帰省中の子規に手紙を出している。そのなかに、

米山は当時夢中に禅に凝《こ》り当休暇中も鎌倉へ修行に罷越したり

とある。冬の休みに円覚寺で坐禅に励む米山のようすがよくわかる。

米山は禅に凝り円覚寺に通った。その参禅生活中に、蟬《せみ》を捕らえて子どもに与えるおおらかさをもった人物でもあった。

何だか空々漠々《くうくうばくばく》とはしてゐるが、大きい事は大きいに違ない。衣食問題などは丸で眼中に置いてゐない。

（「処女作追懐談」）

漱石は米山の性格をそうとらえている。その米山の助言にしたがい、進路を建築から文学に切り替えたのは、この米山の醸《かも》しだす人間的空気に影響されたからにほかならない。空々漠々の風格は、おそらく賦性（生まれつき）と禅の修行の過程で培《つちか》われたにちがいない。漱石は米山の思索と行動、学識と発想に正直、脱帽したのだと思う。

漱石は明治二十三年九月、帝国大学文科大学英文科に入学した。米山は哲学科に進んだ。

空間に生れ、空間を究め、空間に死す

米山は猛勉強が祟ったのか、明治三十年（一八九七）五月二十九日、結核性腹膜炎のため若くして

他界した。享年、二十八だった。ドイツ人で政府お雇い医師のベルツから診察を受けたものの助からなかったという。漱石は作品『吾輩は猫である』(三)のなかにおいて、米山を苦沙弥《くしゃみ》先生の親友で夭折《ようせつ》した人物――曾呂崎《そろさき》として登場させている。

天然居士は空間を研究し、論語を読み、焼芋を食ひ、鼻汁《はな》を垂らす人である。

と供養する。しかも、米山の居士号「天然居士」をそのまま使用している。いかに思い入れが強いかの証といえよう。

さらに、

空間に生れ、空間を究め、空間に死す。空たり間《かん》たり天然居士噫《ああ》。

とも書いている。作品のなかで追悼しているのである。漱石にとって特筆すべき人物だった。

後年、漱石が米山の遺族から複写写真を求められ送付した折に、「空間を研究せる天然居士の肖像に題す」として、俳句を一句書き添えた。

空に消ゆる鐸《たく》のひゞきや春の塔

後日、米山の遺族にあてた手紙で、鐸とは「宝鐸《ほうたく》にて五重塔の軒端などにつるせる風鈴の積り」と説明している。

忘れようにも忘れられない友

漱石は米山の訃報を赴任中の熊本できいた。六月八日、高校時代の旧友、斎藤阿具《さいとうあぐ》にあてた手紙で記す。

> 米山の不幸返す〴〵気の毒の至に存候文科の一英才を失ひ候事痛恨の極に御座候同人如きは文科大学あつてより文科大学閉づるまでまたとあるまじき大怪物に御座候　蟄龍《ちつりよう》〈注・世に隠れている英雄〉未だ雲雨を起さずして逝く。碌々《ろくろく》の徒或は之を以て轍鮒《てつぷ》〈注・水たまりのなかのフナ〉に比せん残念　小生只駑駘《どだい》〈注・おろか者〉に鞭《むち》つて日暮道遠《ひくれてみちとおし》の嘆《たん》あり御憫笑可被下候《ごびんしょうくださるべくそうろう》

漱石は米山を大学に二度とあらわれない大怪物と評し、それに較べて自分は轍鮒、駑駘だと謙遜している。その才能を最大級に絶賛し惜しんでいる。

最晩年、漱石は語っている――。

> 親友に米山保三郎と云ふ人、夭折しましたが、此の人が説諭しました。その説諭に曰くセント、ポールの様な家は我国にははやらない。くだらない家を建てるよりは文学者になれと云ひました。当人が文学者になれと云ふたのはよほどの自信があつたからでせう。私はそれでふつつりや

めました。私の考は金をとつて、門前市をなして、頑固で、変人で、と云ふのでしたけれ共、米山は私よりは大変えらい様な気がした、二人くらべると私が如何《いか》にも小《ちつ》ぽけな様に思はれたので、今迄の考を止めました。そして文学者になりました。その結果は――分りません、恐らく死ぬまで分らないでせう。(「無題」東京高等工業学校に於ける講演、大正三年[一九一四]一月十七日)

死の二年前の感想である。忘れようにも忘れられないのが米山保三郎という同級生だった。ところで、漱石も米山と同じ円覚寺で参禅している。米山保三郎が師事した洪川老師のもとで公案が与えられたのであろうか。

2　菅虎雄のすすめ

沸騰せる脳漿を冷却して……

明治二十七年(一八九四)十二月二十三日、漱石は鎌倉・円覚寺の山門をくぐった。漱石が文科大学を卒業し、大学院に進学してから円覚寺に参禅するまでに一年五ヵ月の月日がある。そこには救いを求めて彷徨《ほうこう》する姿がかいま見られる。

これより前の八月、漱石は東北旅行に出かけ松島《まつしま》に遊んだ。そのとき、瑞巌寺《ずいがんじ》の老師、中原鄧州《なかはらとうしゅう》

（南天棒《なんてんぼう》）のもとで参禅を試み、「一棒を喫して年来の累を一掃せん」（正岡子規あて書簡。明治二十七年九月四日）としたが、目的を果たせず坐禅をやめている。

八月一日に日本は宣戦布告して、すでに日清戦争が始まっていた。二十七歳の漱石は混迷の時代に身を置いて呼吸していた。井上眼科病院で会った、「銀杏返しに竹なはをかけ」た女に失恋した痛手もあった。根底にミザンスロピック病――厭世病もある。神経衰弱が高じて幻想や妄想にさいなまれ、呻吟していた時期である。

おのれを襲う病と実社会にしのびよる戦争に不安は尽きなかった。

夏の東北旅行から帰った漱石は九月に湘南《しょうなん》の海岸に海水浴に出かけている。

九月四日、子規への手紙――。

　元来小生の漂泊は此三四年来沸騰せる脳漿《のうしょう》を冷却して尺寸《せきすん》の勉強心を振興せん為のみに御座候

放浪、流転の旅を吐露している。

無為居士

明治二十七年九月上旬、漱石は大学の寄宿舎を出て、友人の菅虎雄《すがとらお》の下宿に身を寄せた。漱石より二級上で、年齢は三歳上である。

それから、菅の世話で十月十六日から法蔵院に移って下宿した。この寺は伝通院（小石川区表町七十三番地。現・文京区小石川三丁目）脇にある別院で尼寺だった。その後、明治二十八年四月、松山に赴任するまで、この寺に下宿する。その間、井上眼科にも通う（第一章2節参照）。

漱石はこの法蔵院下宿時代に円覚寺に向かうのである。

すでに第一章でも引いたが、漱石は四十一歳で次のように述懐する。


私は何事に対しても積極的でないから考へて自分でも驚ろいた。文科に入つたのも友人のすゝめだし、教師になつたのも人がさう言つて呉れたからだし、洋行したのも、帰つて来て大学に勤めたのも、朝日新聞に入つたのも、小説を書いたのも皆さうだ。だから私といふ者は、一方から言へば他《ひと》が造つて呉れたやうなものである。（「処女作追懐談」『文章世界』明治四十一年九月十五日）

漱石は、

「他《ひと》が造つて呉れたやうなものである」

としきりにおのれの人生をふりかえる。そうなると、円覚寺への参禅についても誰かにすすめられたにちがいなかった。その人物こそ、下宿先として法蔵院を世話した菅虎雄だった。

菅虎雄は幕末の元治《げんじ》元年（一八六四）十月に筑後《ちくご》国御井《みい》郡呉服町（現・福岡県久留米《くるめ》市城南町《じょうなんまち》）に生まれた。父親は藩医だった。明治十三年（一八八〇）、十六歳のとき上京し、翌十四年に大学予備門医科に入学、のちにドイツ語を学ぶため文科に転科した。

年上の菅は神経衰弱でふさぎこんでいる漱石に、

「一度、坐禅でも組んでみたらどうだろう。気も落ちつくかもしれない」

と参禅をすすめた。

菅は明治二十一年と二十二年四月に円覚寺管長の今北洪川のもとで参禅している。居士帖に「無《む》為《い》」の居士《こじ》号をもらったことが記されている。(『夏目漱石と菅虎雄』原武哲。教育出版センター、昭和五十八年)

坐禅は経験済みだった。

「坐禅?」

漱石はあまり乗り気ではなかった。瑞巌寺で参禅を断念した経緯がある。

「円覚寺ならわたしも行ったことがあるから紹介できる」

と菅は積極的にすすめた。このころ、漱石は神経衰弱に冒され呻吟する最悪の精神状態だった。救いをどこかに求めなければ壊れてしまうほど切迫していた。やがて、参禅は最悪から脱出する契機になるかもしれないと期待を抱かせた。

インテリの坐禅好き?

当時の若い知識層は坐禅にたいして抵抗はなく、むしろ親しみを抱いていた。

漱石の同学年の松本文三郎《まつもとぶんざぶろう》は、

当時文学部の学生の間には禅が可《か》なり行はれて居た。冬期の休暇などには随分鎌倉の円覚寺に出掛けたものである。

(「漱石の思ひ出」『漱石全集』月報、第十六号、昭和十二年二月、岩波書店)

と回想している。

菅も坐禅を取り入れる風潮に乗った青年のひとりである。

菅虎雄は一木喜徳郎《いちききとくろう》・内田康哉《うちだこうさい》・早川千吉郎《はやかわせんきちろう》・林権助《はやしごんすけ》・鈴木馬左也《すずきまさや》・北条時敬《ほうじょうときゆき》などと一緒に、明治二十一年（一八八八）から、今北洪川の会下《えか》に参禅してゐたのださうである。

（小宮豊隆『夏目漱石　一』二十四「参禅」、岩波書店）

さらに、漱石が大学に二度とあらわれない大怪物と評した同級生の米山保三郎すらも円覚寺で参禅している。漱石のまわりではこうした坐禅に親しむ友人たちが存在し、その影響もあって、漱石も自然に参禅を受け入れたのだろう。かくして、明治二十七年十二月二十三日、漱石は円覚寺の山門をくぐって、塔頭《たっちゅう》・帰源院《きげんいん》に入った。

このとき、米山や菅が師事した今北洪川老師はすでに他界していなかった。明治二十五年（一八九二）一月十六日没。享年、七十五だった。

漱石が訪ねたとき、釈宗演《しゃくそうえん》が今北洪川の法統を嗣《つ》いで円覚寺の管長に就いていた。漱石は雲水の釈《しゃく》宗活《そうかつ》に導かれて、釈宗演にまみえた。

漱石の円覚寺の参禅に際しての記帳名簿には、

北海道庁平民東京小石川区表町七十三番地法蔵院ニテ　夏目金之助

と記載されている。

漱石は明治二十五年四月に本籍を北海道に移していた。徴兵忌避が目的であろう。政府は北海道開発奨励のため、道民の徴兵を免除していた。

記帳名簿の上段には、「菅虎雄氏紹介」の文字がある。漱石はたしかに菅の紹介を受けて円覚寺の門をくぐったのである。

そのときの体験は小説『門』の主人公・宗助《そうすけ》の感想で読み取れる。ソウスケはソウセキにつながり、作者自身である。

『門』

小説『門』は明治四十三年（一九一〇）三月一日から六月十二日にかけて東京朝日新聞に連載された。実際に参禅してから十六年後だった。二十七歳の体験を四十三歳のときに作品化している。

主人公・宗助は学生時代に親友の女を奪って、その女と結婚したという姦通の罪を背負っている。友人を裏切った罪の意識に苛《さいな》まれながら生活を送っている宗助。罪の根源にどう対処するかが、この小説のテーマのひとつである。

『門』（十八）では、

　宗助は一封の紹介状を懐《ふところ》にして山門を入つた。彼はこれを同僚の知人の某《なにがし》から得た。

とある。

「知人の某」のモデルは菅虎雄である。紹介状の表には、「釋宜道様《しやくぎどう》」と書いてあった。この「釋宜道」は釈宗活に当たる。釋宜道の住む庵室の名は「一窓庵《いっそうあん》」だった。実際は、塔頭・帰源院を指す。
このときの宗助＝漱石の精神状態は、『門』（十七）にくわしい。

彼は黒い夜《よ》の中を歩るきながら、たゞ何《ど》うかして此心《このこころ》から逃れ出たいと思つた。其心は如何《いか》にも弱くて落付かなくつて、不安で不定で、度胸がなさ過ぎて希知《けち》に見えた。彼は胸を抑えつける一種の圧迫の下《もと》に、如何にせば、今の自分を救ふ事が出来るかといふ実際の方法のみを考へて、其圧迫の原因になつた自分の罪や過失は全く此結果から切り放して仕舞つた。其時の彼は他《ひと》の事を考へる余裕を失つて、悉《ことごと》く自己本位になつてゐた。今迄は忍耐で世を渡つて来た。是《これ》からは積極的に人世観を作り易《か》へなければならなかつた。さうして其人世観は口で述べるもの、頭で聞くものでは駄目であつた。心の実質が太くなるものでなくては駄目であつた。

心の実質を太くするために宗助は口のなかで、「宗教」の二文字を何度もくりかえすのである。そして、坐禅という記憶を呼び起こすのだった。

山門を入ると、左右には大きな杉があつて、高く空を遮つてゐるために、路《みち》が急に暗くなつた。其陰気な空気に触れた時、宗助は世の中と寺の中との区別を急に覚つた。静かな境内の入口に立つた彼は、始めて風邪《ふうじゃ》を意識する場合に似た一種の悪寒《さむけ》を催《もよお》した。

（『門』十八）

これが、禅寺に入門したときの漱石の感想である。

「禅」は梵語の「dhyāna」—「禅那《ぜんな》」の略語で、「静慮《じょうりょ》」を意味する。禅寺は坐禅を組んで精神を統一して思惟《しい》する場である。

漱石は禅寺の山門を入り、静寂の世界を「一種の悪寒」として体感したようだ。

「父母未生以前本来の面目」

参禅した宗助は釋宜道に案内されて老師と対面する。

老師といふのは五十格好に見えた。赭黒《あかぐろ》い光沢《つや》のある顔をしてゐた。其皮膚も筋肉も悉《ことごと》く緊《しま》つて、何所《どこ》にも怠《おこたり》のない所が、銅像のもたらす印象を、宗助の胸に彫り付けた。たゞ唇があまり厚過《あつすぎ》るので、其所《そこ》に幾分の弛《ゆる》みが見えた。其代り彼の眼には、普通の人間に到底見るべからざる一種の精彩が閃《ひら》めいた。宗助が始めて其視線に接した時は、暗中に卒然として白刃《はくじん》を見る思《おもい》があつた。（同）

これは漱石が、老師・釈宗演と最初に面会したときの印象であろう。実際の宗演も唇が厚く、眼光は鋭かった。それから公案が与えられた。

「まあ何から入つても同じであるが」と老師は宗助に向つて云つた。「父母《ふぼ》未生《みしょう》以前《いぜん》本来の面目は何だか、それを一つ考へて見たら善《よ》からう」（同）

公案は「父母未生以前本来の面目」だった。「本来の面目」は、宋時代に無《む》門《もん》慧《え》開《かい》が編集した『無《む》門関《もんかん》』第二十三則に出てくる言葉で、基本的な公案だった。漱石自身も実際にこの公案を与えられている。その意味でも宗助＝漱石である。

何しろ自分と云ふものは必竟《ひつきよう》何物だか、其本体を捕《つら》まへて見ろと云ふ意味だらうと判断した。（同）

宗助はこの公案をこのように認識した。

彼は考へた。けれども考へる方向も、考へる問題の実質も、殆んど捕《つら》まへ様のない空漠《くうばく》なものであつた。彼は考へながら、自分は非常に迂闊《うかつ》な真似《まね》をしてゐるのではなからうかと疑つた。火事見舞に行く間際に、細かい地図を出して、仔細《しさい》に町名や番地を調べてゐるよりも、ずつと飛び離れた見当違の所作《しよさ》を演じてゐる如く感じた。（同）

考えているうちに、その道を教える書物を読んだほうが要領を得る近道ではないかと思い、それを釋宜道に話した。すると、

「読書程修業の妨《さまたげ》になるものは無い様です」

と即座に否定されてしまう。

坐禅を組み考えるしかなかった。そして、与えられた公案を考えて、考えたあげくに老師に対面

し、見解《けんげ》（答え）を伝えた。どう答えたかは明らかになっていない。

此面前《このめんぜん》に気力なく坐つた宗助の、口にした言葉はたゞ一句で尽きた。「もつと、ぎろりとした所《ところ》を持つて来なければ駄目だ」と忽《たちま》ち云はれた。「其位な事は少し学問をしたものなら誰でも云へる」

宗助は喪家《そうか》の犬の如く室中《しっちゅう》を退いた。後《うしろ》に鈴《れい》を振る音が烈しく響いた。（『門』十九）

漱石の見解は一蹴された。完膚なきまでに打ちのめされたのである。

すごすごと寺を去る

山を去る日が近づいてきたが新生面を開く機会もなかった。禅的にはなんら得るところがなく寺を去る朝が来た。

悟《さとり》の遅速《ちそく》は全《まつた》く人の性質《たち》で、それ丈《だけ》では優劣にはなりません。入《い》り易《やす》くても後《あと》で塞《つか》へて動かない人もありますし、又初め長く掛《か》かつても、愈《いよいよ》と云ふ場合に非常に痛快に出来るのもあります。決して失望なさる事は御座いません。（『門』二十一）

宜道の投げかけた同情の言葉だった。

彼は門を通る人ではなかつた。又門を通らないで済む人でもなかつた。要するに、彼は門の下に立ち竦《すく》んで、日の暮れるのを待つべき不幸な人であつた。（同）

背中を丸めてすごすご円覚寺を後にする漱石の姿が目に浮かぶようだ。しかしこれは漱石が娑婆《しゃば》の人そのものである証明でもあった。

記録では明治二十八年一月七日に円覚寺を下山した。だが、漱石の禅や禅師との関係はこれで終わらなかった。それにしても、漱石に参禅を決意させ、その後の漱石の人生に大きくかかわった菅虎雄という人物はいったい何者であろうか……。

3 肺病恐怖と罪の意識

北里先生に診てもらいたい

漱石にとって菅虎雄は、いわば恩人である。友人といってはあまりにも軽い存在になる。人生の節目節目で世話になっている。

漱石と菅が出会ったのは明治二十三年（一八九〇）ころといわれる。漱石が帝国大学文科大学英文学科に、菅は独逸文学科に在籍中だった。

菅は漱石の学生時代を次のように回想している。

> 学生時代のことであるが、或る時夏目君がどうも自分は胸が悪いのぢやないかと心配だから北里《きたさと》柴三郎《しばさぶろう》氏に診て貰ひたいと思ふが一人で行くのは何だから君一緒に行つてくれないかとのことで、当時北里氏は多分芝山内《しばさんない》に居られたと思ふが、その北里氏のところへ一緒に行つたことがある。その時の診断は胸の方は一向別状はないとのことであつたが、今から想像すると実は胸の病気ではなくて胃潰瘍でも悪くてそのため血でも吐かれそれを考へ違ひされて心配されたのではないかとも思ふ。尚《なお》京都へ来て一緒に叡山へ登つた時も途中で胃が痛み出し、しばらく休んでから峠の茶屋で湯を呑んで直つたこともあつたが、胃潰瘍は単に晩年に始まつたものでなく、ずつと以前学生時代から悪かつたのではないかと考へられるのである。
>
> （「夏目君の書簡」『漱石全集』月報、第七号、昭和三年九月）

漱石は英文学科在籍のころ、神経衰弱で憔悴《しょうすい》しきっていたうえに血を吐いたようだ。漱石は結核ではないかと心配した。結核は兄二人の若い命を奪った難病である。いつ自分も襲われるかもしれない。漱石が死の恐怖を抱いたとしても不思議はなかった。

漱石は菅に同行を頼み北里柴三郎のもとを訪ねる。

当時、北里柴三郎は、世界的細菌学者であるローベルト・コッホのもとでの六年余にわたるドイツ留学を終えて帰国。福沢諭吉《ふくざわゆきち》の支援のもと、明治二十五年（一八九二）十一月、芝区芝公園に伝染病研究所を設立していた。

北里は肺癆《はいろう》（結核）治療の研究のため下賜金をもらい留学も延長された経緯もあって、伝染病研究所で結核患者を診察していた。また、伝染病研究所とは別に北里は福沢の勧めのもとに、明治二十六年（一八九三）九月に芝区広尾《ひろお》に日本初の結核療養所、土筆ケ《つくしが》岡《おか》養生園を設立した。

結核でなく一安心

漱石に付き添った菅は、

「北里氏は多分芝山内に居られたと思ふ」

と回想している。

「多分」と断っているのは、記憶がアヤフヤだからにちがいない。のちに芝山内（芝公園）の伝染病研究所は手狭となり、明治二十七年（一八九四）二月八日に同じ芝区の芝愛宕町《しばあたごちょう》に移転している。

芝公園の伝染病研究所と移転した愛宕町の伝染病研究所とは百メートルほどしか離れていない。至近距離にある両研究所なので、菅も場所が不確かにならざるをえなかったようだ。

漱石が診断を受けたのは年月から判断して、移転してまだまもない愛宕町の伝染病研究所ではないかと思われる。五百二十五坪の広い敷地に、研究室や病室、動物舎、消毒棟など八棟の建物が建ち並ぶ、世界でも有数の伝染病研究施設だった。

漱石は明治二十七年三月九日付けで、大学の寄宿舎から、山口高等中学校に勤務する友人、菊池《きくち》謙《けん》二郎《じろう》へ書簡を送っている。

二月初め風邪にかゝり候処其後の経過よろしからずいたく咽喉を痛め夫より細き絹糸の如き血

少々痰に混じて喀出《かくしゅつ》仕り候（中略）直ちに医師の診察を受け候処只今の処にては心配する程の事はなく矢張り平生の如く勉学致してもよろしく只日々滋養物を食し身体の衛養《ママ》を怠らぬ様にする事専一なりとて夫より検痰を試み候処幸ひバチルレン抔《など》は無之《これなく》然れば肺病なりとするも極《ごく》初期にて今の内に加摂生《せっせい》すれば全治可致《いたすべし》との事に御座候

この明治二十七年二月の初めに漱石は風邪をこじらせ痰に血が混じって結核を疑ったようだ。そこで医者の診断を仰ぐため、菅とともに伝染病研究所に向かい北里柴三郎に診てもらった。結果は、心配には及ばず、喀痰《かくたん》検査でもバチルレン＝細菌は確認されなかった。結核としても、ごく初期の結核なので摂生につとめれば全治可能と知った。

この時期、明治二十六年は痘瘡《とうそう》（疱瘡、天然痘）が前年にひきつづいて大流行し、死者は一万二千人余に達していた。漱石自身は三歳のときに痘瘡に罹《かか》っていて免疫があるので、この病からは埒外《らちがい》にいたが、伝染病の怖さは実感したと思われる。まして、結核となれば恐怖は増大する。だが、ごく初期の結核とわかり安心したようだ。しかも、当代随一の細菌学者、北里柴三郎の診断を得て、安心度も高まったものと思われる。

書簡に続けて、滋養物を食して「ノンキ」に暮らすと綴っている。

このときの痰に血が混じった症状はこじらせた風邪からくる咽頭炎と判断できる。菅は漱石の持病の胃潰瘍を疑ったようだが、ちがったようだ。

漱石はこの書簡のなかで続けて、

人間は此世に出づるよりして日々死出の用意を致す者なれば別に咯血して即席に死んだとて驚く事もなけれど……

と記し、一句披露する。

何となう死《しに》に来た世の惜まるゝ

これは漱石の強がりであろう。即席に死んだとて驚くこともないなら、菅に頼んで北里博士を訪ねる必要もない。

ツベルクリン療法とコナン・ドイル

漱石がもし重い結核に罹っていたなら、この研究所の病室、あるいは、結核療養所、土筆ケ岡養生園に入院しただろう。このころ最新の治療法であったツベルクリン療法を受けたにちがいない。

コッホは一八九〇年にツベルクリンを創製して結核の予防や治療をめざした。発表後、世界中から取材記者が殺到し、患者もベルリンにあふれた。

余談だが、このときイギリスから真先にコッホのもとに取材に訪れたのはコナン・ドイルだった。のちに、「シャーロック・ホームズ」で全世界の探偵小説ファンを魅了する作家は、このとき一新聞社の雇われ記者としてコッホのツベルクリンを取材していた。多忙なコッホには会えず、対応したのは四人の高弟である。そのひとりに留学中の北里柴三郎がいた。コナン・ドイルの取材に北里が対応したのではないかというのは、わたし（筆者）の想像である。ドイルは柔道の技をシャーロック・ホームズの重要な場面で使った。日本通でもある。日本人と接触しなければ生まれない発想なので、わたしは拙作「シャーロック・ホームズの日の丸」として、ドイルと北里の交流を小説化した。

ともあれ、このときコナン・ドイルの「ドクター・コッホと彼の治療」（DR. KOCH AND HIS CURE）と題して発表したレポートは、冷静で科学的だった。

今日、ツベルクリンは結核感染の有無を診断するための診断注射液として使用されている。歴史的には、抗生物質、ストレプトマイシンが世に出るまでは結核の治療法は確立されなかった。

北里は世界で初めて破傷風菌の純粋培養に成功し、抗毒素も発見。血清療法＝ワクチン接種による病気の予防に道筋をつけた。この輝かしい業績に、北里は第一回ノーベル生理学・医学賞の候補に名を連ねた。だが、なぜか受賞にはいたっていない。北里の同僚、ベーリングが受賞したが、その論文の原理は北里の研究を下敷きにした内容だった。北里こそ受賞者にふさわしい資格があった。受賞しなかった理由は種々いわれているが、有色人種にたいする差別意識が根底にあったことは否めないようだ。

弓の稽古

漱石は三月十二日付けで、正岡子規へも手紙を出している。病状を心配する子規にたいして、服薬と滋養物の摂取を続けて闘病している旨伝えている。

小生も始め医者より肺病と承り候節は少しは閉口仕候へども其後以前よりは一層丈夫の様な心持

が致し医者も心配する事はなし抔申《などもうす》ものから……

と記し、子規からの配慮に応えている。

漱石としては、心配するほどの症状ではないといわれ、安心したのか、朝夕に弓の稽古に余念がないと伝えている。当時、弓道が大流行していた。

そして、三句を披露している。そのなかの一句——。

弦音になれて来て鳴く小鳥かな

漱石の結核にたいする心配は遠のいた。だが、「ノンキ」な暮らしとは裏腹に、神経衰弱は増悪《ぞうあく》し、妄想や幻覚に襲われる。

かくして、漱石は菅の勧めにしたがい、明治二十七年十二月、円覚寺に参禅に出かけるのである。

投げた石

ところで、菅はなぜ円覚寺の門をくぐったのだろうか。選ばれし帝大の秀才で、これから前途ある学生を教える教育者になろうという人物が、一時の気まぐれで坐禅を思いついたとは思えない。そこには、なにか人生への煩悶《はんもん》なり、精神的苦痛がなければ禅寺の三門をくぐる必要はないはずである。

はたして、菅はけっして人には言えない心の傷を抱えていた。

それは、「油屋事件」ではないかと推測される。菅が十歳のときの事件だった。隣の家の息子に投げた石が眉間《みけん》に当たり、その傷がもとで二十日余ののちにその息子が死んでしまったのである。子どもの口喧嘩が発端と思われるが、菅の投げた石が原因で人を死にいたらしめたことは事実だった。

――人を殺した……。

罪の意識は一生の負い目となったにちがいない。それは、十六歳で上京してから七十九歳で帰郷するまで、いっさい故郷の土を踏まなかった菅の行動からも判断できる。不幸な事件は菅の精神的重圧になったようだ。

菅の罪の意識は、長じて大学に進みさらに肥大し、円覚寺での参禅につながったのではないだろうか。救いの手立てを坐禅に求めたのであろう。

この罪の意識は敏感な漱石にも有形無形に伝わったものと思われる。

――罪の意識。

漱石にはないのだろうか。

厄介者

漱石――本名、夏目金之助は、慶応三年（一八六七）一月五日に、江戸牛込馬場下横町《うしごめばばしたよこちょう》に名主の父、夏目小兵衛直克《こへえなおかつ》、母、千枝《ちえ》（後妻）の五男、末っ子として生まれた。そのとき、父、五十歳。母は四十一歳だった。

私を生んだ時、母はこんな年歯《とし》をして懐妊するのは面目ないと云つたとかいふ話が、今でも折々は繰り返されてゐる。（『硝子戸《がらすど》の中《うち》』二十九）

母、千枝は四十すぎの高齢出産を恥じて肩身の狭い思いをしている。また、夏目家の家運も傾くなか、前妻、後妻の子を合わせた子だくさんのなかの末っ子は歓迎されなかった。

先生自身の言葉によれば――「余計な、要《い》らぬ子」として遇せられ、生れ落ちると直ぐに、その頃家に使つてゐた女中の実家《さと》へ里子に遣られた。」
（「生いたち」『夏目漱石』甲鳥書林）

という、漱石の弟子のひとり、森田《もりた》草平《そうへい》の記述もある。

漱石は夏目家の厄介者だった。実際、漱石は母に乳が出ず生まれてすぐに古道具屋に里子に出され、その後、塩原家に養子に出されている。大人の都合で他家にたらいまわしにされる漱石がいる。心理学者によれば、親から厄介者扱いされている子どもは親を恨まず、自分自身を責める傾向があるという。

「自分はこの世に生まれなかったらよかった」

と子どもは健気《けなげ》に考え、罪悪感をもつ。純真な心理作用といえる。

漱石もおそらく同じように罪悪感をいだいたと思われる。

漱石に罪を問う作品は多い。罪悪感に呻吟する作中人物は漱石の分身と考えてよいだろう。

どこまでも世話をして

円覚寺参禅を終えた明治二十八年（一八九五）一月、漱石は横浜の『ジャパン・メール』の記者を志願し、菅が仲介した。漱石は禅についての英字論文を提出したが返却され、採用にもいたらなかった。

「黙って突っ返すとは怪しからん」

と菅の目の前で原稿を引き裂いたという。

菅は礼を失したその癇癪《かんしやく》に気分を害してもいいはずであるのに、怒りもせず、こんどは愛媛県尋常中学校（松山中学）の英語教師の職（月給八十円）を斡旋《あっせん》した。漱石はこの話に乗り、明治二十八年四月、松山に赴任する。

一方、熊本の第五高等学校に赴任した菅は、校長の中川元《なかがわはじめ》から依頼され、漱石を五高に斡旋した。漱石はふたたびこの話に乗り、明治二十九年（一八九六）四月、熊本に着任。あまつさえ、しばらく菅の家に下宿した。その後、明治三十六年（一九〇三）一月、菅は英国留学から帰った漱石の借家探しにも奔走する。菅なかりせば、漱石の人生はないと言っても過言ではない。菅の世話は友人の域を越えて、肉親の領域に達している。

結核を疑う漱石に同行して北里博士のもとに出かけた菅だった。だが、その菅自身が明治三十年一月に喀血する。三月に漱石は療養する菅を久留米に訪ねている。幸い、菅はその後、一高の独逸語嘱託として復職し、事なきを得ている。

菅は昭和十八年（一九四三）十一月十三日、死去。享年、七十八だった。漱石とちがい長命であった。

第三章　左利きの文人

1　子規の易断

大出世か大泥棒か

漱石はその生まれたときから運命めいた星を背負っていた。慶応三年（一八六七）一月五日に生まれたのだが、この日は庚申《かのえさる》で、しかも、申の刻に生まれた。

当時、申の日の申の刻に生まれた者は、大出世をするか、そうでなければ、大泥棒になるとの言い伝えがあった。だが、名前に「金」の字をつけるか、金偏《かねへん》の文字を使えば災難からは免れる、との俗信があり、漱石は「金之助」と名づけられた。

この「金之助」という名前の由来について、漱石は成長過程で何度となく語りきかされて育ったと思われる。

大出世か大泥棒かの因縁話は幼少時から刷りこまれ、

「自分はふつうではない」

という印象をもったにちがいない。三つ子の魂百までで、漱石の脳底に沈潜したはずである。

庚申の日にまつわる言い伝えは、平安時代から盛んとなる「陰陽道《おんみょうどう》」に発している。大陸伝来の思想が、政治から日常生活にいたるまで影響を及ぼしていた。人びとは自然災害、社会不安、流行り病、病苦などを悪霊の仕業と恐れ、福を招き、禍《わざわい》を払う方法を追求し、実践した。庚申《こうしん》信仰もそのひとつである。

この庚申の日は、暦の上で畏怖される「凶日」だった。この日、人間の腹中にいる三尸九虫《さんしきゅうちゅう》と呼ばれる虫が、夜中に体内から出て天に上って天帝に告げ口し、災難をふりかけ、命も奪おうとすると信じられた。このため人びとは、三尸九虫が天に上らぬよう徹夜して見張りをするのが習わしとなった。行動も種々制限され、この日に夫婦の交わりは禁じられた。江戸時代を通じて定着し、庶民信仰の名残として、現代でも街角や路傍に庚申塚が見受けられる。

法蔵院の和尚

漱石は「金之助」の名を背負って成長した。『思ひ出す事など』（二十八）に書いている。

学校を出た当時小石川のある寺に下宿をしてゐた事がある。其処《そこ》の和尚は内職に身の上判断をやるので、薄暗い玄関の次の間に、算木《さんぎ》と筮竹《ぜいちく》を見るのが常であった。

漱石は明治二十七年（一八九四）十月十六日、菅虎雄の紹介で小石川区の法蔵院（現・文京区小石川三丁目）に下宿する。ここの豊田立本という住職は看板を掲げてはいないが占いをよくした。

易断に重きを置かない余は、固《もと》より斯《こ》の道に於《おい》て和尚と無縁の姿であつたから……

と人生相談や縁談話などの助言を襖越《ふすま》しに他人事できいているだけだった。

だが、あるとき無縁であるはずの易断の世界に入っていく。

或時《あるとき》何かの序《ついで》に、話がつい人相とか方位とか云ふ和尚の縄張り内《うち》に摺《ず》り込んだので、冗談半分私の未来は何《ど》うでせうと聞いて見たら、和尚は眼を据《す》ゑて余の顔を凝《じっ》と眺めた後《あと》で、大して悪い事もありませんなと答へた。

和尚の話は続く。

すると和尚が、貴方《あなた》は親の死目《しにめ》には逢《あ》へませんねと云つた。余はさうですかと答へた。すると今度は貴方は西へ西へと行《ゆ》く相があると云つた。余は又さうですかと答へた。最後に和尚は、早く顋《あご》の下へ髯《ひげ》を生《は》やして、地面を買つて居宅《うち》を御建《おた》てなさいと勧めた。

和尚は漱石の顔の上部が長く、下部が短いので、顋髯を生やして顔の上下の釣りあいをとれと進言する。

漱石は記す。

一年ならずして余は松山に行つた。それから又熊本に移つた。熊本から又倫敦《ロンドン》に向つた。和尚の云つた通り西へ西へと赴いたのである。余の母は余の十三四の時に死んだ。其時は同じ東京に居《お》りながら、つい臨終の席には侍《はんべ》らなかつた。父の死んだ電報を東京から受け取つたのは、熊本に居る頃の事であつた。是《これ》で見ると、親の死目に逢へないと云つた和尚の言葉も何《ど》うか斯《こ》うか的中してゐる。

（『思ひ出す事など』二十八）

和尚の見立ては当たっている。漱石は西方の松山中学に赴任、さらに、熊本の五高へ、そして、ロンドンにと、西へ西へと移動している。

西の方角でいえば、松山に赴任する前年の明治二十七年（一八九四）十二月、鎌倉・円覚寺に参禅に出かけている。これも、西方である。

また、親の死に目にも会えなかった点も的中している。

顋髯については、修善寺《しゅぜんじ》の大患（明治四十三年／一九一〇）に遭ったとき、治療中であるので髯をそのままにしていた。そのとき、「和尚の助言《じょごん》は十七八年振《ぶり》で始めて役に立ちさうな気色《けしき》に髯は延びて来た」のだが、「汚苦《むさ》しさに堪へられなくなつて」剃ってしまった。

其時地面と居宅《やしき》の持主《もちぬし》たるべき資格を又綺麗に失つて仕舞つた。

（『思ひ出す事など』二十八）

髯を剃ってしまったので、家持ちにはなれなかったと漱石は寄席好きらしく諧謔《かいぎゃく》精神で口惜《くや》しがりつつ、揶揄《やゆ》している。

『思ひ出す事など』を書いた明治四十三年十月二十九～明治四十四年二月二十日のころは、『門』の連載を終え、修善寺温泉に転地療養に出かけた時期で、四十三歳だった。

和尚の易断についていえば、冗談半分であれ、おのれの未来を見てほしいと頼んでいるのは事実である。しかし、漱石は「易断に重きを置かない余は」と易断をさして重視していない構えを見せる。

それなら十七八年前をふりかえり、思い出話としてわざわざ記述する必要はないはずである。おのれの出生に運命的な経緯のある漱石は、無意識ながら運命話に惹かれるのではないか。易断に多少ならず関心を寄せているからこそ、『思ひ出す事など』に書いたのだろう。漱石自身が易断を信じる、信じないにかかわらず、一定程度、漱石の人生に影響を及ぼしたといえよう。

長文の巻き手紙

漱石がおのれの人生を占ってもらったのは法蔵院の和尚だけではない。正岡子規にもみてもらっている。雑誌『ホトトギス』の「子規居士七回忌号」で漱石はこう語っている。

一時正岡が易を立てゝやるといつてこれも頼みもしないのに占つてくれた。畳一畳位の長さの巻紙に何か書いて来た。何でも僕は教育者になつて何《ど》うとかするといふ事が書いてあつて、外に女の事も何か書いてあつた。これは冷かしであつた。一体正岡は無暗に手紙をよこした男で、其れに対する分量はこちらからも遣《や》つた。今は残つてゐないが孰《いず》れも愚なものであつたに相違ない。

（漱石談「正岡子規」『ホトトギス』第十一巻第十二号、明治四十一年九月一日）

漱石は、「今は残つてゐない」と記しているので、当然ながらこの長文の巻き手紙は漱石山房では見られない。したがって、漱石の資料のなかでは、子規が見立てた易の内容も知ることはできない。だが、子規の残した『筆《ふで》まかせ』（第二編、明治二十三年一月〜三月中旬）には見立てのすべてが、「正岡易占」と題して記録されている。子規はおのれが出した手紙まで書き留めておく記録魔である。

夏目漱石、我後来運命の程を占ひくれよといふ、心得たりといひながら筮竹《ぜいちく》さら〳〵とおしもんで虚心平気に卜《うらな》ふに　升《しょう》䷭の師《し》䷆に之《ゆ》くに遇《あ》ふ

子規は、漱石から、わたしの後来の運命のほどを占ってくれ、と依頼されたので占ったと記している。子規は筮竹を操作して、まず、本卦《ほんけ》として、「升」の卦を得、変爻《へんこう》として、「師」の卦を得たようだ。これを判断して、『易経』に照らしあわせ、以下のように断じる。

升は木、地中に生ずるの意なり　経に用見大人 勿 恤《もってたいじんをみるうれうるなかれ》 とあり　大人は即ち賢人君子なり　今より賢人君子を友とし徳を慎みなば　積小以高大といふ様になるの勢あり（中略）師は地中、水あるの象《しょう》也　地に水ありて而して後に草木生成す　此時君は已ニ後生を教育するの任にあたる故に容民 畜 衆《たみをいれしゆうをたくわう》 といふ　能 以 衆 正 可 以 王 矣《よくしゆうをもちいてただしければもっておうたるべし》 とは君能く文壇に将《しょう》として牛耳《ぎゅうじ》を取るの謂《いい》なり

子規の書簡は、「畳一畳位の長さの巻紙」になるので、長文すぎてここにその全文は掲載できない。子規は、漱石が友を選び徳を積めば、文学者の堂に升《のぼ》ると見る。さらに、その文学作品に外国人も驚嘆するだろう。だが、抵抗勢力も出てきて、降参の憂き目を見るときもあるが、失敗にはつながらない。文壇において将をきわめるだろうと見立てる。

その見立ては詳細をきわめ、緻密である。それを綿々と綴っている。

終には其名声、海の内外に聞え渡るに至るもの也

子規は総合的に漱石をどう見立てたのか。

> 総するに初め君の学問上進《じょうしん》の度は著しく　嶄然《ざんぜん》〈注・一段高く抜きんでている〉頭角を現はし、終《つい》には其名声、海の内外に聞え渡るに至るもの也　されど伝に毒天下而民従之《てんかをどくしてたみこれにしたがう》とあり　成程、天下の書生、君を慕ふて帰する者多きに相違なしといへども　君の言論文章には一癖ありて天下を毒することなきにもあらず　学者に偏見《プレジュジス》あるは古来皆一徹にて別に咎《とが》むべきにもあらねど、其言、多少天下を毒するに至りては注意せざるべからざるものあり　君請ふ　其所論を吐くに当りて千思万考、主として僻見《へきけん》〈注・かたよった考え〉を除くことをつとめよ

子規は、漱石が文壇で名声をあげるが、癖のある言動で天下を毒する可能性があるので注意が肝要であると説く。よく考えてから持論を述べて、偏見を取り除くように努めよと助言する。

子規の見立ては漱石ののちの人生と照らしあわせるとほとんど当たっている。

注目すべきは、子規はこの易断を明治二十三年（一八九〇）――第一高等中学校に在学中のときにおこなっていることである。子規、漱石ともに二十三歳だった。

すでに漱石との交遊も始まり、漱石の漢文や紀行文、文学論などに触れて、その文才を認識していたとはいえ、のちの人生を誰も知る由もない。子規は易断で得たのである。驚くべき先見性といえる。

見立てどおり、漱石は文壇に登場し、多くの作品を書き上げ、弟子を育てた。一方で、「漱石」と名乗ったとおり、負け惜しみが強いへそ曲がりを自認して持論を展開し、博士号辞退問題を起こしたりもしている。

この易断の逸話については、子規は漱石から後来の運命を頼まれて見たという。しかし、漱石のほうは、「正岡が易を立てゝやるといつてこれも頼みもしないのに占つてくれた」と、子規が勝手に見たと記している。両人の言いようは正反対である。どちらが本当かはわからない。

ただ、子規は他の学友の見立てはしていないようなので、戯れであったかもしれないが、漱石に頼まれたと考えるほうが自然なようだ。

いったいどこで学んだのか

子規の漱石にたいする見立ては、みごとというしかない。易者になれるのではないかと思うほど熟達している。それにしても、子規はどこでこの易断の技を得て腕を磨いたのか。

この易断便り、「正岡易占」の冒頭で子規は書いている。

余竹村其十《たけむらきじゆう》より卜筮術《ぼくぜい》を伝受せるに　未だ施すべきの処なく困りゐる折柄（後略）

竹村其十から筮術を伝受されたと記している。竹村は河東碧梧桐《かわひがしへきごとう》の三兄で、伽羅男《きやらお》といい、易断に巧みであったという。河東碧梧桐は子規と同郷で、子規の俳句の弟子である。こうした縁で子規は筮術を習得する機会を得たと思われる。子規は漱石にあてた手紙の最後で、

右の易占あたる否やハ之を後日に徴《ちょう》せざるべからず

易断の当たりはずれは、後になって明らかになるだろうと書いている。易断は漱石ののちの人生を見とおしている。易に精通したうえに、霊感が働くというしかない。

子規の尋常でない風貌に着目した医者がいる。のちに子規の主治医となる宮本仲《みやもとちゅう》医師（一八五六〜一九三六）である。人相学に通じた宮本は子規が鳳眼《ほうがん》をもった青年だと指摘する。鳳眼は霊鳥の鳳凰《ほうおう》の目のように眦《まなじり》が深く朱を帯びた形態を指す。人相学上、めったにない貴人の相といわれ、冷静沈着で粘り強い性格とされる。

――鳳眼の占い師。

これが正岡子規である。

漱石は子規の見立てどおりの人生を歩む。易断にとらわれ、誘導されたのだろうか。

2　似た者同士

人の好き嫌いが激しい

漱石は学生時代の子規を回想して書いている（漱石談「正岡子規」『ホトトギス』第十一巻第十二号、明治四十一年九月一日）。

> 非常に好き嫌ひのあつた人で、滅多に人と交際などはしなかつた。僕だけどういふものか交際した。一つは僕の方がえゝ加減に合はして居つたので、其れも苦痛なら止めたのだが苦痛でもなかつたからまあ出来てゐた。こちらが無暗に自分を立てようとしたら迚《と》ても円滑な交際の出来る男ではなかつた。

漱石が自分を立てずにいても許せるのが子規だった。

さらに続ける。

> 半分は性質が似たところもあつたし又た半分は趣味の合つてゐた処もあつたらう。も一つは向うの我とこちらの我とが無茶苦茶に衝突もしなかつたのであらう。忘れてゐたが彼と僕と交際し始めたも一つの原因は二人で寄席の話をした時先生も大に寄席通を以て任じて居る。ところが僕も寄席の事を知つてゐたので話すに足るとでも思つたのであらう。其から大に近よつて来た。

漱石が子規と性質が似たところもあったと記しているように、二人はかなり共通項が多い。似た者同士といえる。

二人はミザンスロピック病（厭世病）同士で、左利きである。右利きがあたりまえの世界になにかと生活に不自由をきたし、少数派で目立って、書道で難儀するのが左利き。ただ、現代なら左利きに理解があり、無理に矯正しない家庭も多い。

ところが、昔は子どものころから左手に包帯を巻くなどして使えないようにし強引に右利きに矯正したものだった。強いストレスがかかり、トラウマとなって性格に歪《ゆが》みを生じさせる可能性が高くなる。漱石と子規は同じ左利きで二人はこの意味でも気が合ったのかもしれない。

洒落が大好き

宿痾《しゆくあ》として、漱石は胃病と痔疾、眼病をかかえ、子規は結核を患っている。漱石は弓、漢詩に興じ、子規は野球、俳句を好んだ。

二人とも酒は飲まず、「神経質の癖と脳のわるき」は同じだった。

お互い寄席好きで、「大に近よって来た」のである。漱石の寄席通いに子規が同行もしている。この共通の趣味で二人は急速に親交を深める。

漱石の諧謔精神は寄席好きで培われたもののようだが、処女作『吾輩は猫である』や『坊つちやん』でそれがうかがわれる。

子規も落語通で、洒落好きである。明治二十三年の『筆まかせ』「一口話し」には諧謔精神があふれている。

以下、その一端を示す。

一　けふボールを打たうと思つたのに、これでは雨天《うてん》〈注・打てん〉ねへ

一　将棋買ひにいかうや、ナニ金銀がないと、金がないのは飛車《ひしや》しい〈注・久しい〉もんだ、固《もと》より香車に限つた事でもないが、兎角不如意《とかくふによい》なのには駒《こま》る〈注・困る〉なァ

一　最少《もすこ》しで油徳利をひッくりかへす処だつた「あぶらい

一　きのふあんまり舟を漕いだら　けふはなんだかボートしてゐる

一　小刀かさないか「そんな者はナイフ、ナイフ、

一　オイ傘をかしてくれんか「かさない

一　ランプがこわれた「ホヤく

〈注・「ホヤ」とはランプやガス灯などの火をおおうガラス製の筒のこと〉

こうした洒落に漱石がどの程度つきあったかは不明である。

雅号マニア

子規は明治二十二年（一八八九）五月下旬、和漢詩文集『七艸集《ななくさしゆう》』を脱稿した。前年の夏期休暇を向島《むこうじま》・須崎村《すざきむら》（現・墨田区向島）の長命寺《ちようめいじ》門前にある桜餅屋・月香楼《げつこうろう》に友人、二人と滞在した。このとき、『七艸集』の「蘭《フジバカマ》之巻」「萩之巻」「をミなへし乃巻」「尾花のまき」「蕣《あさがお》のまき」などを執筆した。最終的には、「葛之巻」と「瞿麦《なでしこ》の巻」を加えて、秋の七草を採りあげて計七篇とした。俗世を離れて勉学に打ちこんで完成したこの文集は、俳句、短歌、漢詩、漢文、謡曲など多彩なジャンルにおよび子規の文才と教養を余すところなく示している。

表題の『七艸集』は、江戸時代後期に造られた向島の植物園「百花園《ひやつかえん》」にちなんでつけたようだ。

巻末には自由に評が書けるように白紙で余白を設け、友人たちに回覧して批評を求めた。そこへ漱石は、「辱知《じよくち》漱石妄批《もうひ》」の名で、漢文で批評した。これが「漱石」の号を用いた初めである。記念すべき署名だった。

子規も明治十四、五年のころ、松山中学時代に「漱石」の号をつけたことがあった。

明治二十三年（一八九〇）の「雅号」（『筆まかせ』）で、子規は、雅号マニアともいえるみずからの雅号歴を記している。

まず、十余歳で「老桜」と名づけ、「中水」「香雲」、さらに、「走兎」「風簾」「漱石」を考えた。「漱石」と名づけたのは、「高慢なるよりつけたるものか」と回顧している。この「漱石」の上部欄外には、「漱石は今友人の仮名と変セリ」とある。夏目漱石が号として使用している旨を書いている。譲ったかどうかは明らかではないが、自分は用いないとしたのだろう。

雅号は他に、「常規凡夫」「丈鬼」「獺祭《だつさい》魚夫」「秋風落日舎主人」「野暮流」「盗花」「迂歌連達摩」「馬骨生」「色身情仏」「虚無僧」などなど。挙げたらきりがないのでここでやめておく。

けっきょく、

去歳春咯血せしより「子規」と号する故　自然と字にも通ひて其後は友人も子規と書するに至れり

として、「子規」を号に決めている。結核の初期症状で血を吐いたのである。中国の故事にある、鳴いて血を吐くホトトギスから、その異名である「子規」を名乗ったようだ。

さて、漱石は「漱石妄批」と署名し、漢文と七言絶句、九編を添えて批評とした。翌日の五月二十六日、漱石は子規の文才を認識したうえ、この評をもって子規宅を訪ね、長時間議論している。

さらにその翌日に漱石は、子規宅で長時間にわたり話しこんだ長居を詫び、また、批評でむずかしい漢字を並べたこと、七言絶句については屑籠に捨ててくれと、謙遜と陳謝に終始した書簡を出している。さらに、追伸で、「漱石」と書かず、「漱石」と書き記したように記憶しているとして、この段は含んだうえで正してほしいと頼んでいる。

実際は、「漱石」と書いているので、漱石の勘ちがいだった。初めて使った雅号だったので、記憶に混乱を生じさせたようである。また、変物の米山保三郎からは、自分の名すら書けないのに人の文章を批評するのは、恐ろしい頓馬《とんま》だ、とからかわれている。

『木屑録』

この年——明治二十二年の八月、漱石は学友たちと安房《あわ》、上総《かずさ》、下総《しもうさ》を旅行した。東京湾を船で下り、鋸山《のこぎりやま》に登り、小湊《こみなと》、東金《とうがね》、銚子《ちょうし》、野田《のだ》、関宿《せきやど》を経て帰京。二十四日間の旅だった。

この旅の後、子規の『七艸集』に触発されて、九月に紀行漢詩文『木屑録《ぼくせつろく》』を書いた。鋸を引けば木屑《きくず》が出る。それを洒落て『木屑録』と名づけたものと思われる。

表紙に「明治廿二年九月九日脱稿　漱石頑夫《がんぷ》」とある。頑夫とは、むやみに自己を主張する人の意。「漱石」は負け惜しみの強い意味なので、「漱石頑夫」は、「漱石」を二乗したような強い意味をこめての雅号といえる。房州旅行の紀行文を漢文で書きあげた。

漱石は松山に帰郷していた子規に批評を求めた。

その書簡――。

小生も房洲《ママ》より上下二総を経歴し去月卅日始めて帰京仕候其後早速一書を呈する積りに御座候（中略）帰京後は余り徒然のあまり一篇の紀行様な妙な書を製造仕候貴兄の斧正を乞はんと楽み居候先は用事のみ余は拝眉万々可成《なるべく》はやく御帰りなさいよ　さよなら

九月十五日夜　　　金之助

のぼる様

『木屑録』の漢文、漢詩を子規は絶賛した。

余の経験によるに英学に長ずる者は漢学に短なり　和学に長ずる者は数学に短なりといふが如く必ず一短一長あるもの也　独り漱石は長ぜざる所なく達せざる所なし、然れ共其英学に長ずるは人皆之を知る、而して其漢文漢詩に巧なるは人恐らくは知らざるべし　故にこゝに附記するのみ

（「木屑録」『筆まかせ』明治二十二年）

英学と漢学の才能に子規は驚嘆したのである。その感想を素直に「獺祭魚夫常規謹識」の署名で漱石に書き送った。

漱石の回想――。

僕が房州に行つた時の紀行文を漢文で書いて其中に下らない詩などを入れて置いた、其を見せた事がある。処が大将頼みもしないのに跋《ばつ》を書いてよこした。何でも其中に英書を読む者は漢籍が出来ず、漢籍の出来るものは英書は読めん、我兄の如きは千万人中の一人なりとか何とか書いて居つた。

（「正岡子規」漱石談）

跋は「『木屑録』評」と題する文章で、六百字余から成る漢文である。ところが、その子規の漢文ははなはだ拙いものだった、とも記している。

漢文は僕の方に自信があつたが詩は彼の方が旨かつた。

（同）

漱石の評価だった。

『七艸集』と『木屑録』により、二人の交流はさらに深まり、話題は多岐におよんだ。日本文学史上、巨《おお》きな才能の邂逅《かいこう》は奇蹟であり、慶事であった。

露伴のもとに原稿をもちこむ

子規は小説に挑戦していた。

玄関に、「来客ヲ謝絶ス」の貼り紙を掲げつづけ、明治二十五年の年が明けても、前年十二月より書きはじめた作品の執筆に専念した。

二月下旬、子規は幸田露伴《こうだろはん》（一八六七〜一九四七）のもとに原稿をもちこみ、批評を仰いだ。

露伴は三年前の明治二十二年に、『風流仏《ふうりゅうぶつ》』（『新著百種』第五号、吉岡書籍店刊）を発表、画期的小説家として一躍、文壇で脚光を浴びていた。その学識は歴史、文学、思想、古典籍、仏典など広範におよび、明治を代表する博覧強記の大教養人だった。また、漢方医学界の陰の恩人でもある。

子規が露伴を選んだ理由は、「天王寺畔《てんのうじはん》の蝸牛廬《かぎゅうろ》」と題して記した『風流仏』についての感想でうかがうことができる。露伴の号は、「蝸牛庵《かぎゅうあん》」で、蝸牛廬と同じ意味である。

風流仏は小説の尤も高尚なるものである、若し小説を書くならば風流仏の如く書かねばならぬといふ事になつて仕舞ふた。つまり風流仏の趣向も風流仏の文体も共に斬新であつて、併も其斬新な点が一々に頭にしみ込む程面白く感ぜられた。風流仏は天下第一となり、露伴は天下第一の小説家となり了《おお》せた。流石《さすが》に痩我慢《やせがまん》の予も書生気質以後こゝに至て二度驚かされたわけである。

（『ホトトギス』第五巻第十一号、明治三十五年九月二十日）

子規は、『風流仏』を「天下第一」の小説と評している。

『風流仏』は彫刻職人の悲恋を扱った物語性に富んだ小説である。そのあらすじは以下のとおり。

彫刻師・珠運《しゅうん》が修行のひとり旅をしている最中、木曾山中の須原《すはら》宿で出会った花売り娘・お辰《たつ》に一目惚れする。ところが、お辰の育ての親である叔父が博打であけた借金の形にお辰を身売りしようとした。それを憤慨した珠運は金を出して解放し、旅に出るが、追いかけてきたお辰と結婚を約束するまでになる。ところが、子爵の位にあるお辰の実父・岩沼《いわぬま》が使いを出して、無理にお辰を連れ去ってしまう。珠運は悲哀に苦しみ彫刻刀を手にとりお辰を偲《しの》びながら刻むうち、裸体像ができあがる。やがて、新聞でお辰が侯爵と結婚するのを知って、あれほど将来を誓ったお辰を軽蔑し怒りもおぼえ、裸体像を破壊しようとする。すると、どこからともなくお辰があらわれ珠運に寄り添ってくる。木像が動いたのか、お辰が会いにきたのかわからない。二人は手を取り合って雲の上へと昇っていく。

夢幻的な世界観のなかで物語は終わる。

『風流仏』に触発されて子規がものした小説は『月の都』という。ペンネームは、「卯の花舎」。

3　『月の都』

大に得意で見せる

漱石は子規の『月の都』執筆当時を回顧する。子規が駒込追分奥井の邸内（本郷区駒込追分町三十番地）に住んでいた、二十代半ばの話である。

あの時分は『月の都』といふ小説を書いてゐて大に得意で見せる。其時分は冬だつた。大将雪隠《せっちん》へ這入るのに火鉢を持つて這入る。雪隠へ火鉢を持つて行つたとて当る事が出来ないぢやないかといふと、いや当り前にするときんかくしが邪魔になつていかぬから後ろ向きになつて前に火鉢を置いて当るのぢやといふ。其で其火鉢で牛肉をぢやあ〳〵煮て食ふのだからたまら無い。

（漱石談「正岡子規」）

便所に火鉢をもちこんで暖をとり、その火鉢で牛鍋をつっついていて、バンカラ学生の下宿生活を彷彿《ほうふつ》とさせる。漱石は学生時代、小説についてどう思っていたのだろうか。

僕は其頃は小説を書かうなんどとは夢にも思つてゐなかつたが、なあに己だつてあれ位のものはすぐ書けるよといふ調子だつた。

（「僕の昔」『趣味』明治四十年二月一日）

漱石が「あれ位のものは書ける」と思っているので、負けず嫌いの子規も、書けると考えても不思議はない。漱石の子規評は談話や書簡の随所に見うけられる。

正岡といふ男は一向学校へ出なかつた男だ。其れからノートを借りて写すやうな手数をする男でも無かつた。そこで試験前になると僕に来て呉れといふ。僕が行つてノートを大略話してやる。

（漱石談「正岡子規」）

子規のほうは、学友の漱石を「畏友」、米山保三郎を「高友」と評している。

前代未聞の特異な作品

『月の都』は易経の本卦《ほんけ》を物語の章立てと節に用いるという奇想天外なしかけを試みた、前代未聞の特異な作品である。子規は易に精通していて漱石の生涯も見立て、ほとんど的中させている。小説づくりにおいても、〝鳳眼の占い師〟正岡子規の面目躍如というべきか。

「上巻」と「下巻」から成り、「上巻」には、易経の卦《け》の「渙《かん》」を掲げる。渙の意味は、一言でいえば、渙発《かんぱつ》で、すべて吹っ飛ぶ状況を暗示する。物語としては、直人《なおと》と浪子《なみこ》の恋愛は破れてしまう。「下巻」は、「中孚《ちゅうふ》」。孚は、まことの意。誠信を意味する。直人と浪子は純真の愛として終結する。易経の本卦を基本に置き、起承転結ならぬ、〝六爻変転《ろっこう》〟で物語を展開させている。

以下が、その章立てと節である。子規は『易経』にある表現をそのまま用いている。特殊で難解だが連記してみる。それぞれ䷺の爻《こう》を掲げるという凝りようである。

『月の都』上巻

䷺　渙　亨《とおる。》王仮有廟《おうゆうびょうにいたる。》利渉大川《たいせんをわたるにりあり。》利貞《ただしきにりあり》

第一爻　用拯馬壮吉

第二爻　渙奔其机悔亡

第三爻　渙其躬无悔

第四爻　渙其群元吉渙有丘匪夷所思

第五爻　渙汗其大号渙王居无咎

第六爻　渙其血去逖出无咎

『月の都』下巻

䷼ 中孚 豚魚吉利渉大川利貞《とんぎょにしてきちなり。たいせんをわたるにりあり。ただしきにりあり》
第一爻 虞吉有它不燕
第二爻 鳴鶴在陰其子和之我有好爵吾与爾靡之
第三爻 得敵或鼓或罷或泣或歌
第四爻 月幾望馬匹亡无咎
第五爻 有孚攣如无咎
第六爻 翰音登于天貞凶

あらすじはこうである。

青年・高木《たかぎ》直人《なおと》が叔母の家で催された花見の宴で出会った水口浪子《みなくちなみこ》に一目惚れする。そして、心を奪われ悶々とするうち、叔母に勧められて京都までひと月あまりの旅に出て東京に帰る。まもなく、浪子の縁談を伝え知る。相手は著名な博士。失意にくれていると母から親戚筋の娘との結婚を提案されて当惑する。やがて、母は死去。直人は病気と借財に苦しむ。一方、浪子は直人に片思いを抱いていたものの、父の決めた縁談を前に迷い直人に手紙を届ける。その返事は、「いやです」だった。浪子は居ても立ってもいられず直人に会いにいくと、あばら家に書き置きがあり、「月の都へ旅立ち候」。ここで、「上巻」が終了。「下巻」は、直人が行脚の旅に出る。やがて、無風《むふう》という名の僧侶に出会い、白風《はくふう》の名を与えられる。煩悩を払おうと山奥の草庵に端座して坐禅を組む。その瞑想の最中に幻の浪子が出てきて心をかき乱す。一方、浪子はかなわぬ恋に身投げし、船頭に助けられたものの、直人を慕いつつ死ぬ。その浪子が書いた遺書を読んだ直人は浪子の本心を知り愕然《がくぜん》とする。月の都へ昇ったという浪子の後を追って、直人は三保《みほ》の松原に来る。この羽衣伝説の地で破れ笠ひとつ残して直人は消える。

子規が露伴に傾倒したためか、『月の都』には、『風流仏』とかなりの共通項が見いだせる。ともに美文調で恋愛を扱い、男女のすれちがい、煩悩との闘い、縁談話、超現実世界での邂逅がある。そして、夢幻《ゆめまぼろし》の世界で終結する。

あの時分から正岡には何時もごまかされてゐた

子規はこの作品のため三保の松原にわざわざ出かけ、また、執筆に集中すべく静かな家に転居までして完成にこぎつけた。そして原稿をもって露伴宅を訪ねる。さて、露伴は子規の小説をどう評価したのだろう……。それはかんばしいものではなかった。しかも、漱石にはそうは伝えていなかった。

漱石の回想――。

『月の都』を露伴《ろはん》に見せたら眉山《びざん》、漣《さざなみ》の比で無いと露伴もいつたとか言つて自分も非常にえらいものゝやうにいふものだから、其時分何も分らなかつた僕もえらいものゝやうに思つてゐた。あの時分から正岡には何時《いつ》もごまかされてゐた。

（漱石談「正岡子規」）

文中に出てくる眉山は川上眉山《かわかみびざん》（一八六九～一九〇八）で、尾崎紅葉《おざきこうよう》、山田美妙《やまだびみょう》などと文学結社「硯友社《けんゆうしゃ》」の創設に参画。社会の矛盾を衝く観念小説を得意とした。

漣は巌谷《いわや》小波《さざなみ》（一八七〇～一九三三）を指す。「硯友社」同人。初め小説家として出発し、のちに児童文学に転身した。子規は露伴から酷評されたにもかかわらず、「眉山、漣の比で無い」と褒められたと真逆の批評を伝えている。子どもじみた強がりを示したようだ。
「あの時分から正岡には何時もごまかされてゐた」と漱石は冷静に受け止めている。微苦笑が伝わってくる。

僕ハ小説家トナルヲ欲セズ詩人トナランコトヲ欲ス

子規は明治二十五年二月十九日に河東碧梧桐にあてた手紙で、

拙著小説は「月の都」と題して紙数（写本）六十枚十二回の短編なり

と書き送った。露伴宅を訪ね、期待に反した批評を浴びたのは二月下旬。三月一日には、

拙著ハまづ。世に出《イツ》る事。なかるべし（以上ノ一行覚えず俳句の調をなす呵〻）

と河東碧梧桐、高浜虚子《たかはまきょし》に自嘲の手紙を出している。さらに、高浜虚子あてに五月四日付け書簡に記す。

僕ハ小説家トナルヲ欲セズ詩人トナランコトヲ欲ス

小説家を断念する旨を告げている。

その後、『月の都』の原稿は、陸羯南《くがかつなん》、高橋健三、二葉亭四迷の手に渡って読まれた。

この年、十月に退学を決めるまで、留守のときもあったものの、計五回ほど露伴宅を訪ね文学談義を交わしている。子規が露伴宅を訪ねた日のようすを七年後に回想して書き記している。

> 露伴子天王寺のほとりに住みて五重の塔などものせし程の事なりけん、ある日おとづれけるに例の如く木戸より奥へ行けと取次の人いふ。木戸押しあけて内に這入れば十坪には足らぬ狭き庭の真中に松の木茂りて昼も小暗き下蔭に紫陽花の大きなる花、これはと思ふ程に咲きひろげたる色の、庭の調和を破りたる、かへりて趣あるを覚えしが今に忘れず。
>
> （「夏の草の花」『日本附録週報』明治三十二年七月三十一日）

明治三十二年（一八九九）といえば、子規はすでに俳句界で一家をなしている。小説の処女作時代をどんな気持ちで回顧しただろうか。

露伴宅を訪ねた当時は中庭に紫陽花が咲いていたころで、「今に忘れず」とあり、子規にとっては小説をあきらめた時期と紫陽花の開花が重なりひときわ印象深かったようだ。

尊敬する露伴の評価が低いのだから

子規は文芸評論を記すなかでも露伴を論じる。

日本新聞社刊『日本』の「雑報」欄に、「地風升」の筆名で、「文界八つあたり」と題して、文芸評論を明治二十六年三月から五月にかけて十三回にわたり連載した。内容は、「和歌」「俳諧」「新体詩」「小説」「院本」「新聞雑誌」「学校」「文章」の八項目にわたり、旧体制を打破すべく縦横無尽に筆を走らせている。八項目と「八つあたり」で「八」を掛けて洒落のめしている。

その、「小説」の項で、

文学の中 最《もつとも》 人望の多きは小説にして文学者の中其多数を占めたるは小説家なり。

と書いて、明治に入っての小説史を著す。

矢野龍渓《やのりゆうけい》、春廼舎朧《はるのやおぼろ》（坪内逍遥《つぼうちしょうよう》）、二葉亭四迷、尾崎紅葉などの作家の名をあげ、その特徴を記している。

幸田露伴について――。

小説の趣向は猥褻《わいせつ》と限り小説の文章は柔弱と定まりたる真最中に出で之を翻《ひるが》へしたるは幸田露伴なり。露伴の小説出でゝ始めて小説にも高尚なる観念なかるべからざる事遒勁《しゅうけい》〈注・筆の力が強いこと〉なる文字なかるべからざることを世間に吹聴《ふいちょう》したるなり。是れ今日迄の小説界の最後の変化にして此後復一の大変化を見ざるなり。

子規は幸田露伴を「遒勁」として絶賛している。その尊敬する露伴から、小説家への展望を見こみなしと評価されては、小説家をあきらめねばならないだろう。けっきょく、『月の都』は脱稿から二年後の明治二十七年二月、創刊された文芸新聞『小日本』に十三回にわたり連載された。署名は、「卯の花舎」だった。子規は、「世に出る事。なかるべし」とあきらめていたが、発表の場を得たのである。

紀行文は絶賛

ところで、漱石は『月の都』をどう評価していたのだろうか。「あの時分は『月の都』といふ小説を書いてゐて大に得意で見せる」と書いているから子規の小説を読んでいることはたしかである。

漱石が明治二十二年（一八八九）の八月、学友たちと房総半島を訪れた後、子規の『七艸集』に触発されて、九月に紀行漢詩文『木屑録』を書いたことはすでに紹介した。

こんどは子規が触発されて、明治二十四年（一八九一）三月二十五日から四月二日まで市川《いちかわ》、船橋《ふなばし》、佐倉《さくら》、馬渡《まわたし》、千葉《ちば》、小湊、館山《たてやま》、鋸山をめぐる旅行に出た。そして、ただちに紀行文『隠れみの』（「かくれみの」「隠蓑日記」「かくれみの句集」）を執筆して、漱石にも回覧した。

漱石は四月二十日付けで絶賛の書簡を送った。

　狂《きょう》なるかな狂なるかな僕狂にくみせん君が芳墨を得て始めは其唐突に驚ろき夫《それ》から腹を抱へて満案の哺を噴き終りに手紙を掩《おお》ふて泫然《げんぜん》〈注・涙が流れるさま〉たり君の詩文を得て此の如く数多の感情のこみ上げたるは今が始めてなり

漱石は『隠れみの』に感激して「狂」を多用する。まさに狂喜乱舞する漱石の姿が見てとれる。親友の作品が佳作だと素直に喜ぶのが漱石だった。同じ房総地域を旅行した二人はさらに親密度を増す。

真の理由は？

子規は露伴から『月の都』を酷評された。

しかし、それだけで小説家への道をあきらめたのだろうか。『月の都』はたしかに、露伴の『風流仏』に多大の影響を受けている作品である。だが、全編にわたり、幅広い教養と文章の錬磨、創作への熱意が横溢《おういつ》している二十代半ばのときの小説。禅にたいする理解度も深く、独特の禅的世界観を構築している。この一作をもって小説家をあきらめる必要ははたしてあったのだろうか。

子規は漱石の英文や漢文を褒め、漱石は子規の文章や俳句を讃えた経緯がある。しかし、漱石が子規の小説を褒め讃えた形跡はない。もし、『月の都』を読んで感動したなら、『隠れみの』で示したような賛辞を子規に送ったにちがいない。

漱石の英学と漢学の才能に驚嘆した子規——その相手から小説への賛辞がない。自分の才能を理解し的確に評価してくれる畏友・漱石から反応がなかった。子規が小説家への道をあきらめた核心は、漱石の無反応にあったのではないか。

子規はこの後、俳句の革新運動に邁進する。漱石が世に出るのはまだ先の話である。

第四章 朝日入社前後

1　生活のために

四十歳での転身

明治四十年（一九〇七）四月、漱石は東京朝日新聞社に入社した。新聞社に就職し新聞記者となって小説を書く「小説記者」になった。

漱石は、「入社の辞」を五月三日付けの東京朝日新聞に発表している。

大学を辞して朝日新聞に這入《はい》つたら逢《あ》ふ人が皆驚いた顔をして居る。中には何故《なにゆえ》だと聞くものがある。大決断だと褒《ほ》めるものがある。大学をやめて新聞屋になる事が左程《さほど》に不思議な現象とは思はなかつた。余が新聞屋として成功するかせぬかは固《もと》より疑問である。成功せぬ事を予期して十余年の径路《けいろ》を一朝に転じたのを無謀だと云つて驚くなら尤《もつとも》である。かく申す本人すら其の点に就ては驚いて居る。

漱石は東京帝国大学講師、第一高等学校講師の職をなげうっての転身である。このとき、漱石、四十歳。平均寿命が短く、人生、五十年といわれた時代に四十歳での転職は、「皆驚いた顔をして居る」という印象をもたれたのも納得させられる。漱石自身、驚いているのである。

だが、イギリス留学に際し、年間千八百円の手当、その間、家族には年に三百円が支給された身分のエリートである。砂浜で砂金の粒を見つけるより難しいかもしれないほどの機会を得た稀少教育者である。

官費を付与されながら、一新聞社の〝座付き作家〟になるのはあまりにも自分勝手と引け目を感じたのか、次のように記して釈明している。

大学では四年間講義をした。特別の恩命を以て洋行を仰《おおせ》つけられた二年の倍を義務年限とすると此四月で丁度年期はあける訳になる。年期はあけても食へなければ、いつ迄も噛《かじ》り付き獅噛《しが》みつき、死んでも離れない積《つもり》でもあつた。所へ突然朝日新聞から入社せぬかと云ふ相談を受けた。担任の仕事はと聞くと只《ただ》文芸に関する作物《さくぶつ》を適宜の量に適宜の時に供給すればよいとの事である。文芸上の述作を生命とする余にとつて是程難有《ありがた》い事はない、是程心持ちのよい待遇はない、是程名誉な職業はない。成功するか、しないか抔《など》と考へて居られるものぢやない。博士や教授や勅任官抔の事を念頭にかけて、うん〳〵、きゆう〳〵云つてゐられるものぢやない。

留学年数の倍を教育現場で奉仕したから責務は果たしたと自己弁護している。

留学した者は

研究分野こそ違え、細菌学を学びにドイツに留学した北里柴三郎は、六年半の研究を終えて明治二十五年（一八九二）に帰国した。だが、東大閥から爪弾きに遭って職場さえなかった。その北里に対し、アメリカやイギリスの大学や研究所が破格の条件と報酬を提示して招聘《しょうへい》を試みた。が、北里はいっさい、乗らなかった。

「留学させていただいた。国家に恩返しがしたい」

という報恩第一の気持ちが強かった。そして、伝染病研究所を中心に、生涯、日本の感染症の研究や予防、治療に貢献した。

北里と同時期、同じくドイツに丸四年の留学を果たした森鷗外の場合は、帰国後、陸軍軍医学校の教官となった。その後は、軍医として、日清・日露の両戦争にも従軍し、生涯、官吏としての職務を遂行した。それと並行して小説、戯曲、翻訳、評論などの文筆活動を続けた。

漱石が存命期に海外に渡った主な文学者は、有島武郎《ありしまたけお》が米国と欧州へ、永井荷風《ながいかふう》が米国とフランスへ、上田敏《うえだびん》が米国とフランスへ、二葉亭四迷がロシアへ、与謝野鉄幹《よさのてっかん》がフランスへとそれぞれ出かけて外国生活を体験している。

漱石は帰国後、大学での四年間の講義で責務は果たしたとして、おのれが希望する道を実現する動きに出た。

だが、漱石には、ミザンスロピック病——厭世病が根底にある。また、「困つたことには自分はどうも変物である」との意識があり、さらに、「己を曲げずして」「忙がしくなく時間づくめでなくて飯が食へる」生活を常々志向していた。

自を尊しと思はぬものは奴隷なり

当時の漱石が、『断片』（明治三十八、九年ころ）に、みずからの生きかたの基本理念を記している。

自を尊しと思はぬものは奴隷なり

奴隷とならず、おのれを敬い信じて生きる道を模索したいと考えている。

われは生を享《う》く。生を享くとはわが意志の発展を意味する以外に何等の価値なきものなり……

この世に生を受けた以上、自分のやりたいことをしなければ、その人生は価値がないと言っている。

漱石は熊本の第五高等学校から留学生として派遣されたので、帰国してから熊本に帰り講師を務めるのが筋だった。だが、漱石はロンドンに着いて早々から、熊本に戻りたくない気持ちに支配されていた。教師生活と田舎暮らしがいやで、「熊本はもう御免蒙《こうむ》りたい」と何人にも留学先から便りを出している。

留学中は生活難にあえいでいた。なにもかも切りつめて本を買って勉学に勤《いそ》しんだ。義父の中根重一《なかねしげかず》に不満を吐露した手紙をロンドンから送っている。

但《ただ》欲しきは時と金に御座候日本へ帰りて語学教師抔《など》に追つかはれ候ては思索の暇も読書のひまも無之かと心配致候時々は金を十万円拾つて図書館を立て其中で著書をする夢を見る抔愚にもつかぬ事に御座候

（明治三十五年三月十五日）

十万円を拾う夢を見るなどまったく愚にもつかないが、それだけ金銭的に追いつめられていた証拠でもある。また、「文学論」を執筆する意欲も募り、勉強のしすぎで神経衰弱を高じさせて冷静さを失っていた。

とはいえ家計は火の車

一方、留守宅を預かる鏡子夫人の家計のほうも火の車だった。毎月、二十二円五十銭で、子ども二人と女中との四人暮らしをなんとか切り盛りしていた。官吏を辞職した実家の父親は、相場で失敗して貯蓄をなくしていて援助は期待できなかった。夫の着物を仕立てなおして着、破れて綿の出た夜具もそのまま使った。節約に節約を重ねた生活だった。そして、夫・漱石の帰国に際し、妹婿の鈴木禎《すずきてい》次《じ》から百円を借金してなんとか準備を整えたほどだった。

帰国当時、夏目漱石家はもっとも生計が苦しい時期だった。漱石は留守宅の惨憺《さんたん》たるありさまを目にする。

> 首の回らない程高い襟《カラ》を掛けて外国から帰つて来た健三は、此惨憺《みじめ》な境遇に置かれたわが妻子を黙つて眺めなければならなかつた。ハイカラな彼はアイロニーの為《ため》に手非道《てひど》く打ち据《す》ゑられた。彼の唇は苦笑する勇気さへ有《も》たなかつた。
>
> （『道草』五十八）

自伝小説の主人公・健三の感想は漱石の実感と一致する。

熊本に帰りたくない漱石は神経衰弱の診断書を提出して、明治三十六年（一九〇三）三月三十一日付けで熊本五高を辞職した。

これで、熊本行きは免れた。同時に、五百円ほどの「一時賜金《しきん》」という名の退職金を手にした。火の車の家計には干天の慈雨だった。

帰国後、熊本に帰りたくない漱石に東京帝国大学講師の職を見つけたのは、大塚保治《おおつかやすじ》だった。東大教授で美学を講じていた。

漱石は明治三十六年四月から東京帝国大学英文科講師と第一高等学校講師を兼務して働くようになる。大塚の斡旋で浪人生活を免れている。

だが、四年後、四十歳の漱石は教師生活にほとほと嫌気がさしていた。

> 大学で講義をするときは、いつでも犬が吠えて不愉快であつた。余の講義のまづかつたのも半分は此《この》犬の為めである。（中略）閲覧室へ這入ると隣室に居る館員が、無暗《むやみ》に大きな声で話をする、笑ふ、ふざける。清興《せいきよう》を妨げる事は莫大《ばくだい》であつた。
>
> （「入社の辞」）

漱石は図書館員の不作法にたいし、学長に善処を訴えたが取り合ってもらえなかった。不満は鬱積し、講義にも身が入らなかったからまずい講義しかできなかったと、大学当局を糾弾している。

眉間に皺を寄せて不平不満を募らせる漱石だった。

月収の問題

鏡子夫人は夫の追想録『漱石の思い出』の「朝日入社」の項で以下のように記している。

この年〈注・明治四十年〉の三月初めのことだったと覚えておりますが、大学の大塚〈注・保治〉博士から、英文学の講座を担当して教授になってはどうかというお話がありました。

鏡子夫人によれば、このころの漱石の定収入は、東京帝国大学から年八百円、第一高等学校から年七百円。それから、明治大学高等予科の講師を兼任していて、月三十円。計算すると、年収、千八百六十円である。これを現代の通貨価値に換算すると、当時の一円は、概算ながら今日の一万〜一万五千円に相当するという。すると、漱石の年収は、一・五万倍して、二千七百九十万円になる。月収は、二百三十二万五千円。漱石の職業内容に照らしあわせて見て、これを多いと思うか、少ないと見るかはわかれるかもしれない。だが、庶民感覚で金額だけをみれば、高所得者になるであろう。

大塚博士からもたらされた帝大の英文学専任教授の口に乗れば、月百五十円になるという。今日の月収では、二百二十五万円相当である。

当時の他の職業について、おおよその給料を見てみると、公務員の初任給は、月十四円程度。巡査の初任給は、十二円。米一俵（六十キログラム）六円七十二銭だった。

たとえば、子規は明治三十一年、三十歳で新聞『日本』の社員をしていて、月四十円だった。石川啄木は明治四十二年、二十二歳で東京朝日新聞の校正係をしていて、月二十五円プラス夜勤五回で五円支給だった。

森鷗外は明治四十年、四十五歳で陸軍軍医総監（中将相当官）の地位にあり、月俸三百円だった。当時、将校は破格の給与を取っていた。

漱石の給与は、専任教授になれば、月収百五十円を安定的に手にすることができる。漱石自身も書いている。

大学では講師として年俸八百円を頂戴してゐた。子供が多くて、家賃が高くて八百円では到底暮せない。仕方がないから他に二三軒の学校を馳《かけ》あるいて、漸《ようや》く其日《そのひ》を送つて居た。いかな漱石もかう奔命《ほんめい》〈注・忙しく立ち働くこと〉につかれては神経衰弱になる。

（「入社の辞」）

「到底暮らせない」と漱石は述懐する。鏡子夫人も、留学中の留守宅を苦しみながらも守っていたが、大家族を養い、使用人を抱え、門下生の出入りも増えた家庭環境が、生活苦を現出させていた。

鏡子夫人

漱石の孫の半藤末利子《はんどうまりこ》氏によれば、鏡子夫人は豪胆な人だったようだ。

漱石没後、全集などが売れ、印税がたっぷり入ると、豪遊するんです。毎年クリスマスは、家族で帝国ホテルにくりだし、贅沢三昧。美容院で与えるチップも半端じゃない。気っ風がいいというか、お大尽なんです。もっとも、著作権が切れた戦後は、つましい暮らしでした。

（『朝日新聞』平成二十七年［二〇一五］三月三十一日）

鏡子夫人の父は貴族院書記官長を務めた、高級官僚。その娘でお嬢様育ちの部分があり、金銭感覚が鷹揚《おうよう》だったかもしれない。

いくら安定的な高収入が確保されたとしても、大胆に使えばなくなるのが金だから、「到底暮らせない」となる可能性はある。

鏡子夫人は回想する。


しかし家では月どうしても二百円はかかる。さいわい原稿料が入ったり小説の印税が入ったりするようになったので家計も立って行くのであるが、教授になった、そのかわりには内職はまかりならぬとあっては、第一あがきがつかない。それにいつまで教師になっていてもしかたがない。

(『漱石の思い出』)


当時の夏目家における家計は火の車を思わせる。打開策を模索する経済状況だったようだ。専任教授の月俸、百五十円(現代のおよそ二百二十五万円相当)では足りないのである。しかも、専任教授になれば、いっさいの執筆が禁止されるとあって、この点でも漱石は教授職を避けたかったであろう。さらに、創作意欲は募っていたのである。


近来の漱石は何か書かないと生きてゐる気がしないのである。

(「入社の辞」)


実際、漱石は矢継ぎ早にこのころ小説を書いている。

『坊っちゃん』を明治三十九年(一九〇六)三月十七日ころに起稿し、三月末に脱稿した。『草枕』

を七月二十六日に起稿し、八月九日に脱稿。八月二十七日、『新小説』に『草枕』が掲載され、二日後には売り切れるほど人気を博している。

さらに、『野分《のわき》』を十二月二十一日に脱稿している。

充実した執筆生活を送っている。漱石自身も小説家になる展望に自信をもったにちがいない。

みんな金が欲しいのだ

漱石は教師生活から脱却して小説一本で生きる目標に真一文字に突進した。そのエネルギーがほとばしり出たのが明治三十九年だった。

だが、家賃は月三十円かかり、子どもを四人抱え生活にゆとりはなかった。さらに鏡子夫人は妊娠中で、子どもがもうひとり、生まれる予定だった。明らかに、出費は増える。実際、翌年――明治四十年六月、長男・純一《じゅんいち》が生まれている。

鏡子夫人から、

「このままでは生活できません」

という再三再四の訴えがあったであろう。

欲しくてたまらないのが金だった。

彼は時々金の事を考へた。何故物質的の富を目標《めやす》として今日迄働いて来なかつたのだらうと疑ふ日もあつた。(中略)「みんな金が欲しいのだ。さうして金より外には何にも欲しくないのだ」斯《こ》う考へて見ると、自分が今迄何をして来たのか解らなくなつた。彼は元来儲ける事の下手な男であつた。

この主人公・健三のため息は漱石自身の金銭哲学の一端をあらわしている。

（『道草』五十七）

こうした環境に新聞記者として小説が書ければまさに渡りに舟だった。漱石の新聞文士の生活が始まろうとしていた。

2 『金色夜叉』の時代

新聞界の戦国時代

ところで、漱石はなにゆえ東京朝日新聞社に入社したのだろうか。新聞社はなにも朝日ばかりではなかった。

当時、新聞社は報道機関として明治新時代の市民に定着しつつあった。

わが国の新聞は、元治元年（一八六四）に横浜で浜田彦蔵が、月に一、二回の割で、英字新聞を訳出した海外新聞を刊行したのに始まる。日刊紙は、明治三年（一八七〇）の横浜毎日新聞が最初だった。

新聞はまだまだ黎明期《れいめいき》にあったが、自由民権や国会開設、憲法制定など国民のあいだで論議が沸騰《ふっとう》するのにしたがい、政党色や政治色の強い新聞が伸びた。だが、論争は泥試合を呈し、政府からの弾圧もあり、一時、衰退する。その流れから庶民相手の雑報と小説を主体とする新聞が支持され定着してきた。新聞界は生まれては消えたり、離合集散を繰り返し、万朝報《よろずちょうほう》（明治二十五年創刊）に代表される人身攻撃や暴露記事、社会悪撲滅の記事が人気を博した。明治期は新聞界にとって、まさに戦国時代だった。

大衆は情報や娯楽に飢えていて、新聞は着実に社会に根ざしつつあったが、暴露色もあり新聞の評判は必ずしも高くはなかった。

一方で、戦国時代を呈する新聞各社は生き残りと部数獲得に鎬《しのぎ》を削り、紙面の充実と販路拡大を模索した。そのなかで、娯楽のひとつとしての小説は良識ある定期購読者を獲得する有力手段として注目された。各社とも競って連載小説を掲載した。問題はいかに大衆をひきつける小説家を呼びこむかである。新聞社にとって人気の文学者を抱えて小説を掲載するのは経営上の一大戦略だった。

『金色夜叉』の大ヒットと読売新聞

その成功例が読売新聞が抱えた尾崎紅葉だった。読売新聞は文芸評論を充実させたり、小説を別冊付録に付けたり、懸賞小説を積極的に掲載したりして、文芸に力を入れてきた〝文芸新聞〟だった。

ところが、明治二十二年十一月に、在籍していた小説記者・饗庭篁村《あえばこうそん》を東京朝日新聞社に引き抜かれてしまった。朝日新聞の村山龍平《むらやまりゅうへい》社長は、饗庭宅をわざわざ訪問して、招聘給金は百円で、「殊更《ことさら》出社もせず毎日も書ず、遊び仕事にてよし」（『坪内逍遥研究資料』第五集）との条件を提示したようだった。

饗庭篁村という優秀な大黒柱を失った読売新聞社の損失は計り知れなかった。急遽、坪内逍遥《つぼうちしょうよう》を文学主筆に置き、尾崎紅葉と幸田露伴を入社させ、二枚看板で、〝文学新聞〟に変貌して対抗した。

紅葉の『金色夜叉』は文芸重視の新聞社の思惑と戦略のなかから生まれた大ヒット作だった。

『金色夜叉』は明治三十年一月一日から連載が開始された。高等中学生の間貫一《はざまかんいち》は十年来寄寓している鴫沢《しぎさわ》家の娘、宮《みや》と婚約していたが、宮は資産家の富山唯継《とみやまただつぐ》に嫁ぐこととなる。貫一はお宮を、金剛石《ダイアモンド》に目が眩《くら》んだ奸婦《かんぷ》と罵る。

そして、間貫一とお宮の有名な熱海の海岸の場面は二月十八日に掲載された。

貫一の台詞――。

吁《ああ》、宮《みい》さん恁《こう》して二人が一処《いつしよ》に居るのも今夜限《ぎり》だ。お前が僕の介抱をしてくれるのも今夜限、僕がお前に物を言ふのも今夜限だよ。一月十七日、宮さん、善く覚えてお置き。来年の今月今夜は、貫一は何処《どこ》で此月を見るのだか！　再来年の今月今夜……十年後《のち》の今月今夜……一生を通して僕は今月今夜を忘れん、忘れるものか、死でも僕は忘れんよ！　可《い》いか、宮さん、一月十七日だ。来年の今月今夜になつたらば、僕の涙で必ず月は曇らして見せるから、月が……月が……月が……曇つたらば、宮さん、貫一は何処かでお前を恨んで、今夜のやうに泣いて居ると思つてくれ。

貫一はすがるお宮を足蹴《あしげ》にして去り、以後、高利貸となって金が仇《かたき》の人生を模索する。斬新なテーマと美文調で織り成す物語の展開は読者を魅了した。

『金色夜叉』の人気は沸騰し、朝刊の配達が待ち遠しいという読者が増え、読売新聞は部数増加に成功した。が、思わぬ問題が読売を悩ませる。紅葉の体調不良である。

二月二十三日に、それまでの分を「前編」として休載とした。休みは一週間の予定だったが、紅葉は病床に伏し、再開されたのは、九月五日になった。だが、胃病により健康はすぐれず、十一月六日に休載し、「後編」とした。

以後、『金色夜叉』は休載と再開をくりかえす。


『続金色夜叉』　明治三十一年一月十四日〜四月一日。

『続々金色夜叉』　明治三十二年一月一日〜四月八日、五月九日〜五月二十八日。

『続々金色夜叉』　明治三十三年十二月四日〜明治三十四年四月八日。

『続々金色夜叉続編』明治三十五年四月一日〜五月十一日。


『金色夜叉』は断続的に六年ものあいだ掲載されたが、紅葉自身もこれほど長期にわたるとは考えていなかったにちがいない。

休載中は読者から再開をうながす矢の催促がもたらされたが、作者が病気では期待にこたえられない。

この後、夏になって紅葉は読売新聞社を退社した。二十一歳で入社して以来、十二年半の月日が経過していた。紅葉が退社して、『金色夜叉』の掲載がなくなった読売新聞は大幅に部数を減らし、元に回復させるまでにかなりの時間と労力を要した。

紅葉はやがて二六新報に入社して、『金色夜叉』の続篇執筆に挑戦する。だが、体調は回復せず、明治三十六年十月三十日、自宅で胃がんにて死去。享年、三十五だった。けっきょく、『金色夜叉』

は未完のまま終わった。『金色夜叉』で死期を早め、作品と心中したような晩年だった。

評価はしないが気にはなる

人気を博した『金色夜叉』を漱石は読んでいたのだろうか。

漱石が明治二十一年九月、第一高等中学校本科に進学したとき、同窓に尾崎紅葉がいた。漱石も紅葉も慶応三年生まれである。

紅葉が『金色夜叉』の連載を始めた明治三十年のころ、漱石は熊本の第五高等学校の講師だった。鏡子夫人は夫の追想録『漱石の思い出』「上京」の項で以下のように記している。漱石の実父・直克が死去して夫婦ともに、熊本から東京に帰郷したときの話である。

(熊本へ漱石一人が)帰りぎわに、そのころ紅葉山人の「金色夜叉」が「読売新聞」に連載されていた最中で、上京してそれをずっと読んでいたのですが、熊本のような田舎には「読売新聞」が行かないので、それを毎日東京から送れと申しつけて参りました。ところが毎日となると些細なことなのでかえって怠りがちになって、三回分も四回分もまとめて送ったりして、ひどく手紙で怒られたことがあります。当時の紅葉山人の人気はたいしたものでしたが、「金色夜叉」にはいっこう感心していなかったようでした。

漱石は『金色夜叉』をさして評価していなかったようだ。だが、送付を怠ける妻に怒りをぶつけるのを見ても、関心は高く、気になってしかたがなかったらしい。

漱石の紅葉評は、門下生の森田草平（米松《よねまつ》）にあてた葉書でその一端がわかる。

破戒〈注・島崎藤村著〉読了。明治の小説として後世に伝ふべき名篇也。金色夜叉の如きは二三十年の後は忘れられて然るべきものなり。

（明治三十九年四月三日。森田米松あて葉書）

漱石がイギリス留学から帰国した明治三十六年一月、紅葉はすでに読売新聞を退社していた。

鷗外の評価は？

一方、すでに作家として作品を発表していた森鷗外は、明治三十年ころは陸軍軍医学校長兼近衛師団軍医部長の任にあり、明治三十二年からは陸軍軍医監の地位で、第十二師団（小倉）の軍医部長として左遷されていた時期にあたる。

鷗外の紅葉評――。

金色夜叉は高利貸の小説だ。紅葉君がこれ迄の最大作を出すに当つて、高利貸を主人公にせられたといふは頗《すこぶ》る妙だとおもふ。高利貸なる哉高利貸なる哉。現世間に小説の材を求めるとなれば、これなどは実に或る方面から現世間を代表するに、最も適切なものであらう。私の現世間といふのは、狭く明治と云考ではない。所謂十九世紀の紀末からこのかたの世間を指して言ふのだ。

（「金色夜叉上中下篇合評」明治三十五年六月二十九日、於日本橋倶楽部）

高利貸に着目した視点を評価している。

明治の新時代——武士の時代は去り、日清戦争に勝利した余韻に浸る国民。資本ブームが発生し、金力が物いう時代に移行した。江戸の身分制も取り払われ、恋愛も身分を越えてある程度自由がきいた。

そうした時代のうねりを敏感に感じ取り小説化したのが『金色夜叉』であった。

高利貸を登場させたのは紅葉のすぐれた時代感覚だった。


第二の尾崎紅葉を！


読売新聞の『金色夜叉』は新聞小説界で一世を風靡《ふうび》した。新聞各社は第二の『金色夜叉』、第二の尾崎紅葉探しに奔走した。

このとき候補にのぼったのが夏目漱石である。漱石は明治三十八年一月、『吾輩は猫である』第一回を『ホトトギス』に掲載した。さらに、『倫敦塔』、『坊っちゃん』、『草枕』などを相次いで発表していた。

この漱石の活躍に、漱石をわが社の小説記者にと数社の新聞社が招聘を計画した。読売新聞社、国民新聞社、報知新聞社などが動いた。

なかでも熱心だったのは、読売新聞社である。紅葉退社後、幸田露伴、小杉天外《こすぎてんがい》、徳田秋声《とくだしゅうせい》、小栗《おぐり》風葉《ふうよう》などの作家で安定した話題をとっていたが、読者に紅葉ほどの熱狂感はない。なんとしても、第二の尾崎紅葉がほしかった。

正宗白鳥の回想

明治三十九年十月、読売新聞の文芸主任・正宗白鳥《まさむねはくちょう》は漱石の本郷駒込千駄木町《ほんごうこまごめせんだぎちょう》の借家を訪問した。鷗外がかつて住んだ家でもある。

主筆・竹越三叉《たけこしさんさ》はすでに漱石宅を何度か訪ねていたが、交渉を正宗白鳥に任せたようだった。白鳥といえば、代表作『何処へ』で知られる自然主義作家。小説家、劇作家、文芸評論家として、明治、大正、昭和の文壇を牽引した文学者である。

二十七歳の白鳥は三十九歳の漱石と対面した。〝文学新聞〟の名にかけて交渉に臨んだ。

部屋の様子も、主人の態度も話し振りも、陰鬱で冴えなかった。「草枕」を発表して名声嘖々《さくさく》たる時であったに関はらず、得意の色は見えなかった。

鈍い漱石の反応に白鳥は歓迎されざる客を感じ取った。

漱石はその後、十一月四日、「文学論序」の原稿を読売新聞日曜付録に寄稿している。

正宗白鳥は回想する。

間もなく日曜の文学附録へ、一篇の評論を寄稿されたのが、漱石が読売に対する寸志と見るべきであつた。

一方、水面下では朝日も漱石との交渉で動いていた。

漱石はけっきょく、読売を蹴って朝日に入社する。饗庭篁村を読売から引き抜いた〝実績〟のある朝日には成算があったようだ。いったいどんな条件を提示したのか。

3　下品を顧みず金の事を伺ひ候

漱石招聘のいきさつ

朝日新聞社の歴史をたどれば、明治十二年（一八七九）に大阪で創刊されている。明治二十一年（一八八八）に、「めさまし新聞」（星亨《ほしとおる》主宰・自由党系機関紙）を買収して、東京朝日とした。朝日はもともと大阪が主流なのである。「めさまし新聞」の買収は大阪朝日の取材強化が目的だった。その後、東京朝日は雑報と小説が主体で、官報や政治記事が少ない小新聞《こしんぶん》と称せられる格下の新聞に長い間、甘んじていた。

鏡子夫人は夫の追想録『漱石の思い出』の「朝日入社」の項で以下のように記している。

夏目を「朝日」に迎えようというそもそもの発議者は鳥居《とりい》さんが「草枕」をお読みになって、この人ならばと傾倒されたのがおこりだということでございます。

「鳥居さん」とは大阪朝日の主筆、鳥居素川《とりいそせん》である。朝日内で初めて漱石に注目したのは彼だった。朝日入社の経緯をあらためてたどると、朝日新聞社史編修室（「朝日新聞と漱石」昭和四十年十二月十八日）によれば、鳥居は『草枕』を読んで感心し、明治三十九年の十一月下旬、旧知の洋画家・中《なか》村不折《むらふせつ》を通じて、新年読物に随筆を書くよう依頼した。

「『草枕』のような作品を書いてもらいたい」

というのが本音だが、ひとまずは随筆をという申し出だった。

だが、漱石は多忙のため断っている。

断ってきた漱石にたいし、東京朝日新聞の社会部長として入社の決まった渋川玄耳《しぶかわげんじ》と、玄耳を推薦した弓削田精一《ゆげたせいいち》（秋江《しゅうこう》）、さらに、玄耳の俳句友だち、東大文科学生・坂元雪鳥《さかもとせっちょう》（大学卒業後、東京朝日新聞記者。のちに大学教官。能楽評論家）のあいだで、漱石招聘の相談ができあがった。

これを主筆の池辺三山《いけべさんざん》に提案したところ、積極的賛成を得て話は急に具体化した。そこで、熊本五高時代からの漱石門下である雪鳥が使者に立ち、夏目家を往復する。

是も変人たる所以

そのころの漱石は、報知新聞や国民新聞、読売新聞からも交渉を受けていたが、大学を辞めて執筆に専念する決心が、まだついていなかった。

読売は漱石の文芸欄担当を条件に、月給六十円を提示していた。だが、月給六十円では、年間七百二十円にしかならない。帝大の英文科専任教授の口に乗れば、月百五十円になるし、当時、年収千八百円を得ていたから、読売の提示金額は、家計が火の車の夏目家にとって問題外だっただろう。

だが、大学教官を辞めて新聞記者になるのは前代未聞の事例である。漱石ならずとも慎重になるのは当然だった。

しかも、当時の新聞社は今日ほど情報機関として成熟しておらず、スキャンダル主義に陥っている部分もあり、低俗イメージがつきまとう。新聞記者は、ブン屋と蔑《さげす》まれた職業で、しかも、小説家は音楽家と並んで、女、子どものやることと、これまた貶《おとし》められていた。世間では、末は博士か大臣かといわれ、帝大教授や政治家、官僚が立身出世の象徴としてもてはやされた。また、軍人こそ男の仕事で、大将が尊敬され、憧れの的だった。

今日、新聞は〝社会の公器〟〝第三の権力〟といわれるほどの地位を獲得しているが、明治時代はまだ揺籃期《ようらんき》にあった。

帝国大学教授就任の話が寄せられている漱石の身分からすると、小説記者は社会的には身分が低すぎて月とスッポンの落差がある。ところが、漱石はみずから進んで、いわば、賤業に身を投じたのである。

漱石が坂元雪鳥にあてた明治四十年三月四日の書簡で、

大学を出て江湖《こうこ》〈注・世間〉の士となるは　今迄誰もやらぬ事に候《そうろう》　夫故《それゆえ》　一寸《ちょっと》やって見度《みたく》候《そうろう》。是も変人たる所以《ゆえん》かと存《ぞんじ》候《そうろう》

と書き記している。

冒険者の姿勢が漱石にうかがえる。

今日、おおかたの人たちは新聞記者や小説家を低い職業に見立てたりはしない。漱石は、低く見られていた職業を知的なハイレベルの職業に引き上げた先人のひとりでもある。賤業視されていた職業観を払拭させた功績は非常に大きい。漱石の知性と教養、文章と物語という文化力が新聞記者や小説家の概念を変えたといえるかもしれない。

カネをめぐる覚書

さらに漱石の書簡――。

> 小生が新聞に入れば生活が一変する訳なり。失敗するも再び教育界へもどらざる覚悟なればそれ相応なる安全なる見込なければ一寸動きがたき故下品を顧みず金の事を伺ひ候

漱石は金銭のことがいちばん気がかりだったようだ。一家の生活がかかっているから当然ではある。

小宮豊隆の「漱石入社前後」（『漱石全集』月報、第一号、昭和十年十月）によれば、漱石が坂元雪鳥、池辺三山と交わした朝日入社の条件は、以下の九項目だった。「彼時差上置《かのときさしあげおき》候《そうろう》箇条書《かじょうがき》」として残っている。上段に漱石と雪鳥との相談内容が、下段に池辺三山の返事が記されている覚書だった。

以下がその概要と朝日側の回答である。

一、月額手当はいかが。それは固定か累進するのか。↓月俸二百円。累進式なり。

二、免職せぬという保証はできるや。↓御希望とあらば正式に保証。
三、退隠料或いは恩給のようなものの性質いかが。その額は在職中の手当の幾割くらいに当たるや。↓まず御役所並くらいの処と見当をつけていていただきたし。
四、小説は年一回にて可なるか。その連続回数は何回くらいか。↓年に二回。一回百回くらいの大作を希望す。もっとも回数を短くして三回にてもよろしい。
五、作に対して営業部より苦情出ても構わぬか。↓営業部より苦情の出るなどという事は絶対的になき事を確保する。
六、自分の作は現今の新聞には不向きと思う。それでも差し支え無きや。又そのうち今のように流行せぬように漱石の名がなっても差し支え無きや。↓差し支えなし。先生の名声が後来朝日新聞の流行とともに益《ますます》世間に流行すべき事を確信し切望す。
七、小説以外に書くべき事項は、随意の題目として一週に幾回出すべきか。又その一回の分量は。↓その事はその時々に御相談致したし。多作は希望せず。先生の御希望も伺い臨機に都合よく取極めたし。
八、雑誌には今日の如く執筆の自由が許されるか。↓『ホトトギス』へは御執筆御自由。その他一二の雑誌は差し支えなし。ただし、小説はぜひ一切社に申し受けたし。又他の新聞へは一切御執筆なからん事を希望す。
九、紙上に載せた一切の作物をまとめて出版する版権を得られるか。↓差し支えなし。
以上、かなり細部にわたり交渉がなされたことがわかる。金銭交渉、待遇折衝において、漱石は

〝金色夜叉〟と化したように見える。強気の姿勢だった。

漱石は三月十一日に雪鳥にあてた書簡で再度右記の条件を確認したうえ、

一度《ひとた》び大学を出でゝ野の人となる以上は再び教師抔《など》にはならぬ考故に色々な面倒な事を申し候。

と記して恐縮の態である。

西郷隆盛のような人

三月十五日、池辺三山が本郷駒込西片町《ほんごうこまごめにしかたまち》に住む漱石を訪ねてきた。

当時の新聞にとって、どんな小説記者を抱えるかは販売部数獲得の重要な戦略の一手段で、死活問題だった。池辺にすれば、是が非でも漱石を獲得したかった。その熱意を示すのに、漱石宅に〝夜討ち朝駆け〟をかけるくらいは厭《いと》わなかった。独占契約を結ぶ算段である。

二人は借家の二階で向かいあった。初対面である。

漱石はそのときの印象を記している。

出て面接して見ると大変に偉大な男であつた。顔も大きい、手も大きい、肩も大きい。凡て大きいづくめであつた。（中略）話をしてゐるうちに、何《ど》ういふ訳だか、余は自分の前にゐる彼と西郷隆盛とを連想し始めた。さうして其連想は彼が帰つた後迄も残つてゐた。（中略）何だか不安心な所が何処かに残つてゐた。然るに今日始めて池辺に会つたら其不安心が全く消えた。西郷隆盛に会つたやうな心持がする。

（「池辺君の史論に就て」明治四十五年五月十八日）

池辺の大柄な体格に漱石は西郷隆盛に似た大器を感じとったようだ。池辺三山の人物に感服、圧倒された。実際、池辺は漱石招聘にたいし、社内で進退を賭する覚悟で臨んでいた。これが江戸っ子・漱石の琴線に触れたと思われる。

「よし、わかった」

と漱石は意気に感じて、この日、入社を決意した。江戸っ子の潔さが垣間見られ、『坊っちゃん』の一場面を見るようで爽快である。

関西旅行

教師生活から離脱できる嬉しさのあまりであろうか、漱石は三月下旬から二週間ほど、京都、伏見、比叡山などへ遊覧の旅に出た。四年来の塵《ちり》を肺の奥から吐き出し、現地では旧友の菅虎雄、狩野《かのう》亨吉《こうきち》、高浜虚子らと語らい、「野に山に寺に社《やしろ》に」出かけ愉快に過ごし、解放感に浸った。「心を空《そら》にして」スキップでもするように喜々として古都を闊歩する漱石の表情は晴々としていたろう。教職にほとほと嫌気がさしていたから、さぞかし、頑固な肩凝りからも解放されたと思われる。

いよいよ朝日入社ということになりました。そこで年来の垢を洗い落とすつもりでもあったでしょうし、また大阪本社の方々にも会う必要があったのでしょう、三月の末にひとり関西へ旅立ちました。京都では学長の狩野亨吉博士のところへ御厄介になって、折りふし落ちあった菅さんと二人で、ゆるゆる方々を見物して歩いたようです。それから大阪へ行って、村山社長始め鳥居《とりい》素川《そせん》さんなんぞの幹部と初めてお会いしたようでした。（「朝日入社」『漱石の思い出』）

さらに、重要な用事として大阪朝日新聞社の関係者たちへの挨拶と面談が組まれていた。漱石は四月四日、大阪朝日新聞社主、村山龍平に面会する。

そんな話は聞いてない

大阪朝日新聞は四月三日に、漱石の朝日入社を第一面で伝えている。一方、東京朝日新聞はすでに四月二日に社告で、漱石入社を報じている。大阪朝日から見れば、東京朝日に先を越されたとあまり良い気分はしていないはずだった。

漱石は村山社主に会った後、晩餐会で大阪朝日の主筆、鳥居素川をはじめ十数人と会食する。この前後に漱石は鳥居素川から、漱石の関西移住の話をきく。初耳である。

「えっ、なに？」

と驚き、意表を衝かれた。漱石に関西移住の気はない。

鳥居素川にすれば、漱石という作家に注目して、新聞記者として招聘を考えたのは自分だという気持ちがある。大阪朝日は朝日新聞の本流で、東京朝日は支店との認識がある。それなのに、東京朝日は四月二日に早々と漱石の入社を伝えていて、出し抜かれたという意識があるから、なおさら怒り心頭だった。

その鳥居素川は漱石を大阪朝日に入社させ、さらに関西移住を計画していた。

だが、東京朝日新聞は大阪側の計画を認識していなかった。両社で意思の疎通がはかられていなかった。

関西移住をもち出された漱石は困惑した。

この場合、漱石は被害者だった。

「そんな話は聞いてない。困る」

というのが正直な感想だったであろう。

池辺三山の早すぎる死

漱石にとって、朝日入社はありがたいが、関西移住は希望しない。

だが、強く求められたらどうするか。朝日入社が反故《ほご》になる事態も想定される状況だった。

漱石の心配は募った。

しかし、漱石が池辺三山に西郷隆盛を連想して、人物を見こんだとおり、池辺は頼れる男だった。東京朝日新聞で仕事ができるように朝日内で根まわししたようだ。

池辺にしてみれば、漱石招聘に進退を賭する覚悟で臨んでいたし、すでに、「彼時差上置候箇条書」にあるような細かい契約を交わしていた。引き下がる状況にはない。熱心、かつ精力的に動いたようだった。

やがて、大阪から鳥居素川が上京して東京朝日で面会しているので、漱石の関西移住の件は解決したものと判断できる。朝日内の争奪戦は決着した。漱石招聘における池辺三山の尽力は計り知れないものがある。

その池辺三山は漱石との初対面から五年後の明治四十五年（一九一二）二月二十八日、心臓病で急死する。享年、四十七だった。三山は、この前月に母を亡くしているから、母親の後《あと》を追うような死だった。

漱石は池辺三山がさらに生きていたら、「莫逆《ばくげき》の交りが二人の間に成立し得たかも知れなかつた。不幸にして其交りが熟し切らないうちに彼は死んだ」（「池辺君の史論に就て」）と、その死を深く惜しんだ。

池辺三山は漱石がこの人はと見こんだとおりの人物だった。

朝日新聞史をたどるとき、夏目漱石と池辺三山の名は外せないであろう。

第五章　新聞文士

1　破格の扱い

死んだ子規も驚くだろう

あらためて漱石の「入社の辞」を見てみよう。

新聞社の方では教師としてかせぐ事を禁じられた。其代り米塩《べいえん》の資に窮せぬ位の給料をくれる。食つてさへ行《ゆ》かれゝば何を苦しんでザツトのイツトのを振り廻す必要があらう。やめるなと云つてもやめて仕舞ふ。休《や》めた翌日から急に脊中《せなか》が軽くなつて、肺臓に未曾有《みぞう》の多量な空気が這入つて来た。

（「入社の辞」）

「是も新聞屋になつた御蔭である」と感謝するばかりであるという。

人生意気に感ずとか何とか云ふ。変り物の余を変り物に適する様な境遇に置いてくれた朝日新聞の為めに、変り物として出来得る限りを尽すは余の嬉しき義務である。

（同）

漱石は、「入社の辞」の末尾で、おのれが「変り物」であると連発する。

「己を曲げずして」「忙がしくなく時間づくめでなくて、飯が食へる」生活を学生時代から志向していた漱石は、明治四十年、四十歳になって、ようやく目標の地に立てたのである。

漱石は、この「入社の辞」を発表する一ヵ月ほど前、「京に着ける夕」を四月九日から三日間にわたり大阪朝日新聞に連載した。四月九日は紙齢九千号を迎えた記念すべき日であり、漱石の文章はその第一面に掲載された。

大阪朝日は四月四日にすでに、漱石の入社を第一面で伝えていた。「京に着ける夕」といい、「入社の辞」といい、朝日新聞は漱石を破格の扱いで迎えた。いかに漱石の入社を切望し、作品に期待していたかの証である。

「京に着ける夕」で漱石は古都・京都の春寒《はるさむ》の宵を描写しつつ、正岡子規と訪ねてきたときの思い出に浸る。

故人となった子規を回想し、我が身の転変に思いをいたす。


子規の骨が腐れつゝある今日に至つて、よもや、漱石が教師をやめて新聞屋にならうとは思はなかつたらう。漱石が教師をやめて、寒い京都へ遊びに来たと聞いたら、円山《まるやま》へ登つた時を思ひ出しはせぬかと云ふだらう。

（「京に着ける夕」）


漱石の新聞屋への転身は子規さえ驚きの対象としてとらえたであろうというのが漱石の感想である。もっとも、「かく申す本人すら其の点に就ては驚いて居る」（「入社の辞」）のだから全員が驚く転身だった。

花の名を拝借して

かくして、漱石は入社第一作『虞美人草』の連載を開始する。東京朝日新聞と大阪朝日新聞とに同時掲載、六月二十三日から十月二十九日（大阪は二十八日）までだった。

これより前の五月、漱石は東京朝日新聞に「『虞美人草』予告」を載せた。

> 昨夜豊隆子《ほうりゆうし》と森川町を散歩して草花を二鉢《ふたはち》買つた。植木屋に何と云ふ花かと聞いて見たら虞美人草だと云ふ。折柄《おりから》小説の題に窮して、予告の時期に後れるのを気の毒に思つて居つたので、好加《いいか》減《げん》ながら、つい花の名を拝借して巻頭に冠《かぶ》らす事にした。
>
> （東京朝日新聞、明治四十年五月二十八日）

漱石は入社第一作を執筆するにあたり、朝日新聞から小説の題を求められ、『虞美人草』とした。門人の小《こ》宮《みや》豊隆《とよたか》と本郷森川町を散歩しているときに目に入った花の名を拝借したと書いている。小宮にたいしては、東大時代に漱石が保証人となっているし、木曜会の常連でもあり、ごくくつろいだ散歩の途中に虞美人草を見かけて植木屋で買ったようだ。

漱石は小説の題を「好加減ながら」とみずから書いているように、さして深く考えずにつけている。たとえば、『それから』は『三四郎』以後の話としてつけている。連載を書き終える時期に見当をつけて『彼岸過迄』とし、『門』にいたっては弟子に選ばせている。

漱石は予告のなかで続けて、虞美人草を描写する。

純白と、深紅《しんく》と濃き紫のかたまりが逝《ゆ》く春の宵の灯影《ほかげ》に、幾重《いくえ》の花弁《はなびら》を皺苦茶《しわくちゃ》に畳んで、乱れながらに、鋸《のこぎり》を欺《あざむ》く粗き葉の尽《つ》くる頭《かしら》に、重きに過ぎる朶々《だだ》の冠を擡《もた》ぐる風情は、艶《えん》とは云へ、一種、妖冶《ようや》な感じがある。余の小説が此花《このはな》と同じ趣を具《そな》ふるかは、作り上げて見なければ余と雖《いえど》も判じがたい。　（同）

虞美人草が図鑑さながら正確に描かれている。漱石の植物にたいする描写は緻密で写実的である。

植物への造詣

驕慢《きょうまん》な女主人公・藤尾《ふじお》を中心に、我執と道義の相剋を描いたのが、小説『虞美人草』である。草木としての虞美人草は作中の最終節・十九に登場する。藤尾が死んで横たわる部屋に屛風が置かれている。

「逆《さか》に立てたのは二枚折の銀屛《ぎんびょう》である」以下の文章に虞美人草が綴られる。

一面に冴《さ》へ《ママ》返る月の色の方《ほう》六尺のなかに、会釈もなく緑青《ろくしょう》を使つて、柔婉《なよやか》なる茎《くき》を乱るる許《ばかり》に描《かい》た。不規則にぎざ〱を畳む鋸葉《のこぎりば》を描いた。緑青の尽きる茎の頭には、薄い弁《はなびら》を掌《てのひら》程の大さに描た。茎を弾《はじ》けば、ひら〱と落つる許《ばかり》に軽く描た。　（『虞美人草』十九）

逆さまに立てられた屛風に描かれた花は虞美人草で、落款《らっかん》は江戸後期の画家・酒井抱一《さかいほういつ》（一七六一～一八二九）であると書いている。

だが、抱一に虞美人草を描いた絵はない。代表作、「夏秋草図屛風」を想定したのではないかと想像される。

それにしても、虞美人草の細密な表現に見るまでもなく、漱石の植物への思い入れは尋常ではない。

漱石は小説家になる前は建築家を指向していた。もし建築家でなく、植物学者をめざしたなら、長兄の反対もなく、植物学教授になれたのではないかと思えるほどである。それほど植物にたいして造詣が深く、その興味と観察眼は群を抜いている。

大正五年二月に揮毫《きごう》した扁額《へんがく》に、「我師自然」がある。植物は自然そのもの。草木への傾倒は漱石の生涯を貫いている。

古川久氏の研究（『漱石と植物』）によれば、岩波版・漱石全集には二百六十一種の草木が登場する。たいへんな数である。

漱石は生涯、約二千六百句の俳句を詠んだといわれる。子規との交流、感化もあり、俳句に傾倒する。好きが高じての句作である。漱石が俳句に長じた、その根底に植物好き、草木への造詣がうかがわれる。

句作の基本として、自然観察や植物の知識は欠かせない。季語、とくに植物に精通していなければ俳句は詠めないといっても過言ではないだろう。

本草学

さて、俳句の歴史をたどると、植物学の浸透や発達と無縁ではなく、平行して影響しあい、成熟度を増しているのがわかる。そして、松尾芭蕉《まつおばしょう》という俳聖が生まれ、俳句芸術は精華を迎える。季語の重要性も定着した。

江戸時代に俳句芸術が一気に花開くのも植物学の進歩があればこそである。その一連の背景で、『本草綱目《ほんぞうこうもく》』という書物の存在は無視できない。この書は、中国・明《みん》代の名医、李時珍《りじちん》（一五一八～九三）が三十年来の研究の末に完成させた薬物解説書で、植物を中心にして千八百九十二種の薬物が掲載されている。

慶長《けいちょう》十二年（一六〇七）、この書が長崎に伝来したとき、手にしたのは林羅山《はやしらざん》だった。羅山といえば、徳川家康以降、四代の将軍に侍講として仕えた、幕府の儒官《じゅかん》、林家《りんけ》の祖である。学問を以て幕府内で隠然たる力を発揮した。羅山は入手した『本草綱目』を家康に献上した。医学や薬学好きで、〝医学博士〟並みの知識を積み、みずから製薬して健康管理に努め、家臣や大名にも薬を分け与えたのが家康だった。

鎌倉時代に普及し漢方医学の基本ともなった医薬書に、『太平恵民和剤局方《たいへいけいみんわざいきょくほう》』がある。中国・宋《そう》時代の処方集で、薬の製法や適応症が記載されている。家康はこの書を陣中にまで持参し、愛読していたという。それほど医薬にたいし好奇心を募らせていた家康は、『本草綱目』の内容に注目し、翻刻を命じた。寛永十四年（一六三七）に翻刻が終了すると、和刻本が多数出まわり、日本の本草学発展の基礎となった。戦国・江戸時代に植物学の名はなく、本草学と呼ばれていた。

本草学は主に薬用の観点から植物や動物、鉱物など、自然界の物を研究する学問である。本草と名がつくように、研究は主に植物が中心だった。その研究者は本草家と呼ばれ多くは医者が担っていた。

貝原益軒の歳時記

その『本草綱目』を本格的に研究し、検証して誤りを正しつつ紹介した人物に貝原益軒《かいばらえきけん》（一六三〇～一七一四）がいる。益軒は宝永《ほうえい》六年（一七〇九）に『大和本草《やまとほんぞう》』を刊行した。十六巻、付録二巻、諸品図三巻から成り、総数千三百六十二種の植物や鉱物などを分類、解説した、わが国初の博物学書だった。

益軒は健康啓蒙書『養生訓《ようじょうくん》』ばかりが突出して知られているが、『黒田家譜《くろだかふ》』『慎思録《しんしろく》』『諸国巡覧《しょこくじゅんらん》記《き》』など、生涯、九十八部二百四十七巻の多彩で膨大な著作を残している百科全書的教養をもった知識人である。

江戸時代の古学派の雄、荻生徂徠《おぎゅうそらい》は、日本第一の博識はときかれ、益軒の名を挙げている。また、幕末に来日したシーボルトは、「日本のアリストテレス」と評した。

その益軒に『日本歳時記』（貞享《じょうきょう》五年／一六八八）の著書がある。日本で最初の歳時記である。俳句愛好者に歳時記は欠かせない一書である。季語や風物詩、年中行事などの情報が季節ごとに列挙され、解説されている。

俳句を愛好する漱石にも歳時記は必要だったと思われる。

漱石は貝原益軒の著作に親しんだのだろうか。岩波版・漱石全集の「漱石山房蔵書目録」を見ると、はたして、『日本歳時記』（貞享五年、日新堂梓）が見出せる。漱石は益軒本を架蔵していた。

さらに、『詩歌連俳《しいかれんぱい》　季寄註解《きよせちゅうかい》　改正月令博物筌《かいせいげつれいはくぶつせん》（春、夏、秋、冬之部）』（貝原益軒増選、鳥飼洞斎《とりかいどうさい》編述、明治二十七年、交盛館、四冊）も有している。

この季寄せは正岡子規も版は違うものの、架蔵している。

子規は『季寄注解　改正月令博物筌』（春夏秋冬、十冊、文化元年、鳥飼洞斎撰）をもっていた。

漱石と子規にとって、益軒の歳時記は重要な資料だったようだ。益軒本は句作には必携書だったのがわかる。

花、甚だ艶なり

江戸の知識人、益軒は虞美人草をどう記しているだろうか。

『大和本草』において花草類「虞美人草」の項で、以下のように記述している。（書き下し文に変更）

> 美人草と称す。ケシに似て小なり。紅、紫、白の三種あり。（中略）四、五月に花をひらく。花、甚だ艶なり。好花とす。苗生じてのち他土に移してもよし。

虞美人草はケシ科の一年草。茎は直立し、高さは六十センチ程度。葉は互生する。五月ころ、皺のある四弁花を開く。花の大きさは五〜六センチ。花色は、紅、紫、白、絞りなど。別名に、雛罌粟《ひなげし》、麗春花《れいしゅんか》、美人草《びじんそう》、ポピーなどがある。ヨーロッパ原産で、江戸時代に伝来した。

虞美人草の由来をたどれば、紀元前三世紀ころ、中国・楚王《そおう》の項羽《こうう》の寵姫《ちょうき》・虞美人が、項羽に殉じたのち、化してこの花になったとの伝説からその名がついたといわれる。漢籍に長じている漱石は当然、この伝説を知ったうえで小説の表題として採用したはずである。

虞美人草（美人草）は夏の季語で小林一茶に、

美人草そなた本地《ほんじ》は何菩薩《なにぼさつ》

の句がある。

漱石の場合、他に『園芸文庫』（前田曙山《まえだしょざん》、明治三十六・三十七年、春陽堂、十二冊）、『草木栽培全書』（千山万水、明治三十八年、春陽堂）など。さらには、『農事試験場特別報告』（三宅恒方《みやけつねかた》述。農商務省農事試験場）の明治四十四年、四十五年版も架蔵している。

好奇心のおもむくまま、園芸書や専門書を読みこみ植物に関する知識の吸収に努めたようだ。「詩人は生まれるもので、作られるものでない」という言葉がある。漱石の文章力は生まれながらであり、また、尋常でない植物へのまなざしや関心も、まさに〝生まれるもの〟だったといえる。

2 『虞美人草』連載のころ

作者本人は不満でも

鏡子夫人は『漱石の思い出』の「朝日入社」の項で以下のように記している。

「虞美人草」を書き始めたのは、たしか五月末ごろからだったでありましょう。新聞に出始めたのは六月に入ってからで、それから十月初めまで続いて出ましたが、なにしろ始めての長篇ではあり、重い責任をもって新聞に入って書く最初のものであり、ことに暑さに向かっての労作のことでしたから、ずいぶん骨も折れたようでした。（中略）さてこれほどの苦労をしてでき上がってみると、どうも練れてない、垢《あか》ぬけがしていない、そうして匠気《しょうき》があるなどとか申して、自分では不満がっておりました。

漱石自身は『虞美人草』の出来を、技巧をみせびらかす匠気を感じて満足しなかったようだ。そのため、アメリカでの翻訳出版の話も断り、芝居にしたいという申し出も拒否している。尾崎紅葉の『金色夜叉』が芝居や歌で評判をとった状況とはちがっている。漱石は『金色夜叉』と同じ道をたどるのを嫌ったのかもしれない。

漱石は小説の出来に不満を洩らしているが、世間での評判は高かったようだ。

夏の始めごろには「三越」で「虞美人草」の浴衣《ゆかた》を染めて売り出しまして、私のところへも二反ばかりくれますし、池ノ端の玉宝堂あたりでは、虞美人草の花模様の中に小さい養殖真珠をはめたのを、名まえほどのことはなく貧弱のものではありましたが、「虞美人草」の指環《ゆびわ》だといって売り出しますし、読者からは手紙がきますといったわけでした。

（『漱石の思い出』）

読者からの手紙も数多く寄せられたようだった。

『虞美人草』は話題を呼び、反響はそれなりに大きく、漱石を記者にした朝日新聞の狙いは当たったようだ。

では、朝日新聞は漱石作品で販売部数を伸ばしたのだろうか。

部数伸長は事実

『朝日新聞販売百年史（大阪編）』（昭和五十四年五月刊）によれば、大阪朝日新聞の明治三十九年（一九〇六）における一日の平均発行部数は、十二万千八百十七部だった。

明治四十年は十三万六千八百二十部。明治四十一年は十五万九千九部。

一方、東京朝日新聞の明治三十九年の一日の平均発行部数は、九万六千四百七十五部。

明治四十年は八万二千七十三部。明治四十一年は十万千二百十四部。

今日の数百万部という発行部数とは比較にならないほど少なかった。

『こゝろ』（連載時は『心　先生の遺書』）の連載が開始されたのは、大正三年（一九一四）四月。この年の大阪朝日新聞は二十四万千七百七十七部。東京朝日新聞は十四万八千四百九十五部だった。

遺作『明暗』の連載が開始されたのは、大正五年五月。この年の大阪朝日新聞は二十五万九千九百二十四部。東京朝日新聞は十六万九千七百十九部である。

大阪、東京とも、着実に販売部数を伸ばしているのがわかる。

明治時代に近代国家が形成される過程で、新聞という報道媒体が市民に浸透し定着した歴史がある。国会開設や憲法発布、日清・日露の戦争も体験し、情報の市民生活に及ぼす重みは増すばかりだった。

朝日新聞において、漱石の連載小説だけが販売部数の伸長に貢献したとは判断できないものの、伸びたのは事実である。

漱石の小説を掲載するのを機に、大阪と東京の両朝日新聞の販売体制の強化が図られた経緯がある。その結束が朝日の躍進につながったと思われる。池辺三山による漱石獲得の執念と胆力が朝日伸長の結果を生んだ。

大塚楠緒子

ところで、この明治四十年当時、新聞各社ではどんな作品が掲載されていただろうか。表にしてみた（154ページ）。

漱石の『虞美人草』が終わった翌日の十月三十日から東京朝日新聞は、二葉亭四迷の『平凡』の連載を開始している。

また、漱石が『虞美人草』連載中のほぼ同時期、万朝報の連載小説は大塚《おおつか》楠緒子《くすおこ》の『露』であった。

どんな職業であれ、同業者の動向は気になるもので、小説家とても例外ではない。漱石も大塚楠緒子の連載小説が気になっていたはずである。

この小説家にして歌人の夫は大塚保治である。保治は漱石の英国留学後に東大講師の就職口を斡旋した人物で、そればかりか、漱石が朝日に入社する直前に東京帝大英文科教授の口も紹介している。結果的に保治の提示を反故にして、朝日新聞に入社している。その夫人である大塚楠緒子の動向は漱石にとって二重に気になっていたと思われる。

■明治40年（1907）における新聞各紙の連載小説

新　聞	作　家	作品名	連載期間
やまと新聞	泉鏡花	『婦系図』	1月1日～4月28日
大阪毎日新聞	菊池幽芳	『琉球と為朝』	1月3日～2月22日
東京朝日新聞	半井桃水	『残雪』	1月28日～4月15日
読売新聞	ユワン・メー作 白柳秀湖訳	『外交奇譚 権謀・朝霧』	1月21日～2月9日
都新聞	岡田八千代	『黄橙』	2月23日～6月8日
東京朝日新聞	須藤南翠	『狂瀾』	3月17日～6月24日
万朝報	小栗風葉	『天才』	3月23日～8月31日 中止
都新聞	橋本十駕	『いひなづけ』	6月9日～10月7日
大阪毎日新聞	塚原渋柿園	『石川五右衛門』	6月9日～11月11日
万朝報	大塚楠緒子	『露』	7月19日～9月13日
東京朝日新聞	**夏目漱石**	**『虞美人草』**	**6月23日～10月29日**
大阪朝日新聞	**夏目漱石**	**『虞美人草』**	**6月23日～10月28日**
東京朝日新聞	武田仰天子	『湯島近辺』	6月25日～9月5日
大阪朝日新聞	渡辺霞亭	『島守』	6月30日～8月21日
東京朝日新聞	半井桃水	『天狗廻状』	9月6日～12月12日
読売新聞	徳田秋声	『凋落』	9月30日～ 明治41年4月6日
東京朝日新聞	二葉亭四迷	『平凡』	10月30日～12月31日

この楠緒子が明治四十三年（一九一〇）十一月九日に、療養中の大磯にて三十五歳の若さで死去する。
その悲報に漱石は手向けの句を詠んでいる。

棺《ひつぎ》には菊抛《な》げ入れよ有らん程

有る程の菊抛《な》げ入れよ棺《かん》の中

葬儀は十一月十九日に執りおこなわれたが、漱石は風邪のため列席はかなわなかった。

新聞連載に臨む心構え

漱石は東京朝日新聞に入社して、小説を発表したのだが、新聞連載は初めての試みでもあり、漱石にとって緊張の連続だったようだ。
鏡子夫人は回想している――。

これを書いてる間、終始少し興奮していまして、そうして例の胃弱で相当弱っておりました。がとにかく一生懸命で、ほかのことはいっさい手につかないといったぐあいにこの作に打ち込んでこっておったようですが（後略）

（「朝日入社」『漱石の思い出』）

と『虞美人草』一点に集中する漱石の姿を語っている。

漱石には新聞連載に臨む心構えがあったはずである。

その本心とも思える発想が、連載を始める前年の『断片』（明治三十九年）でかいま見られる。

○需用《ママ》供給。　ヨキ作品ヲ出シタル人ガ、ヨキ地位ト報酬ヲ得ベキガ正当デアル。

然ルニ大多数ノ読者ハ趣味ガ低イ。従ツテ趣味ノ低イ者ガヨク売レル。従ツテ趣味ノ低イ者ヲ本屋ガ歓迎スル。従ツテ高級ナ作品ヲ出ス者ハ餓死スル訳ニナル。作品ノ価値ト報酬が反比例スルト云フ妙ナ現象ニナル。

之ヲ正ス器械的ナ方法。　高尚ナ作品ヲ喜ブ読者ハ少数デアル。然モ作者ハ大多数ノ読者ヲ有スル低級芸術家ヨリモ多クノ報酬ヲ得ねバナラン。従ツテ自己ノ作品ハ作品固有ノ価値ヲ付サネバナラン。

漱石は読者というのは低級であり、低級な本がよく売れると分析する。このため、高級な作品を書く小説家は餓死してしまう。もちろん、漱石は高級な作品を志向している。だが、餓死は困る。「ヨキ作品ヲ出シタル人ガ、ヨキ地位ト報酬ヲ得ベキガ正当デアル」との考えで、漱石は朝日新聞と交渉して、月二百円の高額報酬を得る地位に就いた。その交渉過程において、「下品を顧みず金の事を伺ひ候」として望ましい報酬金額を勝ち取っている。

ミザンスロピック病――厭世病を自認する青年時代を送った漱石が、みずから摑んだ地位と報酬だった。ついに、「己を曲げずして」「忙がしくなく時間づくめでなくて飯が食へる」生活を実現したのである。

自己ノ作品ハ作品固有ノ価値ヲ付サネバナラン

この意気ごみが漱石の新聞小説に貫かれている。

さらに、『断片』で記す。

△Life is literature。他ノ学問ハ学問ヲ障害スル者ガ敵デアル。貧、多忙。圧迫。不幸。悲酸。不和。喧嘩等。夫ダカラ他ノ学問ヲヤルモノハ可成之《なるべく》ヲ避ケテ、時ト心ノ余裕ヲ得ヨウトスル。文学者モ今迄ハサウ云フ了見デ居タ。（中略）文学ハ life 其者デアル。苦痛、悲酸、人生ノ行路ニアタル者ハ即チ文学デアル、他ノ学問ガ出来得ル限リ之ヲ避ケントスルニ反シテ文学ハ進ンデ此中ニ飛ビ込ムノデアル

人生は文学である。また、文学は人生そのものだとして、文学者のあるべき立場を肝に銘じる。

新聞文士の道を選んだ漱石は、苦痛、悲酸、貧、多忙、圧迫、不幸、不和など火中の栗をむしろ拾って、前に進むと決意する。

このような発想の下、漱石は『虞美人草』の執筆に臨んだのである。

しかし、その出来は世間の評判に反して、漱石自身は、技巧をみせびらかしているとして満足しなかったようだ。

臨時賞与の金額に

『虞美人草』を連載中の七月十日、東京朝日新聞から月給とは別に臨時賞与として五十円が支給された。だが、この金額に漱石は不満だったようだ。入社当時の約束では、半期半期で月給の三月分以上を出すという話だったのにどうしたわけだと意外に思ったのだった。

鏡子夫人は回想している——。

あえて金が欲しいというのではないが、当初の約束に違うではないか、今から約束を違えるようでは、末が思いやられる

（「長男誕生」『漱石の思い出』）

と不満たらたらだった。親戚縁者と金銭にまつわるトラブルで苦汁を嘗めているせいか、漱石はこと金銭の話となると黙っていられない傾向があるようだ。

だが、入社半年は臨時賞与は出ないのが規則のところを、池辺三山の好意で与えられたと知り、感謝の意を相手に伝えている。

こういうところは几帳面で、金のことだからといって潔白そうにずるずるにしておくというようなことはなく、そのかわり事の子細がわかれば釈然となるといったぐあいで実もってさばさばしたものでした。

（同）

問題が解決すればさっぱりする、江戸っ子・漱石を見る思いがする。

3　池辺三山の辞職

〝煤煙事件〟

明治四十四年（一九一一）の秋、漱石の耳に池辺三山が朝日を辞めるという話が伝わってきた。

この年、漱石は八月に大阪朝日新聞主催の講演会のため近畿地方に旅行に出かける。その最中から胃の具合に変調をきたし、大阪・北浜の湯川胃腸病院に入院する事態となる。急遽、鏡子夫人が大阪に向かい看病にあたる。

そして、九月十四日、東京に戻るが、こんどは痔疾が悪化し、十六日に自宅に往診してもらい切開手術を受けた。

この胃潰瘍と痔疾で難儀していたため、池辺三山が陥った状況にまったく気づいていなかった。

池辺三山が会社を辞める羽目に陥ったのは、いわゆる〝煤煙《ばいえん》事件〟だった。

漱石の弟子で、「朝日文芸欄」の編集に携わっていた森田米松《もりたよねまつ》（草平《そうへい》）が連載していた『自叙伝』について、不道徳との指摘があり文芸欄の廃止が議論された。

森田草平は東大英文科在学中、漱石の木曜会に出席。卒業後、岐阜に帰郷していたが、『草枕』に魅せられ上京、門人のひとりとして漱石邸に出入りしていた。

明治四十一年（一九〇八）三月、妻子ある文学士・森田草平は女子大出で二十二歳の若い平塚明《ひらつかはる》（らいてう）と、雪の塩原尾花峠に心中行未遂事件を起こし、一大スキャンダルとなった。世間から指弾される森田を漱石は自宅に二週間ほど庇護した。その間、漱石は、「書くほかに、今君が生きてゆく道はない」と助言した。

そして、漱石のはからいで、森田は情死行の体験を、『煤煙』と題して、東京朝日新聞に明治四十二年（一九〇九）一月一日から五月十六日まで連載した。森田は一躍、人気作家となり、知名度は漱石を上回るほどだった。

その後、森田は漱石の指示で「朝日文芸欄」の編集に携わるようになった。

『自叙伝』（明治四十四年四月二十七日〜七月三十一日、東京朝日掲載）は、その『煤煙』の続編だったので、朝日新聞内では、〝煤煙事件〟と呼ばれる。一大スキャンダルが蒸しかえされる自伝小説が掲載され、不道徳の批判が高まったのだった。

このとき、東京朝日新聞の会議で、存続を主張する主筆格の池辺三山と廃止を訴える政治部長の弓削田精一とが真っ向から対立し、社内を二分する紛争となった。

流れは廃止に傾き、九月三十日に池辺三山は辞職し、弓削田はやがて大阪に異動する。

十月三日、漱石は池辺三山の訪問を受け、一連の〝煤煙事件〟と池辺の退社を知った。おおいに驚き、漱石はその場で、自分自身の辞意を伝えたものの、引きとめられた。

けっきょく、十月二十四日、漱石も出席した東京朝日新聞の評議会で文芸欄の廃止と森田草平の解任が正式に決まった。漱石の肝入りで始められた文芸欄は二年間で廃止されてしまった。

辞表提出

漱石は前年の明治四十三年、修善寺で大吐血をきたしている。いわゆる、〝修善寺の大患〟で生死の間を行き来した大厄ともいえる年だった。明けてこの年はその嫌な流れを引き継いで、湯川病院に入院し、痔疾で手術した大難の年だった。そのため、連載小説を書けなくなっていた。朝日入社以来、初めての休筆である。年間必ず一本の長編小説を載せるという朝日との約束をはたしていなかった。いわば、契約違反を犯していた。

責任感が強く、律儀な性格の漱石である。病体とはいえ、忸怩《じくじ》たる思いで日々を送っていただろうことは容易に想像できる。

そこへ降って湧いた〝煤煙事件〟である。厄介な事件にさぞかし胃潰瘍もさらに悪化したであろう。

鏡子夫人の回想――。

この年の十一月ごろのことでしたでしょう。「朝日」で主筆の池辺三山さんがおやめになるというので、自分でもいわば池辺さんから迎えられて、池辺さんを信じて入社したようなわけなので、それに殉じてと申しますか、辞職するというので、届書までだしたようでした。

（「破れ障子」『漱石の思い出』）

漱石は池辺三山の辞職を知り、自分も辞職を考えた。朝日には池辺の縁で入社できたので恩義がある。

漱石は鏡子夫人に相談した。

自分は融通のきくほうでないから、朝日の月給を離れたなら、筆一本でこれまでの収入を確保できないかもしれない。かといって、教師をする気もない。困惑して、

「どうだ、それで家の経済はどうなりやってゆけるか」

と妻にきいた。

漱石の人生を俯瞰《ふかん》して、病気を別にしたら、このときほどの危機はない。生活が根底から瓦解する可能性があった。

鏡子夫人は、

印税や何かで、まあまあどうにかこうにかやってゆけましょう。収入が少なくなればなったで、そのようにしてでればやってゆけると思いますから、どうか名分のたつように自由にやってください。（同）

と冷静だった。

さらに、夫人は、前年の〝修善寺の大患〟で朝日には一方ならぬ世話になっていて、辞めるとそのほうには差し支えはないかと気づかっている。

考えた末、漱石は十一月一日に辞表を提出した。筋を通したのである。

慰留を受け入れる

すると、池辺三山や弓削田精一ほか幹部が次々に慰留に訪れた。

朝日新聞にとって、漱石は池辺が密な交渉の末、招いた社員である。また、漱石作品で販売部数を伸ばした経緯もあるので、漱石が退社するとなると相当の痛手をこうむるのは必定。必死に漱石の辞表撤回を求めたといえる。池辺と弓削田は〝煤煙事件〟では敵対していたが、漱石残留の件では同体だった。

鏡子夫人の回想——。

もともと自分が排斥されてるのではなし、皆さんの意志がわかってるのに、いつまで女々《めめ》しく自分一人強情を張ってるでもないとあって、それじゃ自分の方はきっぱり辞職を思い止まろうと申しまして、届書は引っ込めたようでございました。

（「破れ障子」『漱石の思い出』）

一件落着した。

「しかしとうとう池辺さんはおやめになってしまいました」

と夫人には未練が残ったようだった。

このときの鏡子夫人の一連の対応をみると、巷間、悪妻といわれている鏡子夫人であるが、どうして、たいへんな良妻であり、頼もしい伴侶だった。

けっきょく、漱石は朝日に残った。

ところで、漱石がもし朝日専属の新聞文士を辞めたらどうなったであろうか。

たとえ朝日を辞めても別の新聞社でも書けるという自信もあっただろうが、収入は激減しただろうと思われる。

漱石のほうにも、

「おれを外して朝日の小説は立ち行くのか」

との気持ちもあったはずである。

だが、夏目家にとって危機である事態に変わりはない。

一方、朝日新聞社のほうは漱石のいない小説欄はありえなかった。漱石がいなくなれば読者は離れ、販売部数の減少は否めない。漱石が他社で発表すれば、そっくり読者はそこに流れる。しかし、辞表を提出したものの、漱石の朝日にたいする信義は厚く、他社で書くつもりはなかった。

かくして、漱石は慰留を受け入れ、辞表を撤回して朝日に残留した。

翌明治四十五年（一九一二）、その騒動が嘘だったかのように、大阪朝日新聞、東京朝日新聞ともに一月二日から、『彼岸過迄』の連載が開始された。

辞表を提出して一ヵ月後の連載だった。漱石はすでに次作の小説を用意していたのである。

第六章

神経衰弱の実相

1　暴言と癇癪

明治三十七、八年ころはまだ正常範囲

漱石の持病に胃病がある。

しかし、若いころの漱石は、「はじめに」で書いたごとく、むしろ健啖家で、そう胃弱ではなかった。

漱石の残した雑記録である『断片』（明治三十七、八年ころ）に舌を見る場面が記されている。

　鏡に向つて吾舌の恙《つつが》なきを見る

鏡に自分の舌を映し、舌のようすがふだんと変わりがないと書いている。見て、異常はない、と判断したので安心したであろう。

明治三十七、八年ころといえば、漱石が英国留学から帰国し、一高と東大の講師を兼務していた時代である。明治三十八年には、『吾輩は猫である』を『ホトトギス』に発表していて、漱石は三十七歳だった。

舌を診るのは漢方医学において、舌診《ぜつしん》といい、腹部を診る腹診《ふくしん》とならんで、基本中の基本の診断法である。今日でも漢方医学を実践する医者は必ず舌を診察する。

舌の深部や裏側には動脈や静脈が通っていて、舌はいわば、露出した内臓と見なされる。舌の色や形を診れば、体質や体調、病気の進行度などが判断できる。舌の表面を覆う苔《こけ》を舌苔《ぜったい》といい、その色や状態で心身の具合が診断できるので、舌苔の観察は重視されている。

しかし、漱石は漢方の使い手でもないし、蔵書に漢方医学にまつわる書物もない。舌診に通じているとも思えない。ただ、漱石にとっては、ふだんから舌を観察するのが健康度を計る自己診断法のひとつになっていたようだ。胃腸の調子が悪いときは舌にあらわれると知ったのだろう。

恙ない、と記しているので、その舌は正常状態の淡紅色で、舌苔は薄く白かったと思われる。胃に不調をきたした場合の漱石の舌は、おそらく、表面は淡白で、水っぽい苔が付着。舌の左右の端には歯の痕（歯痕）があって、ギザギザしているはずだ。漢方でいう、「水滞血虚《すいたいけつきょ》」の状態があらわれたと考えられる。

明治三十七、八年ころの漱石の胃は、まだ正常範囲だったと想像できる。

強度の胃病が発生するのは、朝日新聞の社員となり、本格的に小説を書きはじめて以降である。

夏目精神に異常あり

それまでは神経衰弱症状があり、夫人や子どもを悩ませていた。夫人の表現では、「頭を悪くした」となる。

鏡子夫人は英国留学が漱石に強い神経衰弱を引き起こしたと考えたようだ。その回想——。

ともかく切りつめすぎた生活の上にあまり勉強が過ぎたのでしょう、ひどく頭を悪くした様子でありました。

（「留守中の生活」『漱石の思い出』）

漱石は文部省からの給費留学生として二年間の英国留学を命じられ、明治三十三年（一九〇〇）九月、横浜港を出航した。ロンドンでの漱石は在留日本人ともほとんど交流せず、食費を節約して英文学研究のための原書を買いこみ、部屋で読書に明け暮れた。池田菊苗《いけだきくなえ》（化学者。「味の素」の開発者）との交際と自転車乗りに興じた体験が数少ない気分転換となったようだ。

漱石が夫人にあてた手紙で、「ロンドンの気候の悪いせいか、なんだか妙にあたまが悪くて、この分だと一生このあたまは使えないようになるのじゃないか」と悲観した内容を書き送っている。鏡子夫人に再三にわたり手紙を寄越すように催促するのも悲観と寂しさのあらわれと思える。

漱石にはミザンスロピック病（厭世病）と自分は変物だからという変人意識が根底にあるから、その症状は通常より強くなり、病的度も増幅される可能性も考えられる。

この事態を夫人はさして気にもとめていなかったそうだが、漱石の孤独と閉塞感は精神をかなり蝕《むしば》んだと思われる。

漱石はさらに、下宿の主婦《かみさん》姉妹が探偵のように自分をたえず監視してつけねらっている、いやなやつったらないとも考えていたようだ。明らかに被害妄想に陥っている。

漱石が文部省に提出すべき報告書を白紙で送ったり、部屋に閉じこもって泣いているといった生活ぶりが関係者のあいだで広がり、発狂したのではないかという噂がたった。自殺しかねないと心配は募り、問題視されたようだった。

明治三十五年（一九〇二）十月、藤代禎輔《ふじしろていすけ》（号・素人《そじん》）はロンドンで一通の電報の内容を伝えられた。藤代は横浜を出航するとき、漱石と同じ船「プロイセン号」に乗っている留学生である。

電報は文部省が岡倉由三郎《おかくらよしさぶろう》（岡倉天心の弟）に打った電報だった。

「夏目、精神に異状あり、藤代同道帰国せしむべし」

との内容だった。

この指示で漱石は、十二月五日、ロンドンを出航し、帰国の途についた。

かくして、漱石は明治三十六年（一九〇三）一月二十四日、牛込区矢来町の中根重一宅（鏡子夫人の父宅）に落ちつく。

漱石の英国留学は終了した。

暴言と癇癪

漱石の神経衰弱症状での最大の被害者は鏡子夫人であろう。

「出ていけ」

「里へ帰れ」

といった暴言や離婚話は日常茶飯事のようだった。留学で、「頭を悪くした」のは続いていた。

帰国した明治三十六年の夫人の回想――。漱石は四月から一高と東大の講師を兼務しはじめている。


六月の梅雨期ごろからぐんぐん頭が悪くなって、七月に入ってはますます悪くなる一方です。夜中に何が癪《しゃく》にさわるのか、むやみと癇癪《かんしゃく》をおこして、枕と言わず何といわず、手当たりしだいのものをほうり出します。子供が泣いたといっては怒り出しますし、時には何が何やらさっぱりわけがわからないのに、自分一人怒り出しては当たり散らしております。どうにも手がつけられません。

（「別居」『漱石の思い出』）

漱石は学校勤務を根っから嫌っていたとはいえ、家庭内での癇癪度は病的であり、異常である。激しい自律神経失調状態が見てとれる。感情制御ができない理不尽な行動に夫人もお手あげである。

夫人はちょうど妊娠中で悪阻《つわり》で苦しんでいた時期だったので、この夫・漱石の暴言や癇癪行為はひときわ応《こた》えたものと思われる。

そこで夫人はふだんから診てもらっている同じ町内に住む尼子四郎《あまこしろう》医師に折りを見て、夫を診てもらうことにした。

精神病の一種じゃあるまいか

尼子医師は、東京帝大医学部・青山《あおやま》（胤通《たねみち》）内科で学んでいる。広島県出身で、同郷の呉秀三《くれしゅうぞう》や富士川游《ふじかわゆう》などと、「芸備医学会」を創立して医学情報の交流の場を作り、熱心に活動した。漱石が千駄木町に転居した明治三十六年（一九〇三）に「尼子医院」を開業し、同年に千駄木へ移転している。年まわりでは漱石より二歳年上である。

そうすんなり夫は受診しないだろうと思っていたところ、案外、話はうまく運び、診察を終えたという。

尼子医師の診断は、

「ただの神経衰弱じゃないようだ（中略）精神病の一種じゃあるまいか」

という答えだった。

夫人が漱石からじかにきいたところによると、頭の調子がおかしくなると、これではいけないと思いあせるのだという。そこで、小さくなっておとなしくしている。しかしそれが理解されず、人がいじめにかかってくる。よし、それならと逆に意地ずくになると、無性にむかついて癇癪を爆発したくなるという話だった。

それなので、夫人によれば、頭の病気がおこると、いちばん身近にいる者が迷惑をこうむる破目に陥る。被害者は、夏目家内では夫人と子どもたちであり、留学中は、下宿の主婦《かみさん》姉妹だった。

夫人は医師の診断もあり、夫を精神病の持主と理解した。理解したうえでも、夫の感情爆発をかわすことはできなかった。子どもに危害がおよんでも困る。そこで、夫人はいったん、里に帰ることにした。別居生活は十日ほどで終わるが、夫の強度の神経衰弱はおさまらず、「里へ帰れ」の怒声がくりかえされた。夫人の実家を巻きこんで離婚も論議されるなか、十一月に三女・エイ（栄子）が生まれた。

「馬鹿っ」

漱石はある日、長男・純一《じゅんいち》、次男・伸六《しんろく》、四女・アイ（愛子《あいこ》）を浅草行きに誘った。明治末年か大正はじめのころの話である。

伸六は『父・夏目漱石』で回想している。

恐らくまだ私が小学校へあがらない、小さい時分のことだったろう。丁度薄ら寒い曇った冬の夕方だった。(中略)当時としてはかなり珍しい軍艦の射的場があり、私の兄がその前に立ち止ってしきりと撃ちたい、撃ちたいとせがんでいた。

しかし、純一は父の、一転して早く撃ての鋭い声に、急に尻ごみして怖じけづいたのと同時に、恥ずかしがって父親の背後に隠れてしまった。

父の顔は幾分上気をおびて、妙にてらてらと赤かった。

「それじゃ伸六お前うて」

そういわれた時、私も咄嗟《とつさ》に気おくれがして、

「羞かしい……僕も……」

私は思わず兄と同様、父の二重外套《まわし》の袖の下に隠れようとした。

「馬鹿っ」

その瞬間、私は突然怖ろしい父の怒号を耳にした。が、はっとした時には、私はすでに父の一撃を割れるように頭にくらって、湿った地面の上に打倒《ぶったお》れていた。その私を、父は下駄ばきのままで踏む、蹴る、頭といわず足といわず、手に持ったステッキを滅茶苦茶に振り回して、私の全身へ打ちおろす。

(『父・夏目漱石』)

公衆の面前、それも当時、日本一の盛り場で父親が幼い子どもをステッキで殴打、あまつさえ、下

駄で足蹴にする行為は誰が考えても尋常ではない。今日なら幼児虐待、暴力行為の現行犯で逮捕される可能性がある。

私の身は張り裂けそうになった

この場に居あわせていた四女のアイは、出がけの父に恐ろしい神経衰弱の兆候がうかがわれたので、行きたくなかったようだ。

もし、行きたくないとでも言おうものなら、「なぜ行かないんだ」と問い詰められるのは必定だった。怖くてとても言いだせる空気ではない。

この日ばかりは今にも爆発しそうな癇癪をわずかに理性で抑えている気むずかしげな父と一緒に、ただ黙々として歩いて行った。それはちょうど三匹の駄犬が尾を垂れて、のろのろと、しょうことなしに主人に従って行くさまにも似ていたろう。

（「末娘からみた父漱石の素顔」『婦人公論』昭和四十一年五月号）

なんとも気分の乗らない浅草行きである。

突然ステッキが弟めがけて降ってきた。その瞬間、私の胸は張り裂けそうになった。可哀相な弟！　私は恥ずかしかった。自分の子を打っている父！　だが私はその時、父を憎いとはつゆ思わなかった。ただ悲しさつらさ苦しさが言いようのないほどごっちゃになって、海綿が水を吸う

ように、私の胸の内にじっとりと広がって行った。私は父が恐ろしく、また同時に子供心にも憐れに思えてならなかった。（同）

文面には、父・漱石を庇《かば》い、慕う健気な娘の心情があふれている。この神経衰弱症状は、『吾輩は猫である』を書いていたころがもっとも激しかったという。

『猫』のころはまだアイは生まれていないから、最悪の父を知らない。それでも、浅草という盛り場で〝ステッキ殴打事件〟に出会っている。最悪の神経衰弱症状は想像するだけで恐怖である。身近にいる夏目家の人びとは生命の危機さえ感じたであろうと思える。

漱石は神経衰弱症状を抑えきれず、激情に駆られてわが子を殴打し、足蹴にして打ちのめした。内面に沈澱したストレスを一気に発散した場面ともいえる。

漱石の生きた明治・大正時代にストレスという表現は存在しなかった。ストレスは鬱憤《うっぷん》、肉体的精神的重圧、心労などと置き替えられるだろう。執筆の途上で招来されるあらゆる要素が漱石を襲っているると思われる。

2 幻聴、幻覚、被害妄想

「気味の悪いたらありませんでした」

夏目家の日常生活上で突然起こる漱石の感情爆発は鏡子夫人や子どもにとって、脅威であり、不安の種だった。ふだんはやさしいのに、いつ豹変《ひょうへん》して暴言・暴力をふるうか知れない父親——漱石。発作にみまわれているときは、地獄の家庭といっても言いすぎではないだろう。

いつも矢面に立つのは鏡子夫人である。

私などが言わない言葉が耳に聞こえて、それが古いこと新しいこととといろいろに連絡して、幻となって眼の前に現われるものらしく、それにどう備えていいのかこっちには見当がつきません。

（「小刀細工」『漱石の思い出』）

鏡子夫人にたいし、さらにとめどなく悪態をつき、狂的にいじめにかかる。漱石の症状は幻聴、幻覚の域に達しているので事態は深刻である。

英国から帰国した漱石を五歳の長女・筆子《ふでこ》は脅えたように避けたというが、父親の豹変に被害を受けていればこそである。

当時の書斎の机に半紙に墨書して次の文章が置いてあったという。

——予の周囲のものことごとく皆狂人なり。それがため予もまた狂人のまねをせざるべからず。ゆえに周囲の全快をまって、予も佯狂《ようきょう》をやめるもおそからず——

佯狂は狂人の真似をすることで、漱石自身は狂人を自覚していないとも受けとめられる。

これにたいして、夫人は、「気味の悪いたらありませんでした」と正直に記している（「小康」『漱石の思い出』）。

生活資金を渡さず、癇癪が起こると、煙草盆を放りつける、止まっているとして懐中時計を投げつける、食事中に膳をひっくりかえす、夜中に雨戸をあけて寒空に出ていく、大掃除が必要なほど書斎を故意に散らかすなど、異常行動はとどまるところを知らない。

成育歴に問題あり？

親から暴力を受けて育った子は、自分の子どもにも暴力をふるうのに抵抗感がなくなるという。暴力の伝播《でんぱ》であり、連鎖である。また、安定した家庭で育たないと、安定した精神も獲得できないともいわれる。漱石は幼くして里子に出され、養子にも出され、その後、呼び戻されるという、おだやかさとはほど遠い不安定な家庭環境に育っている。漱石もおそらく養父から暴言や身体的暴力を受けていたと思われる。漱石には望ましい父親のモデルがいなかった。父として、夫としてのふるまいの姿を理解していなかったと考えられる。

しかし、鏡子夫人は夫の暴言・暴力に耐えた。

「夏目が精神病ときまればなおさらのこと私はこの家をどきません」

と周囲に宣言している。

その夫人自身、

私の父というのが家庭の暴君でずいぶん短気で母なぞたびたび弱らされていたものでした

（「新家庭」『漱石の思い出』）

と回想している。

この時代の男は横暴がふつうだったのかもしれない。鏡子夫人の夫への理解と強力な支えがあればこそ、小説家・漱石が成立したといえそうだ。

「おい、探偵君。今日は何時に学校へ行くのかね」

漱石は家庭内でかなりの頻度で理不尽な行為に走る。鏡子夫人のいう、「頭を悪くした」ときに、異常行動となって家族相手に爆発する。では、他人にたいしてはどうだったのか。

当時の漱石の住まいは本郷区駒込千駄木町五十七番地。板塀と門のある小道を挟んだ東側に下宿屋がある。西側は郁文館《いくぶんかん》中学だった。

漱石自身が記している。

我輩の向ふの家に○○○といふ書生の合宿所がある此書生等は日常我輩の疳癪を起して大声を発するのを謹聴するの栄を得る果報者である　時として先生の仮声抔《こわいろなど》を使つて我輩を驚かしめる

（『断片』明治三十七、八年ころ）

書生たちは漱石が起こした癇癪を体験できて幸せ者だと漱石は書いている。

漱石の感情爆発は他人にも及んでいたのである。だが、文面上は漱石自身に加害者意識はない。その書生たちとの摩擦と漱石の異常行動は、鏡子夫人からみるとこうなる。

「向かいの下宿屋にいるある書生さんに対する仕打ちです」

小道の向こうにある下宿屋に住む書生の二階の部屋から漱石の書斎が見下ろされる具合になっている。毎晩部屋の明かりがついて書生が相当高い声で音読する。それが習慣とみえて、窓ぎわの机に向かって勉強しているときは決まって声をたてて本を読んでいる。さらに、友だちが遊びにくると大きな声で話をするという。

それがいちいち夏目の異常な耳には、穏やかならぬ自分の噂や陰口に響くらしいのです。そうして高いところから始終こちらの方をのぞいて監視している。（「離縁の手紙」『漱石の思い出』）

登校時間は書生も漱石も同じになる。漱石が出かけると、書生が後をついていく日もある。漱石は書生が気になってしかたがない。

「あれは姿こそ学生だが、しかし実際は自分をつけている探偵に違いない」

と思いこんだのである。

そこで朝起きて顔を洗って、いざこれから御飯という時になると、まずその前に書斎の窓の敷居の上に乗って、下宿の書生さんの部屋の方を向いて、大きな声で聞こえよがしに呶鳴《どな》るのです。

「おい、探偵君。今日は何時に学校へ行くのかね」とか、

「探偵君、今日のお出かけは何時だよ」

とか、自分では揶揄《からか》ってるつもりか、先方でそんなにこそこそついてこなくたってこちらで堂々と教えてやるよといったぐあいに、いっぱし上手《うわて》に出たつもりらしいのです。（同）

これが、漱石の言う、「大声を発するのを謹聴するの栄」に当たるようだ。

毎朝毎朝、探偵君と声をかけられる書生の身になってみれば迷惑千万。隣の住人の異常反応に驚くとともに、いい気持ちはしないだろう。しかも相手は四十歳に近い一高、帝大の講師である。あくまで、漱石は、書生は仮の姿で自分をつけている探偵であると被害妄想にとらわれている。

英国留学中の漱石は、下宿の主婦《かみさん》姉妹が探偵のように自分をたえず監視してつけねらっている、いやなやつったらないとも考えていた。留学中同様に、千駄木町の書生たちに怒りをぶつけつつ、不信感と被害者意識を募らせている。

虎の尾を踏んではいけないよ

漱石は神経衰弱が高じると、それを周囲に遠慮会釈なしにぶつけていた。弟子たちにはどう接していたのだろうか。

漱石山房で開かれる木曜会の常連に内田百閒《うちだひやっけん》がいる。内田百閒は芥川龍之介が、

内田百間《ママ》氏は夏目先生の門下にして僕の尊敬する先輩なり。文章に長じ、兼ねて志田流《しだりゅう》の琴に長ず。（「内田百間氏」『人物記』）

と記す小説家である。

その内田は著書のなかで、

夏目漱石先生が、新聞連載の仕事にかかられると、初めの内はそれ程でもないけれど、日がたつに従つて、段段御機嫌が悪くなる。

（「虎の尾」『漱石山房の記』秩父書房、昭和十六年）


と記す。

木曜会は漱石宅＝漱石山房に弟子らが集まって、自分たちの作品について感想や意見をきいたりする場である。楽しくも、厳しい漱石サロンだった。面会日を決めなければ落ちついて仕事ができない、と週に一回、木曜日の夜に弟子たちが集合した。

新聞連載を始めると、精神的重圧がかかるせいか、漱石の気分に一週間ごとに鬱陶しくなり、言葉数も少なくなる。

弟子が話しかけても返事をしない。そのまま黙っていることもあれば、思いがけず激しくも厳しい言葉を浴びせたりもする。

内田はさらに記す――。

玄関を上がる時に一緒になつた先輩から、

「気をつけたまへ。虎の尾を踏んではいけないよ」と云はれた事があつた。

帰りに門を出てから、歩きながら嘆嗟《たんさ》する人もあつた。「到頭、虎の尻尾を踏んぢやつた。一寸さはつた丈なんだけれどね」

一座の空気が引締まり、先生の眉宇《びう》の間が動いたと思つたら、嘗《かつ》て聞いた事もない、険しい言葉が、先生の口から出た。

「生意気云ふな。貴様はだれのお蔭で、社会に顔出しが出来たと思ふか」

詰《なじ》られた人が青ざめてゐる。

私共は呼吸が詰まりさうで、身動きも出来なかつた。（同）

弟子たちが凍りつく場面が浮かびあがる。弟子たちも漱石の癇癪と逆鱗《げきりん》に触れたのである。

葉巻の箱

芥川龍之介が林原耕三《はやしばらこうぞう》にともなわれ久米正雄とともに木曜会を最初に訪れたのは大正四年（一九一五）十一月だった。漱石の死の前年である。

そのとき、

万歳と云ふことを人の中で言つたことがあるか、ないかと云ふ話が出た。

という（「夏目先生」初出未詳）。

龍之介が一度もないと答えると、漱石は誰かの結婚式のときに、

万歳と云ふ音頭をとつて呉れと頼まれて、その時に言つたことがあると言はれた。　（同）

初対面はごくなごやかな雰囲気に包まれていた。翌大正五年二月には、龍之介の『鼻』を手紙で絶賛している。

その龍之介が〝虎の尾〟を踏んだ体験を芥川流の文章で記している。

何でも冬に近い木曜日の夜、先生はお客と話しながら、少しも顔をこちらへ向けずに僕に「葉巻をとつてくれ給へ」と言つた。しかし葉巻がどこにあるかは生憎《あいにく》僕には見当もつかない。僕はやむを得ず「どこにありますか?」と尋ねた。すると先生は何も言はずに猛然と（かう云ふのは少しも誇張ではない。）顋《あご》を右へ振つた。僕は怯《お》づ怯づ右を眺め、やつと客間の隅の机の上に葉巻の箱を発見した。

（「夏目先生」『文芸的な、余りに文芸的な』十七）

漱石山房の書斎で戸惑い、途方に暮れる龍之介の姿が彷彿とする。漱石の心ない態度で繊細な龍之介はさぞかし傷ついたと思われる。

漱石の機嫌の悪いときは先輩たちがなにも問わないのを知っていた。龍之介も往生して、天才とはこういうものか、との感を深めている。龍之介は漱石について、老辣無双《ろうらつむそう》（年老いて堅固な志を保持している）の感を抱いていた。それが、あるとき、一度身の上相談をしたとき、やさしく応対され、意外の感に打たれている。むしろ葉巻で顋を振られたときより、参ったようだ。

師匠は、老辣無双、才気煥発する老人ではなく、風流漱石山人になっていたのである。漱石の対応に翻弄されている龍之介がいる。

3　なにが「頭を悪く」するのか

尼子医師

鏡子夫人が、夫の「頭を悪く」するのはなんらかの病気にちがいないと考え、近くで開業し懇意にしている尼子四郎医師に診察を依頼したこと、尼子医師は、「ただの神経衰弱じゃないようだ。精神病の一種じゃあるまいか」と診断したことはすでにふれた。

そう返答した尼子医師自身、過去に神経衰弱に罹った経緯がある。

尼子は出身地の広島医学校を明治二十年（一八八七）に卒業、さらに医学を修めようと上京した。明治二十一年三月、東京帝国大学医学部に選科が新たに設置され、受験した。そのとき、口頭試問で、内科教授の青山胤通《あおやまたねみち》から、アトロピンについてきかれた。アトロピンは、一部のナス科植物の根に含まれる有毒物質で、中枢神経に作用。瞳孔を広げる散瞳剤や痙攣《けいれん》を鎮める鎮痙剤などに用いる薬物である。

そのとき、尼子は憤慨の態で、

「余は内科の選科に入ろうと志すもので、薬物学を修めようとするものではない。たとい入学不許可となるも、それは無理解な試験委員に遭遇したのが自分の不運であるとあきらめる」

と遠慮なく言い放った。

青山教授は苦笑いを浮かべて、その後は雑談を交わした。結果は、合格だった。

口頭試問したのは権威の象徴ともいえる帝大の教授である。それを相手に憤然と食ってかかる直情径行の、いわば変人が尼子だった。

尼子は青山内科教室に入り、一般内科を修めていたが、重い腸チフスに罹り、神経衰弱の兆候も示したので、石見《いわみ》（島根県）の親戚筋に身を寄せ、広島で開業し、やがて山口へ移転した。しかし、腰椎カリエスに罹り、医院を閉め、休養の後、内国生命保険会社の保険医となった。明治二十九年（一八九六）に東京本社に転勤。明治三十六年（一九〇三）に退社して、下谷《したや》の谷中清水町《やなかしみずちょう》に開業した。それからほどなく本郷の千駄木五十番地に転居してここで「尼子医院」を開いた。三十八歳だった。死病を乗り越えた波瀾に富んだ人生である。

尼子は人生をふりかえって、戦国大名で毛利氏に滅ぼされた尼子氏の忠臣・山中鹿之介《やまなかしかのすけ》の歌を引いている（儒学者の熊沢蕃山《くまざわばんざん》の歌という説もある）。


うきことの尚ほこの上に積もれかし限ある身の力ためさむ

狂歌も詠んだ。

天稟《てんぴん》の義務をもてりと信ぜしが製糞の外無為にすごして

変物を自認する漱石は、変人の尼子に親近感を抱いたにちがいない。

漱石は『吾輩は猫である』のなかで、尼子を医学士の甘木先生として四ヵ所に登場させている。

また、後年、漱石は弟子に受診を勧める手紙のなかで、

あの人は信用してよい人故自分が出来なければ駄目といふべし。

（明治四十年八月二日、森田米松あて書簡）

と全幅の信頼を寄せていた。

その尼子が漱石を診察して、ただの神経衰弱じゃないと鏡子夫人に診断を伝えた。

さらに深く問うと、

精神病の一種じゃあるまいか。しかし自分一人では何ともそこのところは申し上げかねるから、呉《くれ》博士に診ていただいては

（「別居」『漱石の思い出』）

と答えたのである。

ああいう病気は一生なおりきるということがないものだ

呉秀三は東京帝国大学医科大学の精神医学教室の教授である。ドイツ、オーストリアに留学し、明治三十四年(一九〇一)十月に教授に就任、以来、二十四年間の長期にわたり、教授職にあった。日本精神病学の確立者とみなされる。尼子とは同郷で、医学の勉強会「芸備医学会」の同人でもある。また、尼子は呉の推薦により、開業と並行して東京府巣鴨病院の医員として勤務した時期もある。

漱石と呉とのあいだにも縁はあった。英国留学中に一度会っていて、日記につけている。

池田、呉三氏ヲ送ル

(明治三十四年八月三十日、金曜日)

池田は一時、下宿で同居していた化学者、池田菊苗である。

また、明治三十六年三月九日の菅虎雄あての書簡では、熊本の第五高等学校を辞めるにつき、医者の診断書が必要とあって、呉秀三に「神経衰弱なる旨」の診断書を発行してもらうよう依頼してほしいと頼んでいる。

鏡子夫人は尼子に首尾万端を任せた。尼子は呉に相談し、漱石は呉の診断を仰いだ。

後日、夫人が呉のもとを訪ねると、

ああいう病気は一生なおりきるということがないものだ。なおったと思うのは実は一時沈静しているばかりで、後でまたきまって出てくる

(「別居」『漱石の思い出』)

との診断だった。

病名は伝えられなかったようだ。カルテも今日、存在しない。

鏡子夫人は病気の説明をくわしくきいて、腹が決まったようだった。

「その覚悟で安心して行ける」

と決心した。

だが、「頭を悪くした」は改善されず、漱石の異常行動、病的な感情爆発はおさまらなかった。

顔が真赤に上気する

鏡子夫人は夫・漱石の、家族相手に起こす感情爆発や異常行動に日常的に悩まされていた。彼女は回想する。


あい、あたまの悪くなる前には、まるで酒に酔っ払ったように顔が真赤に上気するのです。

（「小康」『漱石の思い出』）


あるいは、「顔がゆだったように火照《ほて》っている」状態でもある。

メラメラと上気する漱石に気がつくと、夫人も子どもも女中たちも恐ろしいのが襲ってきたのだと感づき警戒態勢に入る。爪先立てて足音をぬすんで歩くのである。虎の尾を踏む心持ちという。家中がしーんと静まりかえる夏目家が容易に想像される。

もし少しでも音を立てようものなら、

「コラッ」

と尖った声で叱られるのは必定である。

ふつうは機嫌がよくてニコニコしているのである。それがなにかの拍子に急に火照った顔となり、理不尽なことを言いはじめるのだった。この感情爆発が一段落すると、嘘のようにケロリとしているという。こうした落差にいつも翻弄される家族は同情に値する。爆発のしわ寄せについて、「尻尾はいつも私に参ります」(「二度めの危機」『漱石の思い出』)と話すとおり、夫人が最大の被害者である。

漱石の肖像写真は英国仕立ての背広に紳士然として落ちついたたたずまいである。とても、女子《おんなこ》どもを相手に暴力をふるっているとは想像できない。暴言、暴力は上質の小説を書く人にあるまじき行為である。

そう考えていくと、夫人の言う、「頭を悪くした」状態を引き起こす原因がどこかにあるはずである。子どもたちに恐怖の日常を作り出している漱石の頭——脳に支障はないのだろうか……。

痘瘡

漱石の病歴をたどると、三歳のときに痘瘡《とうそう》を患い、十七歳で虫垂炎、十九歳に腹膜炎、二十歳で急性トラホームなどに罹っている。また、胃病や眼病、痔などの持病もある。

もし脳に影響を及ぼす可能性があるとすれば脳炎を発症する場合もある痘瘡であろう。

漱石は自伝的小説『道草』で痘瘡体験を記している。

彼は其所《そこ》〈注・内藤新宿北裏町〉で疱瘡をした。大きくなつて聞くと、種痘が元で、本疱瘡を誘ひ出したのだとかいふ話であつた。彼は暗い檽子《れんじ》のうちで転げ廻つた。惣身《そうしん》の肉を所嫌はず掻き挘《むし》つて泣き叫んだ。
（『道草』三十九）

漱石を養子として迎えた塩原昌之助《しおばらしょうのすけ》は漱石に種痘を受けさせている。その種痘が元で漱石は痘瘡に罹ったようだった。

日本での種痘の歴史をひもとくと、明治三年（一八七〇）に痘瘡が大流行し、「南京痘瘡」と名づけられた。この年、「大学東校種痘館規則」が制定されて全国的な牛痘種痘の制度が発足している。種痘の普及に乗り出そうとしている政府の強い姿勢がうかがわれる。

痘瘡はヒトからヒトに感染する伝染病として、有史以来、人類を苦しめてきた。感染すると十日ほどの潜伏期を経て高熱を発し、皮膚に発疹が生じる。丘疹、水疱と症状が進行、死亡しなければ最後に痂皮《かひ》が落ち、アバタを残す。ジェンナーによって発見された種痘法により予防が可能となった。種痘を受けて、一度、免疫を獲得すれば、生涯、痘瘡に罹らないですむ、いわゆる、終生免疫の病気である。

養父の塩原昌之助は、「南京痘瘡」の大流行を目のあたりにして、明治三年、漱石に種痘を受けさせたのだろう。

漱石の場合、『道草』の描写で見るとおり、種痘を受けて痘瘡に罹っているので、おそらく、種痘を受けたときには、すでに痘瘡ウイルスに感染している潜伏期中だったと考えられる。漱石は、痘瘡により湿疹が全身にでき、身体中を掻きむしる苦しみを味わったようだ。

漱石には痘瘡の後遺症のため顔にアバタが残った。昔から、「麻疹《はしか》は命定め、疱瘡は見目《みめ》定め」といわれている。疱瘡（痘瘡）による顔のアバタは器量を損ねてしまうので、恐れられもし、嫌われもした。歴史上、伊達《だて》政宗《まさむね》、モーツァルト、ゲーテなども痘瘡に罹ったといわれている。伊達政宗はこの病気のため片眼を失っている。

画には出てゐない

漱石山房に出入りしていた画家・津田《つだ》青楓《せいふう》は自身の著書、『漱石と十弟子』（芸艸堂《うんそうどう》、昭和四十九年）の「山房の漱石先生」のなかで、

> 先生の顔にはアバタがある。よく観察すると、そのアバタは鼻のあたまだけのことで、顔の全面にあるわけではない。しかし印象的には恰《あたか》も顔中にアバタがあるかのやうな感を人にあたへる。

と書いている。

その津田青楓は同書の「漱石と十弟子」の項目でもアバタに触れている。

津田は、与謝蕪村が芭蕉の弟子十人を俳画風に描いた、「蕉門十哲図」に倣って、「漱石山房図　漱石と十弟子」として、二曲屏風半双に描いている。漱石山房を描いた著名な絵で、大正七年（一九一八）に現代俳画展に出陳している。

画中には漱石を入れて十二名の人物と黒猫が座敷にくつろいで座っているのが描かれている。十弟子とは、安倍《あべ》能成《よししげ》、寺田《てらだ》寅彦《とらひこ》、小宮《こみや》豊隆《とよたか》、阿部《あべ》次郎《じろう》、森田《もりた》草平《そうへい》、野上《のがみ》豊一郎《とよいちろう》、赤木《あかぎ》桁平《こうへい》、岩波《いわなみ》茂雄《しげお》、松根《まつね》東洋城《とうようじょう》、鈴木《すずき》三重吉《みえきち》の十人で、それぞれの人物に名前が書かれている。残るひとりは、別名、

「百鬼園《ひやつきえん》」と呼ばれた内田百閒である。

漱石は「大明神」と紹介され、桐の胴丸火鉢に両肘をついて両手に顎をのせて、十弟子を見まわしている風情である。

お弟子達が今にどんな痛快な発言をするだらうと上機嫌でまちうけてゐられる。漱石のアバタと色の黒いのは画には出てゐない。（「漱石と十弟子」『漱石と十弟子』）

津田青楓は漱石のアバタにかなり注目しつつ、気を使っているのがわかる。

まあ何の因果で

また、『吾輩は猫である』では漱石自身がアバタについて書いている。

主人は痘痕面《あばたづら》である。（中略）吾輩は主人の顔を見る度に考へる。まあ何の因果でこんな妙な顔をして臆面なく二十世紀の空気を呼吸して居るのだらう。昔なら少しは幅も利《き》いたか知らんが、あらゆるあばたが二の腕へ立ち退きを命ぜられた昨今、依然として鼻の頭や頬の上へ陣取つて頑として動かないのは自慢にならんのみか、却《かえ》つてあばたの体面に関する訳だ。出来る事なら今のうち取り払つたらよささうなものだ。あばた自身だつて心細いに違ない。（『吾輩は猫である』九）

苦沙弥《くしゃみ》先生に託して自嘲する漱石がいる。アバタと漱石は切っても切り離せない関係にあるのがわかる。見合い写真では修整してアバタを消している。

見合い当日、鏡子夫人はさりげなく漱石を見つめて鼻のアバタに気づいている。おやおや、と思ったのは、見合い写真を仲人にもっていった漱石の兄が、わざわざ、アバタはありません、と断ったのを聞いていたからだった。鏡子夫人は自分の目の見まちがいではないかと思っている。

見合いの席で給仕をしていてよく観察できる立場にあった妹・時子《ときこ》は、漱石が帰った後、鼻の頭を横から見ても縦から見てもでこぼこしていると話している。

さらに、姉妹と母がアバタを話題にして笑っていると、父親から、そんなことというもんじゃない、と叱責を受けている。

漱石のアバタはそれほど目立ったものらしい。

人の氏や育ち、貧富、教養などは外見ではわからない。が、顔の美醜は一目瞭然。しかも鼻の頭にアバタがあれば、より目立ち、それは漱石のミザンスロピック病（厭世病）を定着させ、変人意識と劣等感を増幅させたにちがいなかった。

後遺症で脳炎？

漱石の、家庭内での感情制御ができない異常行動や、近隣の学生にたいする被追跡恐怖的な過敏反応などについて、わたし（筆者）は疱瘡の後遺症と考えられないだろうかとの疑問を抱いた。

専門家の調査によると、疱瘡による脳炎の発生はおよそ五百人に一人の確率である。少ない数ではない。脳炎の程度にもよるが、重い脳炎に見舞われれば脳そのものへの影響は無視できない。漱石は種痘後に湿疹に罹っているが、脳炎を引き起こしたか否かはわからない。

脳神経外科医に訊《たず》ねると、脳炎の後遺症であれば、運動や知能などに障害を残す可能性があるとの指摘である。もちろん、漱石に運動や知能に関係する障害はない。漱石の場合、疱瘡にまつわる脳炎は否定される。

そこで、わたしはさらに疱瘡ウイルスの脳への影響についてウイルス研究家に問いあわせた。疱瘡が治ってもウイルスがなんらかのかたちで脳内に残存すれば、神経や感情に影響を与えかねないのではないかと考えたのである。

やがて届いたウイルス学専門家の回答は、疱瘡ウイルスの感染実験では動物に神経症状があらわれたという報告はない。また、被検動物の神経組織にウイルス封入体があるとの報告はない、との連絡を受けた。つまり、疱瘡ウイルスが脳になんらかの影響を与える可能性はないとのことだった。

こうした一連の検証から、漱石の異常行動や過敏反応、被害妄想などの源泉は疱瘡にはないと結論づけられる。

わたしは振り出しに戻った。

アバタコンプレックス

では、漱石が「頭を悪くした」理由はどこにあるのだろうか――。

漱石がみずからの性格を語っている文章がある。

性質は神経過敏な方である。物事に対して激しく感動するので困る。さうかと思ふと、又神経痴鈍な処もある。意志が強くて押へる力のある為めと云ふのでは無からう。全く神経の感じの鈍い処が何処かにあるらしい。

（「文士の生活」『大阪朝日新聞』大正三年三月二十二日附録）

漱石は鋭敏と鈍感という、おのれの二面性に気づいている。

精神科医・呉秀三の診断が、

ああいう病気は一生なおりきるということがないものだ。なおったと思うのは実は一時沈静しているばかりで、後でまたきまって出てくる

（「別居」『漱石の思い出』）

というものだったことはすでに述べた。

鏡子夫人も夫が精神病とわかって、それ相応の対応をとらねばと覚悟を決めている。

漱石の頭を悪くする理由や神経過敏の出所を一点に絞るのは無理であろうが、アバタが影響しているのは否めないであろう。疱瘡ウイルスとは別次元の、いわば、〝アバタコンプレックス〟が、気分障害を引き起こさせたのではないか。

総合的に判断して、アバタによる過度の劣等感が漱石をして神経過敏にし、神経衰弱を導き出し、被追跡恐怖も引き起こした要因のひとつになっているとも考えられる。

第七章

胃が悲鳴をあげている

1　「頭」から「胃」に

逆上は必要だ

漱石の周囲は漱石を精神病視している。だが、漱石自身は自分を精神病だと認識していない。

漱石が駒込千駄木町に住んでいたころの話である。隣接する学校の生徒が漱石邸に飛びこんだ野球のボールを取りに垣根を乗り越えて侵入してくる話を『吾輩は猫である』のなかで書いている。何度注意しても、生徒はまた侵入してくる。

主人の苦沙弥先生は気になってしかたがない。

「事件は大概逆上から出るものだ」（『吾輩は猫である』八）というのが漱石の考えである。「逆上とは読んで字の如く逆《さ》かさに上《のぼ》るのである」とも言う。

漢方医学でいう、「上衝《じょうしょう》」の症状。ヒステリーの一種で、気が頭のほうに昇っていらついた状態である。苦沙弥先生は、「ぬすつとう」と叫んで闖入者《ちんにゅうしゃ》を追いかける。そのときの先生は、まるで酒に酔っ払ったように顔が真っ赤に上気して、火照っててかてかしているはずである。先生は生徒相手に癇癪を起こし逆上している。

漱石はこの、「逆上」を重視する。

『吾輩は猫である』で、先生に語らせている。

職業によると逆上は余程大切なもので、逆上せんと何にも出来ない事がある。其うちで尤《もつと》も逆上を重んずるのは詩人である。詩人に逆上が必要なる事は汽船に石炭が欠く可《べ》からざる様なもので、此供給が一日でも途切れると彼れ等《ら》は手を拱《こまぬ》いて飯を食ふより外に何等《なんら》の能もない凡人になつて仕舞ふ。

（『吾輩は猫である』八）

この文章のなかの、「詩人」を小説家と置き替えれば、漱石の真意は明らかである。自己を戯画化した作品のなかで逆上はしかたのないこと、いや、必要と認識している。

臨時の狂気

漱石はさらに付け加える。

彼等の仲間では逆上を呼ぶに逆上の名を以てしない。申し合せてインスピレーシヨン、インスピレーシヨンと左《さ》も勿体《もつたい》さうに称へて居る。是《これ》は彼等が世間を瞞着《まんちやく》する為めに製造した名で其実は正《まさ》に逆上である。

（同）

逆上をインスピレーションと表現するのは世間を欺くために作りあげた言葉だと解説し、さらに続けて、逆上は臨時の狂気と定義する。「一生涯の狂人は却つて出来安いが、筆を執つて紙に向《むか》ふ間丈《あいだだけ》の狂人にはなりがたいと指摘する。もちろん、漱石は〝一生涯の狂人〟ではないから、執筆中だけ逆上し臨時の狂気に浸っている。漱石にあっては逆上は創作活動に不可欠と見なされる。

だが、執筆中と非執筆中の切り替えはそう機械のようには作動しない。そう考えると、癇癪玉を破裂させるような逆上行為はさして悪行ではなく、許されるだろう。むしろ当然の行為とも見なされる。筆を執って紙に向かう職業では、「飯を食ふより外に何等の能もない凡人になつて仕舞ふ」ほうが困るのである。

庭に侵入する学生に逆上して追いかけたり、その学生を探偵ととらえ自分を監視していると被追跡恐怖的被害妄想を抱くのは、逆上の延長線上の心理なのかもしれない。周囲は精神病と認識しているが、漱石は自分自身をいわば臨時の狂気扱いしてなんら気にしていない姿勢がうかがわれる。

そうした漱石の心理に同情し、漱石の被追跡恐怖に理解を示す人物が身近に存在した。

津田青楓の湯河原体験

漱石山房に出入りしていた画家で、「漱石山房図　漱石と十弟子」を描いた津田青楓は自身の著書、『漱石と十弟子』の「ついせき迫害」の項で、被追跡体験を記している。

痔の手術をしたあと、湯河原温泉に二、三週間療養に出かけたときの体験だった。湯河原温泉が傷口の治療によいと聞いての湯治である。大きな旅館のいちばん奥まった中二階の離れ座敷におさまった。

津田は手術後で多少衰弱していて、包帯を取り替えたり、湯に入ったり、また読書などして日を送っていた。ある晩のことだった。人びとが寝静まった時間、布団に横たわって漠然と考えごとをしていると、廊下の板を踏むミシミシという音がした。

変だな、今ころ人がやってくるはづもない訳だが、しかしあの音はたしかに人のくる気配にまちがひないと思ひながら、息をこらして耳をすませてゐると、その音は次第にこつちに近づいてきた。やがて部屋に近い階段を踏むやうな音にかはつた。

階段を二つぐらい上がると寝ている部屋の廊下につながっている。

たしかに人間が廊下まできたんだが、なんとも声もかけなければ障子もあけようとしない。この夜更けに番頭や女中のくる筈もなく、こちらから「どなた」とか「誰だ」とか云ふべきところだが、わたしの心はもう萎縮してしまつて、泥棒に入られたときの心がまへ、ベルはどこにあるとか鞄はどこにあるとか、ねたふりをしてゐるか、起きてゐることを知らすべきか、そんなことを頻《しき》りに考へ出した。

鞄にはちょうどMデパートの美術部から展覧会の売上の精算が銀行為替《かわせ》で届いていたという。それが鞄の内隠しに入れてあった。忍んできた人物は津田のところへ為替のきたことを知っている泥棒に違いなかった。襲撃して為替を強奪する算段であろう。

困つたなあ声を出しても帳場は遠いし、ベルを押してもこんな夜中に果して番頭か女中がきてくれるものやら——

そんなことを考えて縮こまっていると、障子が音もなく二寸ばかりスーッとあいた。電灯の光が奥座敷のほうから流れこんでいる。そこで、津田は視線を天井から障子の開いたほうへ角度を変えた。

するとゝ二寸ばかし開いた障子のすきまから、人間の目らしいものがこちらを覗いてゐることが分つた。

そこで、津田は思わず咳払いをした。牽制である。すると、開いた障子が音もなく閉まり、「廊下を踏むらしいギイ〱といふ音がだん〱遠くへ行つて消えてしまつた」。その夜、同じようなことが一時間ほどのちにもくりかえされたので、津田はその後はまんじりともできなかった。

夜が明けるのを待ちかね、さっそく、番頭を呼んで事情を話し、不可思議な足音の理由を問いかけた。

だが、番頭は、酔った客が部屋をまちがえただけでしょう、となんら取り合わなかった。

津田は宿の信用にかかわる問題ととらえ、警察に相談するのではないかと予想していたのだが、番頭はまったく意に介さなかった。

番頭の対応に津田は失望し、しょげてしまった。

さらに、深夜の〝事件〟は翌夜も起こった。津田は、クサってしまったという。

部屋を出て風呂場へ行くときも、下駄をつつかけて外へ散歩に出るときも、鞄から紙入れをとり出し懐の奥深くしまひこんで、いつも神経をそこに集中してゐた。わたしが外へ出る、どこかで私を見張つてゐて、行く先き先きへ部屋を覗きにきた男がついてくるやうに思へて仕方がなかつた。

東京に帰る車内では、障子の男があらわれるのではないかと不安にとりつかれた。翌日、新宿の銀行に為替をとるために出かけたときも追跡されているのではないかと、不安はさらに募った。その帰り、金を強奪されないかと恐怖は増幅し、人のいる場所を選び、早足で家に帰った。たえずあたりに警戒の目を配り、身構え緊張する津田青楓がいる。

優れた作品をこさへる人であればあるほど

このように、自分の懐を狙う追跡者の存在は、湯河原温泉でのような体験をすれば誰もが意識せざるをえない。異常でも、神経衰弱症のあらわれでもなんでもないというのが津田の感想だった。

しかし医者に言はしめれば、それが追跡観念症の初期の傾向で、もう一、二度同様の衝撃をうければ、本式の追跡観念症になるといふのかもしれない。漱石先生の原因はもつと深刻なものだから、本筋の原因以外のことにぶつかられても、同じやうな気持が時によつては出てくるかも知れない。(中略)精神病科のお医者さんていふのは、人間さへ見ればどんな人間からでも病的なものを発見して、勝手な病名がいくらも創作できるのではないのか。無異常者と異常者との限界といふのが、明確に一線を劃されてゐるものか疑問だ。芸術家や文学者といふものは、優れた作品をこさへる人であればあるほど、医者からはいろんな病名が沢山生れてきさうだ。

津田は、漱石の被追跡恐怖は特別視する必要のない症状として見ている。画家はなんの変哲もない風景を画題にして、一幅の絵を仕上げる。それと同じように、精神科医は人間の些細な病的特徴をとらえて勝手に病名をつけている。津田は自分の被追跡体験をとおして、画家として、同じ芸術家として、漱石の被追跡恐怖に理解と同情を示している。

ついに限界

漱石の神経衰弱症状や感情爆発の発生には波があった。鏡子夫人のいう、頭を悪くする度合いにも変化が見られ、明治三十七年ころはだんだん怒る度合いも少なくなっていた。明治三十七年といえば、漱石、三十七歳。まだ、第一高等学校講師と東京帝国大学英文科講師を兼務している時期である。

だが、鏡子夫人は気をゆるめられない。

夫人は回想する——。

しかしよくなったとは申せ、ほんの一時小康を得たという程度で、三十七、八、九と続いて、一進一退の状態でしたが、ほんとうによくなったと思ったのは四十年に今の早稲田の家に越してからで、それから大正二年までは、まずまずでないと言ってよかったでありましょう。その間にあい、たまの代わりに胃を悪くしてしまいまして、それがとうとう死病になってしまったのでございます。

(「小康」『漱石の思い出』)

夫人は胃病が死病になったと回想する。

漱石に強度の胃病が発症するのは、明治四十年四月に朝日新聞の社員となり、本格的に小説を書きはじめて以降とされる。新聞文士となって、肉体的症状が、「頭」から「胃」に移行したようだ。小説家としての原稿執筆がいかに胃に負担をかけたかの証左でもある。白紙の原稿用紙に文字を連ねる創作作業、朝日新聞の社員としての重責、一年に長編一作の契約、人気の維持、さらに連載の締切りとの戦い――。こうした現実が肉体的精神的重圧となり漱石の胃袋を容赦なく襲った。

そして、ついに漱石の胃はその限界を超え悲鳴をあげる事態を迎える。

2　硝酸銀とコンニャク

長与称吉

漱石は『門』を執筆中（明治四十三年三月～六月）から胃痛に襲われていたが、脱稿後の六月六日に、長与称吉《ながよしようきち》の「胃腸病院」（麹町区内幸町、現・千代田区内幸町）を受診した。便の検査で潜血反応が陽性と出て、しかも胃潰瘍の疑いもあり六月十八日から七月三十一日まで長期入院した。長与は漱石の主治医となった。

長与称吉は慶応二年（一八六六）一月に肥前国大村《ひぜんおおむら》（現・長崎県大村市）に生まれた。五男三女の長男だった。弟で五男の善郎《よしろう》は、小説「青銅の基督《キリスト》」で知られる作家、劇作家である。称吉の娘の仲子は犬養健《いぬかいたける》（作家、政治家）の妻となり、その子が女性評論家の犬養道子である。

称吉は東京大学予備門に合格したものの、翌年には学校を離れ、十年余のドイツ留学をはたし、明治二十六年（一八九三）九月に帰国。明治二十九年（一八九六）に日本初の胃腸専門病院として「胃腸病院」を設立した。妻、延子は後藤象二郎《ごとうしょうじろう》の娘で、その結婚に際しては伊藤博文夫婦が仲人を買ってでた。病院はドイツじこみの最新医療が受けられるとの評判で患者が集まり、隆盛をきわめた。胃腸専門病院は時代が求めていた病院だった。

称吉は万事派手好きで鎌倉の腰越《こしごえ》に建てた別荘で開業十周年記念祝賀会を催した。このとき、新橋駅発の一等車十両を特別仕立てで貸切り、列車内で新橋、赤坂の芸者七十人を乗せて接待に当たらせた。桁はずれの趣味の持主だった。

「胃腸」という言葉

日本では、明治のこの時期まで、「胃腸」という言葉はなく、「腸胃《ちょうい》」という表現が一般的だった。これは中国で紀元前に完成した古医学書『霊枢《れいすう》』にある用語が一般に通用していたからと思われる。同書に、「腸胃の長さ凡そ五丈八寸四分。」と出ている。

また、漢方医学で汎用される消化器を指す表現に、「脾胃《ひい》」がある。漢方の診断上で「脾胃虚《ひいきょ》」といえば、胃腸にまつわる消化器系統の機能減退をいう。「脾胃」は漠然と消化器を指す。「脾胃」や「腸胃」の用語は、日本の医学のなかで長く使われてきた歴史がある。

ちなみに、「消化器」は、明治時代に「消化機」と表現され、「消化器」が定着したのは、学会が「消化器病学会」と改称された第二次大戦後である。

長与称吉が開院した「胃腸病院」は、胃腸病の最初の専門病院だったという特徴もさることながら、「腸胃」を廃して使用した「胃腸」という言葉もある意味で斬新で革命的だった。以後、「胃腸」が一般化するのである。

これは、江戸時代に「愛恋《あいれん》」といい、「恋愛」は明治に入って使われるようになったのとどこか似ている。今日、「愛恋」は、「腸胃」同様、死語に近い。

漱石の入院にまつわる日記は六月六日（月）に始まっている。

内幸町腸胃病院行。雨。

従来の「腸胃」と記述している。

『門』執筆後の体調不良で、病院行きは気が重かったであろう。

そして、六月十八日（土）——。

濃陰。胃腸病院に入院。床が敷いてあるから寐る。

ここでは、「胃腸病院」と正しく記している。

火ぶくれまでつくって

漱石が胃腸病院で受けた医療は、心身の安静、食事療法を中心に、硝酸銀《しょうさんぎん》を服用した。硝酸銀は硝酸に銀を溶解させた化合物で、防腐、殺菌作用がある。この時代、硝酸銀は制酸や収斂《しゅうれん》（ちぢめる）効果を期待して胃潰瘍の治療に用いられた。〇・一パーセント溶液を食前に投与すると、潰瘍面に蛋白銀と塩化銀の薄い層を作り、潰瘍面を包んで覆うので治療になるとされていた。硝酸銀液は胃や腸、膀胱《ぼうこう》、膣《ちつ》、尿道などの洗浄にも使われた。

漱石は大小便の検査や浣腸を受ける。

一週間で硝酸銀の服用は終わり、次いで蒟蒻《こんにゃく》療法が施される。湯で温めた熱いコンニャクを胃部に当て腹を「蒸す」のが胃潰瘍への治療法とされた。杉本東造《すぎもととうぞう》胃腸病院副院長からは、六月三十日（木）に、「療治後血がとまつてから二週間して腹を蒸すのが、胃潰瘍の療法なり」と言われ、翌七月一日（金）より実施された。

今日より蒟蒻で腹をやく。痛い事夥《おびただ》し。

七月二日には、腹に火ぶくれが二ヵ所できる。杉本副院長は火ぶくれを見て、こう精を出してやったらきっとよくなるだろう、と褒めて、治療の先行きを確信したようだった。

漱石は二週間にわたるこの蒟蒻療法のために腹部に火ぶくれをつくって難儀し、膏薬《こうやく》を貼る始末だった。漱石はこの療法に疑問を抱かなかったのだろうか。文句を言っても許されそうに思える。ただ、今日でも、がんの温熱療法が存在する。漱石は腹を温めるということの合理性を信じていたのかもしれない。

漱石の蒟蒻療法は七月十四日に終了した。

杉本東造副院長は新潟県出身。父の直形は越後高田藩の典医を務めていた。東造は明治三十五年（一九〇二）東京帝国大学医科大学を卒業。後年、消化器病学会会長を歴任した。大正六年（一九一七）には神田錦町に杉本胃腸病院を開設している。

今日、硝酸銀療法は重篤な副作用をもたらすためおこなわれず、蒟蒻療法もまた、消えている。

経口的胃管挿入法

七月二十五日に胃液の検査も受けた。朝、五時半に焼きパン一切れと白湯一合を飲んだ。朝食を摂って一時間後に胃液を採取するのが原則だった。この朝食に、白パン八十グラム、水二百ミリリットルを摂るのは、「長与氏朝食」と呼ばれ、胃液を調べる最適の試験食として定着していた。

検査場では、経口的胃管挿入法がおこなわれる。患者を椅子に座らせ、医者は患者の後頭部を支持して後方に傾かないようにする。そして、ぬるま湯に浸して温めておいたゴム製の胃管（長さ七〇～八〇センチ。円周六～九センチ）の先端にグリセリンを塗布して患者の喉にさしいれる。徐々に胃部まで挿入して後、医者はゴムをくわえ、胃液を吸い出すのだった。

ゴムも粗悪で、柔軟性に欠け喉に苦痛を与えた。今日の細く可動性の高い内視鏡の管とはちがって患者に過酷な苦しみを与える検査だった。

漱石の病室には鏡子夫人をはじめ門人、知人が連日、見舞いに訪れた。体調が復するにつれ外出も許されて、日比谷公園や銀座をよく散歩した。

かなりのヘビースモーカー

漱石が「胃腸病院」に入院する前年の談話として残されている記録に、漱石の日常や胃の状態を探る手がかりがある。

私は上戸党の方ぢや有りません。一杯飲んでも真赤になる位ですから到底酒の御交際《おつき》は出来ません。大抵の宴会にも出ない方です。（中略）烟草は好きです。病中でもやめられません。朝早く眼醒めた時にも、食後にも喫《の》みます。成るべくシガーがいゝのですが、廉《やす》くないので、大抵は敷《しき》島《しま》などを吹かしてゐるのです。日に二箱位は大丈夫でせう。

（「文士と酒、煙草」『国民新聞』明治四十二年一月九日）

煙草の「敷島」は口付き煙草で、明治三十七年（一九〇四）六月に大蔵省専売局から、二十本入り十銭で発売された。政府は日露戦争の開戦直後に戦費を調達するため、煙草や酒の専売を強化していた。口付き煙草はフィルターとちがい、単なる円筒形の吸い口がついていて、吸うとき平たく潰して吸った。口付きは当時の流行だった。

漱石は「敷島」を日に二箱くらいは大丈夫と語っているから、一日に四十本ほどを吸っていたようだ。かなりのヘビースモーカーである。

さぞかし書斎は脂《やに》だらけだっただろう。

煙草の害としては、煙草に含まれるニコチンによる血管収縮作用や中枢神経興奮作用、強い依存性、さらに、タールの発がん性などが報告されている。

今日、煙草の箱には、健康を害するため吸いすぎを注意する警告が表示されている。が、当時は煙草の害などまったく問題視されていなかったので、愛煙家は吸い放題だった。

ニコチンは血管を収縮、硬化させ胃・十二指腸粘膜の抵抗を弱め潰瘍を作りやすくするため、胃潰瘍を指摘された漱石にとって、喫煙は禁忌に属する。しかも、ヘビースモークとあっては胃潰瘍を悪化させるばかりである。養生とはほど遠い。

夏嫌い

漱石は「夏」と題した談話を寄せ、夏季における体調を話している。

夏は一体に身体の筋肉が緩《ゆる》んで、汗が出て堪《た》へられない。それに私は胃が悪いので夏になると殊《こと》に困る。食慾も減じて、暑くなるに従つて段々痩せて来る。総体に身体の工合が悪い。従つて勉強は出来にくい。広い家に居て風通しが好く、涼しければ出来るかも知れぬが、暑さには閉口する方だ。（中略）夏は食物が不味《まず》くなつて困る。近来は秋冬春と、つづいて食物がうまくない。食慾があつて、飯を待ち兼ねて食ふと云ふよりも、義務として食つて居る。胃の悪い故であらう。私は酒を飲まぬから、飲みものでは苺水《いちごすい》のやうなもの――総て果物の汁が好い。沸騰するのは嫌ひだ。

（「夏」『新潮』明治四十二年八月一日）

漱石は夏嫌いである。おそらく胃部はシクシク痛み、やる気も出なかったであろう。食欲が失せて夏バテも起こしている。

俳句でも夏の句がいちばん少ないと書いている。苦手とする夏には句作する感興が湧かないらしい。漱石にとって夏はただただ憂鬱な季節でしかないようだ。

漱石が「胃腸病院」に入院したのは六月十八日である。みずから嫌いで、閉口する季節といっている夏である。梅雨も重なり気分はさらに滅入ったはずである。

漢方医学からみると

漱石の体質を漢方医学的に検討してみると、「虚証《きょしょう》」に当たる。体力的に虚弱で疲労しやすい体質で、生命力の面で乏しい傾向にある。

夏になると汗が出やすく堪えられないのは、肌のゆるみをあらわしていて、病気に罹りやすい状態を示している。周囲の状況に影響を受けやすく、本来の機能が低下して心身ともに不安定になりがちだった。「虚証」の逆は、「実証」で生命力にあふれ、強い体力をもった人を指す。

夏に弱い漱石ではあるが、長期的視野にたって体質改善をはかれば夏を乗りきれただろうと思える。煙草もやめて日ごろの食生活に配慮したうえで、体力を補う漢方薬——補剤を服《の》んだなら、胃病を克服できたと考えられる。推奨される処方として、補中益気湯《ほちゅうえっきとう》、人参湯《にんじんとう》、四君子湯《しくんしとう》、安中散《あんちゅうさん》などが挙げられる。

偶然ではあるが、漱石の居住地近くの神楽坂《かぐらざか》に漢方の名医と謳われた浅田《あさだ》宗伯《そうはく》が開業していた。宗伯は『吾輩は猫である』にも登場する。

主人の小供《こども》のときに牛込の山伏町に浅田宗伯と云ふ漢法《かんぽう》の名医があつたが、此老人が病家を見舞ふときには必ずかごに乗つてそろりくと参られたさうだ。（中略）かごに乗つて東京市中を練りあるくのは宗伯老の当時ですら余り見つともいゝものでは無かつた。こんな真似をして澄して居たものは旧弊な亡者《もうじや》と、汽車へ積み込まれる豚と、宗伯老とのみであつた。

（『吾輩は猫である』九）

漱石は浅田宗伯を揶揄《やゆ》している。近所に住んでいるのは知っていたものの強いて診察は受けなかった。漱石は英国帰りの西洋贔屓《びいき》で、浅田宗伯の唱える漢方医学などは最初から、「旧弊」「豚」扱いで無視していた。

だが、もし漱石が浅田宗伯を認めて診療所を訪ね的確な補剤が処方されたなら漱石の胃は改善、強化されたはずである。浅田宗伯は主に庶民の治療に当たっていたが、幕末に請われてフランス公使・ロッシュの宿痾を治し、生後まもない皇太子嘉仁《よしひと》親王（のちの大正天皇）の危機を起死回生の処方により救っている。名医の名に恥じない実績をあげているのが漢方医・浅田宗伯だった。

漱石が漢方薬で健全な胃袋を獲得したなら、執筆内容も変化したかもしれない。なによりも、もう少し長命がはかられ、『明暗』を中途で終える無念は回避できたものと思われる。じつに惜しいことである。

3　健康書をよむ文豪

この際、研究を

この入院中に、漱石は胃腸関係の書物を購入している。蒟蒻療法がよほど応えたためか、胃腸病について研究してみようと思い立ったのかもしれない。

漱石日記。七月六日（水）——。

胃腸の養生法といふものを買つて来てもらつて読む。

この本は、漱石の蔵書目録にある、『胃腸の養生法』を指す。著者は、表紙に、「胃腸病院長医学博士・長与称吉補、同院副院長医学士・杉本東造述、同院医員・菅稲吉記」とある。明治四十二年二月、長与称吉が一般向けに国光社より刊行した全二百七十一ページの健康啓蒙書である。

漱石が購入したのは、執筆にかかわっている主治医的存在の杉本東造副院長から通読をすすめられたからかもしれない。

冒頭には、漱石がまさに入院している胃腸病院の木造二階建ての建物の写真が掲げられ、医員たちが玄関前に並んでいる。

内容は、「誘導篇」と「食養篇」の二篇から成り、以下のように目次立てされている。

第一章　摂食の目的
第二章　消化の生理
第三章　営養物の話
第四章　食物の滋養価
第五章　食事に関する注意

食事の目的から食物の摂取後、消化、排泄《はいせつ》するまでの胃腸の働き、米豆野菜魚類それぞれの食品の特性、栄養学の基本などを平易に説いている。さらに、酒の効用や害、胃腸への作用などを記し嗜好品としての酒も解説している。だが、煙草と胃腸の関係についての記述はない。

舌を観察

さらに漱石日記の七月十一日（月）——。

新胃腸病学を読む。

漱石は『胃腸の養生法』を読み終えたのか、『新胃腸病学』（井上善次郎閲、佐々木四方志著、明治四十三年刊、吐鳳堂書店）を入手したようだ。全四百六十九ページにわたる大部の書物で、胃と腸の病気について専門的に記述されている。

七月十六日（土）には、さっそく、『新胃腸病学』を読みこんだらしく自分の舌を観察している。

鏡で舌を見たら牛の舌を思ひ出した。少し白いけれども滑かで肌理《きめ》が大変こまかになつた。さうして見てゐると舌の上が万遍《まんべん》なく波の様に動く。是は新発見である。

舌を観察して体調を点検する漱石がいる。そこに新発見もあったようだ。

だが、『新胃腸病学』を読んだところでは、舌は診断の足しにはならない。咀嚼《そしやく》のわるいものは舌《ぜっ》苔《たい》が多い、と記述されていたと記している。

入院当時は舌が厚かつたしかも焦げて黒かつた。今はかくの如しだが咀嚼は同じ事である。如何。矢張り胃がよくなつたからぢやないか。

漱石は胃潰瘍が疑われて入院した当初、自分の舌は黒かったと綴っている。

漢方医学では、舌を入念に観察する「舌診《ぜっしん》」を必須の診断法として取り入れ重視している。舌診と脈診に長じなければ一人前の漢方医にはなれない。

漱石の舌が黒い、「黒苔《こくたい》」状態にあるのは病気が進行している証拠である。体力が落ち、免疫力も弱まり、口中の細菌バランスが崩れた状態を示している。舌苔に老廃物や細菌が堆積した舌に微生物がからみ、血液も反応して黒色を呈するのが黒苔だった。危険な症状といえる。

健康な舌は淡紅色で、中央に薄く白い苔がついている。漱石の舌は入院治療してなめらかできめ細かくなっているので健康人に近くなっている。舌診からも明らかに回復したのがわかる。

入院中には数多くの知人が見舞いに訪れた。朝日新聞の関係者をはじめ、鏡子夫人や門人が中心である。鏡子夫人とともに訪問回数の多いのが森田草平だった。森田は漱石が東京帝大英文科講師時代のときの教え子で、たびたび訪れているのは漱石が気を許している証拠と見なされる。

六月二十日（月）――。

午　池辺三山来。午後草平蓊村《おうそん》来。妻来。

七月三十一日で漱石の〝入院日記〟は終わっている。

退院後、称吉の許可もあり、漱石は転地療養に出かける。勧めたのは漱石の門人で俳人の松根東洋城だった。八月六日、漱石は新橋で一等車に乗り、松根と御殿場で待ちあわせ修善寺温泉に向かった。そこでなにが起こるのか、漱石はまったく想像もしていない……。

蓊村とは何者なのか

ところで、六月二十日の漱石の日記に見舞い客として森田草平とともに病室を訪れている蓊村とは何者なのか。その後、二十八日に「三時中村蓊来」、退院の前日の七月三十日に「森田草平来。中村蓊来」とあり、都合、三回訪れている。

「蓊村」とは中村蓊《なかむらしげる》。ほかに古峡《こきょう》とも号している。後々、漱石との関係を深める人物である。日本の精神医学界の歴史をたどるとき、はずせない重要な働きをしている。

古峡は明治十四年（一八八一）二月に、現在の奈良県生駒《いこま》市に生まれた。父は庄屋で豪農だった。十八歳のとき、杉村楚人冠《すぎむらそじんかん》（朝日新聞社員。随筆家）を頼って上京。明治三十三年（一九〇〇）九月に第一高等学校文科に入学した。同級生に森田草平や生田長江《いくたちょうこう》、栗原古城《くりばらこじょう》らがいた。このとき漱石は英国留学中だった。古峡は明治三十六年（一九〇三）九月、二十二歳で東京帝大英文科に進み、この年から一高、東大に勤務しはじめた漱石の講義を受けるようになった。古峡にとって、漱石は師だった。森田草平の影響もあり、古峡は文学に興味を抱いて小説家をめざし、漱石邸をたびたび訪れている。金銭的援助も受けた。

古峡は以前から神経衰弱で悩んでいて、二十五歳のとき、森田とともに、巣鴨病院に呉秀三を訪ねた。これが精神病学を学ぶきっかけとなる。呉秀三は精神科医で漱石を診断した医者でもあることはすでに記した。

古峡は明治四十年（一九〇七）に朝日新聞社に入社し、その翌年、漱石の推薦で小説『回想』を東京朝日新聞に九月から八十回にわたり連載した。しかし、明治四十三年（一九一〇）には朝日を退社、中学教師のかたわら漱石の指導を受けて小説を執筆した。

明治四十五年（一九一二）にはふたたび漱石の紹介で、小説『殻《から》』を東京朝日新聞に連載した。精神病院で命を終えた弟と家族の体験の物語だった。だが、古峡の小説家としての活動はここまでで、その後の作品については漱石から厳しい評価を受ける。

古峡は後年、東京医大に学び医者の資格を得て、精神科医として本格的に踏み出す。『殻』を執筆し、漱石との交流もあって精神医学に目覚めたと考えられる。

その後、古峡はひとりの精神科医と出会い、世界はさらに広がる。その医者も漱石の教え子だった。

森田正馬《もりたまさたけ》。神経症にたいする日本独自の精神療法である森田療法の創立者である。

第八章 森田療法と漱石

1 「あるがまま」に

丸坊主事件

漱石は友人で熊本の第五高等学校教授だった菅虎雄の勧めで、明治二十九年（一八九六）四月、五高に講師として赴任、しばらくは菅の家に下宿した。

漱石が五高に着任した翌年の二月、校内で「丸坊主事件」が発生した。

五高生のひとりがまだ流行っていなかった長髪で登校したのである。これを見たバンカラで弊衣破帽《へいいはぼう》を地でゆく丸刈り派の五高生の一部が、長髪生に皮肉をきかせてあてつけるため剃髪《ていはつ》して丸坊主で登校した。熊本は、「肥後もっこす」の気性あふれる土地柄なので、長髪を嫌う意地の張りかたや反抗の方法も徹底している。てかてか頭の学生たちが校内を闊歩《かつぽ》する異様な光景となった。

この騒動に、ある教師は、仏教学生がたくさんいるね、と驚きとも揶揄ともつかない感想を洩らした。学校当局は異常事態を収拾すべく剃髪禁止を通告した。

すでに五高に赴任していた漱石は、

「えらい学校に来たものだ」

と思ったにちがいない。このとき、丸坊主になった学生のひとりが森田正馬《もりたまさたけ》である。正馬は丸坊主姿を記念のためにわざわざ写真に撮っている。

正馬は明治七年（一八七四）に高知県香美《かみ》郡（現・香南市）の農家に生まれた。高知県尋常中学校を卒業して明治二十八年（一八九五）九月に五高に入学した。

寺田寅彦とは友人

漱石の古参の門人に寺田寅彦《てらだとらひこ》がいる。のちに東京帝国大学教授となり物理学者にして、随筆家、俳人として知られている。明治十一年（一八七八）に東京市麹町区平河町に生まれたが、親の郷里の高知市に帰郷し、高知県尋常中学校を首席で卒業した。漱石が五高に着任して五ヵ月後の明治二十九年（一八九六）九月に同校に入学している。

寅彦と正馬は明治二十五年（一八九二）から二十八年の三年間を同じ高知県尋常中学校ですごしたことになる。寅彦は東京生まれながら高知育ちで、正馬といわば同郷である。尋常中学校の同窓でもあり、さらに五高には土佐会という県人会があったので、二人は親しく交際している。

ただ、正馬は五高の学年ではひとつ上ながら、年は四つ上だった。尋常中学校には明治二十一年（一八八八）に入学しているが、途中、闘病や家出上京、神経衰弱の亢進《こうしん》などで、五年で卒業するところ、七年を要したためである。

寅彦は学生として漱石から英語を習う一方、句会を通じて知りあい、自宅にも訪ねるようになった。しかし、正馬が漱石宅を訪ねた形跡はない。

漱石、森田正馬、寺田寅彦の三人とも、五高にいるころに結婚している。

漱石は明治二十九年（一八九六）六月、中根鏡子と結婚した。正馬は同年七月二十九日に田村久亥と結婚式の仮祝言《かりしゅうげん》をあげた。寅彦は翌明治三十年（一八九七）七月、十八歳で阪井夏子と結婚式をあげている。三人それぞれが人生の伴侶を得る重要な時期を熊本ですごしている。

五高時代、森田のいちばん嫌いな学科が英会話だった。当時の五高には外国人教師もいて、それで苦手だったのかもしれない。好きな方面は中学時代以来哲学関係で、生と死につねに関心をもっていた。後年、精神医学の研究で実績をあげる萌芽がすでにここに見られる。

森田は五高を卒業後、明治三十一年に東京帝国大学医科大学に入学、明治三十五年東京帝国大学医学部を卒業したのち、呉秀三教授のもとで精神医学を専攻した。医学部卒業者のうち、精神科を志すのはせいぜい一名。ひとりも志願者がいない年も珍しくなかった。

正馬と寅彦は東京でも交流を続けた。寅彦は上京してからも漱石宅を訪い、物理学を学びながら薫《くん》陶《とう》を受けている。

神経衰弱恐るるに足らず

正馬は九歳のころ、村の寺で極彩色の地獄極楽掛図を見てから死後のことを考えて恐れおののき、悪夢を見てうなされるようになった。以来、生まれつきの病弱のうえに、頭痛や心臓神経症、神経衰弱など数多くの不安で苦しめられ死の恐怖がつねにつきまとっていた。

東京帝大時代、脚気と神経衰弱の診断を受けて体調不良も極に達し、不安も増幅して脱力感から進級試験にまったく集中できない時期があった。ところが友人の、追試は不利になるとの一言に発奮し、それこそ死に物狂いで試験勉強に取り組んだところ、優秀な成績をおさめた。と同時に、気になっていた心悸《しんき》亢進《こうしん》〈注・心臓の鼓動が激しくなる〉や下痢、頭痛、胃部の違和感、身体痛などさまざまな症状がきれいに消えてしまっていた。正馬の発見だった。この体験で正馬は神経衰弱恐るるに足らずの意を強くした。これが森田療法という、神経症にたいする独自の治療法を開発するきっかけとなった。

強迫観念に効果あり

森田療法は神経症、強迫観念、神経衰弱などと呼ばれる一連の心の病に効果を発揮する。なにか、ある一点にこだわる神経質な執着心。あるいは、しつこくつきまとって強迫的に人を苦しめる強迫観念に効を奏する。

たとえば、眼鏡レンズの埃《ほこり》や自分の鼻先が気になってしかたがなく、思い悩むケースがある。当人はなにも手につかず、仕事にも集中できない。この場合、眼鏡のレンズに多少の埃がついているのは当然であり、自分の鼻が顔にあるのはあたりまえで、気にしてもしかたのないことである。当人自身、こうしたとらわれを馬鹿馬鹿しく思っている。だが、わかっていながらどうしても気になってしかたがないのが神経質症であり、強迫観念である。

森田療法の対象となる代表的な症状を一部示せば、人と接して話ができない「対人恐怖」、人前に出ると顔が赤くなる「赤面恐怖」、尖った物を怖がる「尖端恐怖」、雑念にとらわれ読書や仕事が手につかない「雑念恐怖」、何度も何度も手を洗わずにはすまない「不潔恐怖」などがあげられる。

なにかの事項に、「恐怖」や「不安」の名を添えれば、強迫観念となり、神経症の一症状となる。たとえば、出産したが育児に不安を覚えれば「育児恐怖」、体重の増加、あるいは減少が気になる「体重不安」、妊娠を恐れる「妊娠恐怖」、子どもができないのではないかと絶望する「不妊不安」などなど。

こうした不安や恐怖から発したこだわりは誰にでも思いあたる症状である。ただ、それが病的な領域に達しているか否か。また、社会生活が送れるか否かが問題となる。病的ならば治療の対象となる。

正馬はそういった症状に思い悩む患者に、これは異常ではなく、正常人にもありうる症状である旨をまず理解させる。そして、苦しみの元となっている症状を否定したり、抑えこもうとせず、素直に「あるがまま」に受け入れ、実生活を充実させる方向に導こうとする。

「あるがまま」に

「あるがまま」は森田療法のキーワードである。

正馬が森田療法を完成させた大正九年（一九二〇）ころ、神経衰弱や強迫観念は治らない病気とされ、隔離して長期の治療が必要と考えられていた。ところが、森田療法では、「あるがまま」の自分を受け入れることで病は改善、あるいは治るものであるとした。画期的な発想の治療法だった。

森田療法は、通院も可能だが、入院治療の場合、約四十日間を基本とし、四期に分けられる。

第一期は絶対臥褥《がじょく》期といわれる。患者を個室に隔離して食事、トイレ、洗面以外は布団で横たわる。面会や談話、読書、飲酒、外出などはいっさい禁止する。

第二期は軽作業期で、体力を消耗しない軽作業に従事しつつ、ありのままの自己を見つめて綴る日記の指導や医師による講話、個人面談をおこなう。

第三期は作業期。畑仕事や薪《まき》割り、庭掃除、大工仕事などの軽作業をおこないつつ、しだいに作業を重くする。また、バレーや卓球、バドミントンほかのレクリエーションにも興じる。

第四期は社会復帰準備期。ふつうの社会生活に戻って心身ともに日常生活が送れるように準備する。外出や買物も経験して慣れ、交際も積極的におこなう。

退院後も医者からの生活指導は続き、また、医者と患者の交流をはかる集会も定期的に開かれて孤立や再発の防止が試みられる。さらに、機関誌も発行されて研究や体験談の発表の場となっている。

倉田百三

正馬から森田療法を受けて強度の神経症障害を克服した作家がいる。戯曲「出家とその弟子」で知られる劇作家、評論家の倉田百三《くらたひゃくぞう》である。

倉田は、たとえば読書していると本の文字が二つずつ一対になって目に入り、その文字が回転しはじめて読書どころではなくなる。また、執筆や読書中、頭のなかをいろは四十八文字が浮かんで暗唱せずにはいられなくなる。さらに、突然数字が次々に浮かび、その数字を暗算で加減乗除しなければならず、目の前の仕事に少しも集中できなかった。こうした強度の強迫観念で生き地獄の日々を送っていた。当然、気も向かずまったく筆は運ばなかった。

その倉田に正馬は、

「気分などどうでもよいから、それとは無関係に、ともかく筆をとるほうがよい」

と教えて机に向かわせた。

倉田は書けない自分をありのままに認めて、とらわれや完璧主義と向かいあった。

さらに、正馬のもとに通って指導を受けるうち、徐々に苦しみが解けていき、強迫観念から抜け出られ、執筆も可能となった。興に乗って書いた文章より、気が重いながら書いた文章のほうが出来がよいことも多々あった。倉田は森田療法により運命を耐え忍ぶ境地にいたり、「治らずに治った」と感謝の念を洩らしている。

また、日本画壇の巨匠・横山大観《よこやまたいかん》も、詩人・中原中也《なかはらちゅうや》も森田療法を受け救われている。

いまや世界的

今日、森田療法は、現代人に増えているストレス病やうつ病、がん患者の闘病、不登校、ひきこもりなども療法の対象となっている。正馬は人間修養の場としての禅や東洋思想に傾倒している一面がある。実際、参禅した経験もある。色紙に、「平常心是道」「日日是好日」「煩悩即涅槃《ねはん》」などとよく揮毫したのはそのあらわれである。

森田療法が重視する「あるがまま」の精神は、禅仏教の「放下《ほうげ》」（迷いや執着を捨て去る）とほぼ同じとみなされる。禅寺での規則生活、坐禅、掃除や炊飯の作務《さむ》などの修行は、森田療法での入院生活と類似性がある。

日本で禅が支持され、定着している背景に、島国日本人の引っこみ思案体質や几帳面志向、さらに心気症《しんきしょう》（ヒポコンドリー。自分の身体について過度に思い悩む）的傾向がある。湿気の多い風土もおおいに関係しているだろう。禅も森田療法も人格形成に寄与していると思われる。

日本の禅が欧米を中心に世界に浸透したのと呼応するように、森田療法もまた海外に広く普及していった。今日、世界での認知度も高まり、森田療法国際委員会も設立され、国際学会での研究も盛んとなった。日本ばかりでなく世界でも注目されている精神療法である。

2　ひとつの可能性

玄関の色紙には

正馬は子どものころから変わり者と見られ、幼児期にほとんど泣かなかったので、祖母は、阿呆じゃなかろか、と心配したという。帝大医学部で精神科を専攻すること自体が変人と見られていた時代でもあった。

精神科医になってからのエピソードには事欠かない。

森田正馬の名が知られるようになると、自宅への訪問者が増え、合わせて贈答品も増加した。山のように積まれた菓子折りは消費しきれずカビが生える始末だった。

そこで正馬は、注意事項を色紙に認《したた》め、丸い額に納めて玄関に飾った。

下されもの

一、困るもの　　菓子・果物

特にメロン・橘（注・みかん類）

二、困らぬ物　　卵・鰹節

茶・缶詰

品券・金・りんご

三、うれしき物　一輪花・盆栽
チョコレート（瓶詰）
サンドウヰチ・女中に反物

正馬らしい合理的な考えの実践であった。

無粋は承知のうえで盆栽の値札をつけたまま飾っておくのは、世間をあまり知らない患者に盆栽の値段がどのくらいなものか教えるためだった。また、読書に疲れると片目ずつで本を読みつづけた。

正馬は精神科医の道を歩んでいるとき、ひとりの小説家の作品に触れた。その作家は人間の醜い部分を書いて、矢継ぎ早に出版している。おのれの恥部や苦悩、秘密などをありのままにさらけ出しているようにも見える。

その著名な作家が夏目漱石だった。正馬が五高在学中、英語教師だった夏目金之助である。

なぜわかったのか……

新聞文士の道を選んだ漱石は、人生は文学である、また、文学は人生そのものだとの考えのもと、小説の内容として、苦痛、悲酸、貧、多忙、圧迫、不幸、不和など火中の栗をむしろ拾って、執筆に専念すると覚悟を決めていた。

正馬は漱石のこの信条を遠くから嗅ぎ取ったのだろう。精神科医として名をはせるようになった正馬は、神経症の患者で後に精神科の医者になった人物に、

「われわれは自分の苦悩を客観視し得るとき、その苦悩は苦悩でないものに変化する」

と話している。

その例として、正岡子規は脊椎《せきつい》カリエスの痛みに泣きながら俳句を作った。それは苦悩を越えるひとつの方法であり、生活の資にもなった。また、子規の流れをくむ漱石も俳句を作り、小説を執筆している。作品として表現するとき、自分の苦悩は客観視される、と説いた。

正馬にとって、五高時代に縁のある漱石は気になる存在だったようだ。

朝日新聞の読者は漱石の連載小説を楽しみに毎日読んでいた。だが、その読者は漱石が抱える心の病や家庭内での生活を知りえない。

一方、正馬は漱石の単なる一読者であるだけではなく、神経衰弱に悩み、家庭内で暴力をふるい、病的行動を起こす個人的な事情を知った。正馬が聞けば聞くほど漱石の症状は神経症そのものだった。それはまさに正馬が取り組んでいるテーマでもあった。

正馬は漱石の深刻な悩みや病的行動をいったいどこから知りえたのだろうか。

みんな知りあいでご近所さん

正馬が東京帝大を卒業した当時、医学部の精神科は本郷のキャンパスに精神科病棟をもてず、東京府立巣鴨病院を代用して研究や治療にあたっていた。精神科にたいする根強い偏見があり、本部の病院からも締め出されていたのであった。

正馬は明治三十五年十二月に卒業し、ただちに大学助手の立場で巣鴨病院に勤務した。

その巣鴨病院に一年遅れで入ってきたのが尼子四郎だった。尼子は医院を開きながら、同郷の誼《よしみ》で呉教授の許しを得て、巣鴨病院に勤務しはじめたのである。

尼子は正馬より九歳年上ながら、病院では一年後輩となった。彼は夏目家の家庭医だったが、同時に正馬の家庭医も務めていた。

尼子と正馬は親友の間柄で、気の置けない囲碁仲間であり、また二人は同じ町内に住む近所同士である。

尼子は本郷区駒込千駄木町五十番地で医院を開業していた。正馬は根津に住んでいたが、明治三十七年一月に駒込千駄木町二百六十四番地に転居した。その二年後、近所の駒込蓬萊町《ほうらいちょう》（現・文京区向丘）に引っ越しし、終《つい》の住処《すみか》とした。

そのころ、漱石は英国留学を終え、明治三十六年三月に駒込千駄木町五十七番地（現・文京区向丘二丁目）に転居していた。

明治三十七、八年ころの時点で、尼子、正馬、漱石の三人は駒込千駄木町に居住し、お互い徒歩で四〜五分以内の、じつに狭い地域に住んでいたのである。

その尼子はまた、漱石の門弟、寺田寅彦の家庭医でもあった。寅彦の胃潰瘍やノイローゼの治療に関与し、また、寅彦の子どもの扁桃腺にも往診している。

一方で、その寺田寅彦にたいし、正馬が結婚の斡旋をしている。妻を亡くした寅彦に再々婚の相手を打診した。同郷で、五高以来の旧友であればこその配慮であった。が、寅彦は断っている。

すすめたのは正馬だったのか

夏目家の家庭医だった尼子は、夫・漱石の「頭を悪くした」状態に当惑と恐怖を覚えた鏡子夫人から相談を受けた。漱石を診た尼子は、ただの神経衰弱じゃないようだ、精神病の一種じゃあるまいか、と診断したものの、心の病は専門外でもあり自信はなかった。

そこで、尼子は親友の精神科医・森田正馬に相談をもちかけた可能性がある。このとき、正馬に漱石の診察を頼んだかもしれない。正馬はこのころ、東京慈恵会医院医学専門学校の精神病学講義を呉教授より命じられていた。また、教授の代診も務めていてその実力は高く評価されていた。

しかし、漱石を実際に診察したのは呉教授だった。

「呉先生に診てもらったらどうだ」

とすすめたのは正馬だったのか。

呉精神科教室において、患者の症例は少数のかぎられた医局員全員の臨床検討の対象である。医局員のひとりであり教授から重責を任せられている正馬は、師の呉秀三、さらには親友の尼子を通じて漱石の病状や診断内容をくわしく知りえたはずである。

呉秀三は漱石を診て、

ああいう病気は一生なおりきるということがないものだ。なおったと思うのは実は一時沈静しているばかりで、後でまたきまって出てくる

（「別居」『漱石の思い出』）

と見立てた。

正馬は師の呉秀三をたいへん尊敬し、その指導ぶりを「呉先生の思ひ出」（『呉秀三小伝』呉博士伝記編纂会、昭和八年三月）のなかでエピソードを交え細かく記している。

だが、

お言葉の心持になれない事が一つある。

患者があつてこそ、医者も看護人もある。患者のお陰で、吾々も生活するのである。患者はお客である。

と書いている。

この一点に正馬は異を唱え、

医者は患者を救ふものである。患者は医者の力に信頼し・服従し・感謝しなければならぬといふ気持が、どうしても、取れないのである。

と結論づける。

呉教授は、患者はお客であり、金づるであり商売相手という考えだった。だが、正馬にとって患者は客ではない。患者は医者に信頼と服従と感謝の心をもたなければならないと思い、医者は患者をただ救う存在だという認識である。そこには「お客」や「生活」の言葉は出てこない。

「金は人生の目的に非ず。単に人生の手段たるにとどまる」というのが、正馬の金銭感覚だった。

3　書くという行為

それは他人事ではなかった

正馬にとって、同じ町内の駒込千駄木町に住む漱石は五高時代の英語教師でもあり気になる存在だった。正馬が知りえた漱石の心の状態は家庭内で暴力をふるい、病的行動をおこす人物であった。さらに近隣の学生から追跡されているという、「被追跡恐怖」。見張られていると思う、「被監視恐怖」があり、明らかに被害妄想、強迫観念に陥っている。幻覚の域にも達していて事態は深刻である。

それは、正馬にとって他人事ではなかった。正馬自身、九歳のころ、村の寺で極彩色の地獄極楽掛図を見てから死の恐怖にとらわれるようになった。その後は頭痛や神経衰弱に襲われた。主に、心悸亢進が起こり、いつ心臓麻痺で死ぬかもしれないという恐怖につねにおののくようになった。

漱石の状態は正馬の強迫観念と同じだった。その人物は英国留学後に教師生活を経て小説家となり次々に話題作を世に送り出すようになった。その小説たるや、人間の深い心の闇や醜い部分を照射している。作家自身の恥部や苦悩、秘密などをありのままにさらけ出しているようにも見える。おのれの身体に鑿《のみ》を当てて抉《えぐ》り取る作業に似ていた。

その小説家の心の状態は、病める人そのものである。強度の神経症に陥っている。ところが、日常の生活は破綻していない。社会人としても、家庭人としても生活できている。神経衰弱を克服しているようにも見える。これはどうしたことだろう。

正馬自身が強迫観念や神経衰弱に打ち勝ったと思えた瞬間は、大学時代、試験に備えて猛勉強したときだった。そのときは、心悸亢進や下痢、頭痛、胃部の違和感、身体痛など、自分を苦しめていたさまざまな症状が消えていた。神経衰弱恐るるに足らず、強迫観念は克服できると意を強くした瞬間でもあった。

共通項が多い

わたし（筆者）は、森田正馬と夏目漱石の相似性に注目する。共通項が多いように思える。一方は医者になり、一方は小説家になったというちがいがあるだけのように思えてならない。

二人に共通するのは、変人意識、教育者、神経衰弱、強迫観念、多病才人など。「己を曲げずして」生きる、その生きかたも似ている。正馬は、『森田正馬全集』（全七巻、昭和四十九〜五十年、白揚社）でもうかがえるが、多数の単行本と論文を発表している。一般向けも多く著述家の一面も、もちあわせている。

禅味もまた共通項である。正馬は患者に色紙を頼まれると、禅に影響された言葉を記して与えた。たとえば、次のような語句である。

雑念即無想
善悪不離苦楽共存
日新日々新又日新
何事も物其のものになって見よ　天地万物すべて我もの

鐘が鳴るかや撞木《しゅもく》がなるか撞木当れば鐘が鳴る
折角に坐禅したならば　ありのまゝに　人は人ぞと見てやればよい
事実唯真《じじつゆいしん》（事実を素直にそのまま受け入れる）

などなどである。

悟りえずして

第二章で紹介したように、漱石は満二十七歳のとき、明治二十七年（一八九四）十二月二十三日、鎌倉・円覚寺の山門をくぐった。塔頭・帰源院で雲水の釈宗活に導かれて、管長・釈宗演にまみえて参禅した。その折、「父母未生以前本来の面目如何」という公案を与えられた。そして、約二週間の坐禅ののち、見解《けんげ》（答え）を伝えたが、一蹴され透過《とうか》（合格）できなかった。完膚なきまでに打ちのめされたのである。この参禅体験はのちの『門』や『行人』『夢十夜』などの作品に反映されている。

この公案は結果論だが、漱石にとってかなり重圧のかかったテーマだった。老師が参禅者に与える初級の公案は種々あるが、父母や兄弟、肉親が公案のなかの文字として使われる例は他にはない。与える公案は、老師の好みが反映したり、老師自身が初めて参禅したときにもらった公案を与えたりで、決まりはない。生まれて里子や養子に出され、養父とも軋轢《あつれき》が生じた漱石に、公案にある「父母」の文字は重く響いたはずである。漱石の胸に、それこそグサリと刺さっただろう。刺さって抜けないから苦悶する。参禅後、父母未生以前の公案が生涯を通して通奏低音となって漱石の人生や執筆に影響したと思われる。

漱石は二十七歳のときに参禅し、四十三歳のときに小説『門』を執筆し、主人公・宗助に託して苦い参禅の思い出を綴っている。

正馬も坐禅を体験している。明治四十三年、三十六歳のときに、「両忘会《りょうぼうかい》」と称する禅の修養会に参加している。両忘会は明治の初期に、山岡鉄舟や高橋泥舟《たかはしでいしゅう》、中江兆民《なかえちょうみん》らが円覚寺管長・今北洪川《いまきたこうせん》を招いて坐禅の会として発足した。坐禅により人格形成をはかろうとする一般向けの格調高い修禅の場だった。今日、民間に禅が定着しているのは洪川のおかげといっても過言ではない。

正馬が「両忘会」に参加したとき、釈宗活老師が率いていた。釈宗活といえば、漱石が円覚寺の塔頭・帰源院に入ったとき、漱石を管長・釈宗演の下に導いた雲水である。それから十六年が経過し、釈宗活は釈宗演の命により「両忘会」を再興し、発展させ高名な禅僧になっていた。

正馬は釈宗活から公案を与えられた。それは、「父母未生以前本来の面目如何」だった。偶然であろうが、漱石と同じ公案だった。

正馬は見所《けんじょ》（思い）を示したが、透過できず敗北感を味わって老師のもとを辞した。漱石と同じ結果だった。二人とも悟脱《ごだつ》（さとりを得る）できなかった。この参禅体験と挫折感は後年、森田療法の確立におおいに寄与したと思われる。

正馬は、「形外《けいがい》」と号した。形式を無視し、人間の心のままに生きるという意味を含めている。正馬はあくまで人間の心を重視した生きかたを模索した。

療法確立の前に

正馬は中学時代より克明に日記をつけていた。日々綴ることの重要性に着目している。

明治四十四年（一九一一）八月二十七日付けの日記には漱石が登場する。

「夜、漱石の小説を母上に読んで聞かす」

この年に漱石の新聞連載はない。前年に発表した『門』を母親に読んで聞かせたのかもしれない。

正馬は日記をつけ、おのれ自身を見つめる習慣と時間は、人格形成、人間修養、魂の救済の場になりうると認識したようだ。

これは後年、森田療法の四段階のうち、第二期に活かされている。第二期は軽作業期で、体力を消耗しない軽作業に従事しつつ、日記をつけ、その内容にたいする医師の指導や医師による講話、個人面談をおこなうのを基本としている。なかでも、ありのままの自己を見つめて綴る日記が重要視された。漱石は鏡子夫人が「頭を悪くした」と洩らすように、重い神経衰弱や強迫観念に見舞われていた。正馬の治療を受ければ、倉田百三同様、「治らずに治った」と感謝の念を洩らす可能性があったかもしれない。だが、正馬が森田療法を確立したのは大正九年ころである。大正五年に漱石は死去していて、漱石は受けようにも受けられなかった。

強迫観念があればこそ書けた

そのころ、神経衰弱や強迫観念は治らない病気とされ、隔離して長期の治療が必要と考えられていた。だが、重い患者になりそうな漱石なのだが、隔離や長期の治療を受けていないにもかかわらず、生活破綻はきたしていない。一見、「治らずに治った」状態の生活を送っている。これは漱石が無意識に森田療法の第二期の治療を受けていたからではないだろうか。漱石が救われたのは書くという、その行為そのものによってだったと判断できそうだ。

正馬は、人生における煩悶や懊悩《おうのう》といわれるものが、じつは神経衰弱や強迫観念と同様の心理にもとづくものと考えていた。その苦しみと対峙して克服するには、現実を「あるがまま」に受容して自分を直視することが基本だった。森田療法は、不安や恐怖と共存し自己観察するなか、しだいに現実に順応していく自然な姿を体得する心の病に適した療法だった。

漱石の小説は人間の煩悶や懊悩を描いている。強迫観念があればこそ書けた。不安感は苦悩や愛憎など深い心の闇を拾い出すには、むしろ好都合だった。漱石がおのれの体験や身辺に材をとって書く小説は森田療法の第二期の日記療法と見てとれる。だが、漱石の作品は身辺雑記や体験談に終わらず、類まれなる文章力により普遍性を帯びた芸術作品に昇華されている。漱石の場合、小説家であることで、「書く」という精神作業により、感情は客観化される。苦悩や抑圧から解放され、鬱積した感情も浄化されたであろう。芸術の力だった。

今日、心の病にたいして芸術療法という治療法があるが、わたし（筆者）は、漱石の小説家としての活動は、まさにこの療法下にあったと考えている。

第九章

修善寺の大患

1　三十分の死

東洋城とともに

漱石の俳句に、

秋風やひゞの入りたる胃の袋

がある。明治四十三年（一九一〇）、修善寺《しゆぜんじ》温泉で詠んだ句である。

漱石はこの修善寺で大吐血をきたしている。いわゆる、〝修善寺の大患〟で生死の間を行き来した。

漱石の胃を詠んだ俳句には、

秋暑し癒なんとして胃の病（明治三十二年）

酸多き胃を患ひてや秋の雨（明治四十年）

などがあるが、修善寺温泉の句には、

生残る吾恥かしや鬢《びん》の霜

もあり、いっそう深刻である。胃病は漱石の生死を問う痼疾《こしつ》となった。

漱石は明治四十三年八月に、胃腸病院長・長与称吉の許可もあり、転地療養のため伊豆・修善寺温泉に出かけた。修善寺行きを勧めたのは漱石の門人で俳人の松根東洋城《まつねとうようじょう》である。宮内省式部官の東洋城が、北白川宮《きたしらかわのみや》のお付きで修善寺に出かける予定があったのだった。漱石のほうも知った人がいたほうが何かとよい、東洋城とともに俳句をひねりながらゆっくり療養しようという考えだった。

修善寺温泉は伊豆半島最古の温泉地。静岡県東部に位置し、狩野《かの》川の支流、桂川渓谷に沿って温泉街を形成する。平安時代に弘法大師が掘り当てたという独鈷《とっこ》の湯をはじめ、古刹《こさつ》の修禅寺は鎌倉時代に源頼家《みなもとのよりいえ》が幽閉され源氏一族の興亡の舞台となり、歴史と伝説が息づいている。

夏に弱い漱石が、山深く清流が貫く静かな温泉地に転地療養に出かけるのは理にかなっている。休養して心身ともに元気を回復すれば次なる仕事の意欲も湧いてこようというものだった。また、それを可能にする修善寺行きのはずだった。

ところが、人生最大の危機ともいえる、まさかの大吐血に見舞われるのだった。

カルルスバード

漱石が修善寺温泉の旅館「菊屋」の一室におさまったのは、明治四十三年八月六日、土曜日である。

このときの体調を漱石は記している。

東京を立つときから余は劇《はげ》しく咽喉《のど》を痛めてゐた。（中略）修善寺に着いてからも咽喉は一向好《よ》くならなかつた。医者から薬を貰つたり、東洋城の拵《こしらママ》えてくれた手製の含嗽《がんそう》を用ひたりなどして、辛《から》く日常の用を弁ずる丈《だけ》の言葉を使つて済ましてゐた。

（『思ひ出す事など』九）

咽喉を痛めて満足に声が出ない漱石がいる。

咽喉の不調は鏡子夫人も日ごろから気に留めていた。

いったいどういうものか胃を悪くする時には、きまってその前に咽喉を悪くいたしました。この時〈注・修善寺行き〉もそれでしたが、亡くなる前にもたいへん咽喉をいためましてしきりに咳をしますので、咳止め薬をのませますと、こんどは胃が苦しいといって、それきりでやめたことがあります。

（「修善寺の大患」『漱石の思い出』）

漱石の胃の病気に咽喉の変調が連動しているのがわかる。

この咽喉の変調は胃弱者によくみられる逆流性食道炎にまつわる胃液の逆流によるものと思われる。強酸性の胃液が咽喉まで昇ってくれば声帯粘膜は冒《おか》されて声もかすれ、言葉にならない。

ところで、漱石のこの胃弱の傾向は英国留学時にすでに顕著に見受けられる。

明治三十四年（一九〇一）二月二十一日の日記――。

Carls-bad ヲ買フ

この漱石が買ったカルルスバードは、胃の不調時に用いられる消化薬、緩下薬《かんげやく》（おだやかな下剤）である。チェコ西部、カルロビバ（ドイツ名、カールスバード）鉱泉の温泉水を蒸発させて得られる強塩分の結晶が原材料である。

漱石が「カルルスバード」を常用したようすは「倫敦消息《ロンドンしょうそく》」のなかでも確認できる。

あゝ仕舞つた顔を洗ふ前に毎朝カル、ス塩を飲まなければならないと気がついた。入れた手を盥《たらい》から出した。拭くのが面倒だから壁へむいて二三返手をふつて夫《それ》から「カル、ス」塩の調合にとりかゝつた。飲んだ。

（「倫敦消息」一『ホトトギス』明治三十四年五月）

留学中の日記には、三月にもカルルスバードを購入した旨の記載がある。ほぼひと月に一瓶飲んでいる勘定になる。

ロンドン生活のあらゆる重圧が漱石の胃を攻撃しつづけたようだ。

「どうしても湯がわるい様に思ふ」

漱石は八月六日、松根東洋城とともに雨の中、午後八時半前後に「菊屋」別館にひとまず落ち着いた。

明治四十三年の日記——。

八月六日（土）菊屋別館着。（中略）今夜丈の都合なり。入浴。喫飯。強雨の声をきく。

宿に着いて、まず入浴している。長旅の疲れを癒すために、ひと風呂浴びてから夕食をというのは人情だろう。入浴後に食事を摂《と》っている。

この十八日後に大吐血を起こす。この年、『門』を連載中（三月〜六月）から胃痛に襲われて外出が恐くなるほどに悪化した。さらに、便に何度も血液反応が認められて胃腸病院に入院した。が、吐血の症状はなかった。胃潰瘍の治療を終え、状態が安定したからこそ転地療養も許可された。にもかかわらず、修善寺温泉で生死を彷徨《さまよ》う大吐血をきたしたのである。

この原因をわたし（筆者）は、温泉にあると見ている。それに漱石自身がいち早く気づいているのは胃潰瘍に苦しめられた当人だからであろう。

八月七日（日）浴槽《ママ》に下る。混雑。妙な工夫をしてひげをそる。（中略）○胃常ならず。臓《ママ》満でもなければ疼痛でもなければ嘈囃《そうざつ》〈注・腹鳴〉でもなくて幾分かそれを具《そな》へてゐる。凝《じっ》と寐てゐる眠り覚めると多少は好い心持也。

滞在の二日目も混雑する風呂場ながら湯に入りヒゲを剃っている。

八月八日（月）雨。五時起　上厠便通なし。入浴。浴後胃痙攣を起す。不快堪へがたし。（中略）

〇八時過帰りて服薬。忽ち胃ケイレンに罹る。どうしても湯がわるい様に思ふ。（中略）一時間半過入浴帰りて又服薬。（中略）〇余に取つては湯治よりも胃腸病院の方遥かによし。身体が毫も苦痛の訴がなかつた。万事整頓して心持がよかつた。便通が規則正しくあつた。

三日目は早朝に起床して入浴する。さらに、午後九時半ころ、この日二度目の入浴。だが、その直後、胃痙攣に襲われる。漱石は「どうしても湯がわるい様に思ふ」と感想を記述し、温泉湯の弊害に気づいている。この認識は正しく、重要だった。さらに、「湯治よりも胃腸病院の方遥かによし」との感想も洩らしている。

修善寺温泉はアルカリ性単純泉。硫黄の臭いもなく澄んで透明度も高い湯である。効能は神経痛、筋肉痛、運動麻痺などによいとされる。だが、効能や泉質はどうであれ、温泉の一般的禁忌症として、急性炎症性疾患、急性感染症、出血性の疾患があげられる。

漱石の胃潰瘍は急性の炎症性疾患と考えられ、また、退院したばかりでもあり温泉は禁忌だった。逆に胃潰瘍を悪化させるので、温泉に浸かってはならなかった。漱石の「どうしても湯がわるい様に思ふ」との認識は大正解である。

やってはならないことばかり

漱石が生涯で大吐血したのは後にも先にもこの修善寺の大患のときだけである。入浴がいかに危険な行為だったかと認識させられる。

転地療養するなら、温泉地を避けて、金沢八景《かなざわはっけい》か大磯《おおいそ》あたりの景勝地に出かけて療養すれば危機は避けられたはずである。

「修善寺で浩然《こうぜん》の気を養ってください。しかし、温泉には浸からないでください」

との注意がもし医者からなされていれば、おそらく漱石において、大吐血は免れたであろうと思われる。だが、この時代、温泉医学は未発達で、温泉の功罪、とくに〝罪〟については詳《つまび》らかにされていなかった。

さらに、加えていえば修善寺でもヘビースモークをやめなかったようだ。留学中、ビールを一杯飲んで顔が真っ赤になって火照り街を歩けなかったと回想していて酒は嗜《たしな》まない。だが、煙草は愛好した。喫煙は血管を硬化、縮小させるので胃潰瘍に煙草は禁忌で、禁煙が絶対だった。

修善寺で闘病中、胃腸病院の森成麟造《もりなりりんぞう》医師と禁煙の約束を交わすものの、「左《さ》のみ旨くなけれど夫《それ》程《ほど》害にならぬものを禁ずる必要なし。食後一本宛《ずつ》にす」（日記、九月十日）として、煙草を吸いつづけた。血を吐いてまで煙草をやめない愛煙家の漱石だった。

漱石の場合、湯治目的の修善寺温泉行きは危険きわまりない旅行だった。結果的に胃潰瘍を慢性化させ、寿命を縮め、『明暗』を未完に終わらせてしまった。

八百グラムの吐血

八月八日以降、漱石の日記に入浴の記述はない。湯の害を恐れたためと思われる。体調は改善せず、十二日には胆汁と酸液を一升ほど（一・八リットル）吐いている。

八月十四日（日）天明眠覚む。胃部不安。上厠排便。入浴。酸出。苦痛。

この日、六日ぶりに入浴している。この湯が致命的だったか、翌日から数日間は、苦痛で一字も書けない状態に陥った。

十七日咄《ママ》血〈注・吐血〉。熊の胆の如きもの。医者見て苦い顔す

この医者は地元「大和《だいわ》堂《どう》医院」の野《の》田《だ》洪哉《こうさい》医師で、「菊屋」主人の実兄である。この事態に、同行していた松根東洋城は胃腸病院の医師や鏡子夫人を呼び寄せる手配をとった。

十八日に胃腸病院の医師、森成麟造と元朝日新聞社員の坂元雪鳥が駆けつけ漱石に面会する。

十九日又咄《ママ》血。夫から氷で冷す。安静療法。硝酸銀

この日の午後三時ころに鏡子夫人が到着する。その五時間半後に吐血を目撃する。

友人、新聞社あげて漱石の復帰を願って支援した。胃腸病院の医師団の治療を受け一命をとりとめた。

八月二十四日、関係者が往診を依頼していた胃腸病院の杉本副院長が「菊屋」に到着した。さっそく診察し、その診断は、さほど悪くはない、という内容だった。漱石も鏡子夫人、関係者も一様に安堵した。

ところがである――。

八百グラムの吐血は、此吉報を逆襲すべく、診察後一時間後の暮方に、突如として起つたのである。（中略）余は妻《さい》を枕辺に呼んで、当時の模様を委《くわ》しく聞く事が出来た。徹頭徹尾《てつとうてつび》明瞭な意識を有して注射を受けたとのみ考へてゐた余は、実に三十分の長い間死んでゐたのであつた。

（『思ひ出す事など』十三）

後日、漱石は夫人から三十分ばかり死んでいたとの報告を受けた。明瞭な意識を有していたと思っていた漱石は、認識のちがいに驚いている。

漱石は修善寺吐血を、「八百グラムの吐血」と記すが、鏡子夫人は、「五百カラム」（「病床日記」『漱石の思い出』）と記録している。かなりの差がある。

漱石は大吐血前にも何度か胃液を吐いていて、その総計が八〇〇グラムになるという認識だったのかもしれない。

カンフル注射十五本

この大吐血は夜八時ころに起こった。そのときのようすは鏡子夫人の回想録にくわしい――。

夏目は私につかまって夥《おびただ》しい血を吐きます。私の着物は胸から下一面に紅《くれない》に染まりました。そこへ皆さんが駆けつけておいでになります。顔の色がなくなって、目は上がったっきり、脈がないという始末。それカンフル注射だ、注射器はどうしたというあわてかたです。

（「修善寺の大患」『漱石の思い出』）

「目は上がったっきり」という状態は、眼球上竄《がんきゅうじょうざん》を指し、危篤時の一症状である。さらに、脈がないという状態なので、もはや死の直前の様相を呈している。

鏡子夫人は漱石に代わって日記をつける。

八月二十四日　朝ヨリ顔色悪シ　杉本副院長午後四時大仁《おおひと》着ニテ来ル　診察ノ後夜八時急ニ吐血五百カラムト言ウ　ノウヒンケツヲオコシ一時人事不生《ママ》　カンフル注射十五　食エン注射ニテヤヤ生気ツク　皆朝マデモタン者ト思フ

（「病床日記」『漱石の思い出』）

カンフル注射は人事不省《じんじふせい》時に最後の手段として用いられる、起死回生をはかる特効的刺激剤だった。クスノキの根や幹、枝、葉を細かく砕いて蒸溜《じょうりゅう》（蒸して発生した蒸気を冷やす）し、その液を冷却して結晶化したのが樟脳《しょうのう》で、カンフル注射は、その樟脳の二〇パーセント溶液である。樟脳は水には溶けないので、漱石のころは、オリーブ油ほかの油を溶液としていた。

カンフル注射は昭和五十年代ころまで急性心臓衰弱や呼吸困難に使用した。血圧を上昇させ、呼吸数を増大させるとされた。だが、実際は死を看取る際の儀式的意味も強く、また、痛い注射なので気つけ薬になるとも信じられていた。その後、医療の進歩にともない、救命には無効とされ使用されなくなった。代わって今日では、ショック状態にたいして、各種の循環器疾患用製剤が輸液治療と並行して用いられる。

ともあれ漱石はカンフル注射十五本で命を救われた。奇蹟と呼んでいいだろう。

2　『思ひ出す事など』

ドストエフスキー

漱石は三十分の死を体験した。死の淵からよみがえった人である。同じように死の淵の一歩手前まで行った文学者がいる。漱石はその人物に自分をなぞらえる。ドストエフスキーである。

ドストエフスキーはモスクワに生まれ、『罪と罰』や『悪霊』『カラマーゾフの兄弟』などで知られる。トルストイとともに十九世紀のロシア文学を代表する世界的作家である。賭博に熱狂し、情事に耽《ふけ》った人物でもある。

彼は二十代後半に急進的な政治活動を咎められ投獄された後、死刑の宣告を受けて刑壇に引きずり出されている。彼の父は医者だったが、農奴に殺害されている。こんどは自分が法の裁きで殺害されようとしている。だが、銃殺刑執行の直前に皇帝からの特赦がおこなわれ、刑死を免れシベリアに送られた。まさに危機一髪だった。

病床の漱石はドストエフスキーが刑場に立つ最後の一幕を目に浮かべる。寒空の下、シャツ一枚で震えるドストエフスキーの姿を漱石は何度も想像してやまなかった。

執行人のもつ銃、その引金にかかった指がわずかでも動けば命は失われる。絶体絶命の場面だった。

ドストエフスキーは銃口を突きつけられ死と向かいあった。発狂してもおかしくない瞬間だった。実際、発狂した囚人もいた。しかし、ドストエフスキーは恐怖の瞬間、死の淵からよみがえった。この僥倖《ぎょうこう》には裏があり、特赦は皇帝の権威と慈悲を印象づける演出だったといわれる。

一方、漱石の〝死の体験〟はどうか。

白い金盥《かなだらい》の底に血を吐いたことはありありと思い浮かべるという。だが、その後、妻から告げられた「三十分の死」については実感がないようだ。


其間《そのあいだ》に入り込んだ三十分の死は、時間から云つても、空間から云つても経験の記憶として全く余に取つて存在しなかつたと一般である。

（『思ひ出す事など』十五）


死とはそれほど果敢《はか》ないものかという感想だった。

漱石自身は、「三十分の死」について、実感も記憶もないのである。いわば、無意識のうちに体験した死だった。

「三十分の死」のあいだにとった妻や医者、知人の行動を知るにつけ、ただただ自分の認識との隔たりに驚くばかりである。

余とは、殆んど詩と散文ほどの相違がある

漱石が吐血して周囲は驚愕し、混乱した。救済に向けて、修善寺騒動とも呼べる、てんやわんやの対応だった。

漱石はこの間、ただ、「曠野《こうや》に捨てられた赤子の如く、ぽかんとして居た」だけだった。

吐血の翌日、漱石は、「常の心」で朝を迎えている。

後になって、妻から、

「あなたは三十分ものあいだ、死んでいたのです」

と危機を訴えられても、漱石は、そうだったのかとただうなずくしかなかった。漱石自身に危機感はなく、周囲との隔離に戸惑い、違和感を覚えずにはいられなかったようだ。

漱石は死の門口まで行ったが、当人にはなにも実感はなかった。

漱石は同じく死の門口まで行ったドストエフスキーと自分とを比較する。

漱石は記す——。

運命の擒縦《きんしょう》〈注・自在に操作〉を感ずる点に於て、ドストイエフスキーと余とは、殆《ほと》んど詩と散文ほどの相違がある。

（『思ひ出す事など』二十一）

死の淵を覗いたときの状況に、ドストエフスキーと漱石には、その凝縮度、緊迫度において、雲泥の差があった。眼前に銃口を突きつけられ射殺される瞬間から救われたドストエフスキー。吐血したものの記憶も曖昧《あいまい》な漱石。絶体絶命で死と向かいあったドストエフスキーにとって、このときの

「死」は永遠に生きつづける死だった。一方、漱石は無意識下のゆるい体験の「死」で、時間が経てば薄れる一方の内容だった。

漱石はドストエフスキーとの比較を次のように締めくくる。

今は此想像の鏡も何時《いつ》となく曇つて来た。同時に、生き返つたわが嬉しさが日に日にわれを遠ざかつて行く。あの嬉しさが始終わが傍《かたわら》にあるならば、——ドストイエフスキーは自己の幸福に対して、生涯感謝する事を忘れぬ人であつた。（同）

いずれにしろ、「三十分の死」は漱石に、生と死を深く考えさせる契機になったようだ。

生命を脅かす量ではない

ところで、人はどれほどの血液を失うと死にいたるのだろうか。

鏡子夫人が記録した八月二十四日の吐血量は、「五百カラム」（五〇〇グラム）だった。当然、その量を夫・漱石に伝えている。

漱石は血液と生命の関係を医者にきいたようだ。それを思い出として記述している。

人間は脈の中の血を半分失ふと死に、三分の一失ふと昏睡するものだと聞いて、それに吾《われ》とも知らず妻《さい》の肩に吐き掛けた生血《なまち》の容積《かさ》を想像の天秤に盛つて、命の向ふ側《がわ》に重《おも》りとして付け加へた時ですら、余は是程《これほど》無理な工面をして生き延びたのだとは思へなかつた。

（『思ひ出す事など』十六）

漱石は吐血した後、無理に生き延びたという実感はなく、十分生きられたという認識である。
さて、血液と生命の関係だが、人体の血液量はその人の体重の十三分の一といわれる。
漱石の体重を日記でたどってみる（257ページの表）。

順調に体重は増加し、それにともない体力も増強している。そして、明治四十四年二月二十六日に退院した。じつに四ヵ月半に及ぶ長期の入院だった。

修善寺温泉での体重測定の記録は残っていないので、吐血したころの漱石の体重を一連の記録の流れから、四五キログラムと想定してみる。漱石の体内を流れる血液量——体重の十三分の一は、約三四六一ミリリットル。失うと致死する二分の一の血液量は、一七三〇ミリリットル。昏睡する三分の一は、一一五三ミリリットル。

漱石の吐血量は、五〇〇グラム（ミリリットル）と伝わっている。昏睡する三分の一量に遠くおよばない、医学的に見て、まだまだ十分余力がある。生命を脅かす量ではない。

その余力は、漱石自身の体感でもある。

「余は是程無理な工面をして生き延びたのだとは思へなかつた」との印象である。自分は吐血したものの、みんなが騒ぐほど消耗はしていないと思っている。惨事に遭った印象はなく、周囲の反応との落差が感じられる。

修善寺の吐血は、巷間、〝修善寺の大患〟といわれる。大患は大病、重病の意味である。

漱石の吐血は周囲を驚かせた。吐血による血圧の急低下は一時的に脳血流の均衡を崩してしまう。おそらくすでに貧血の傾向が進んでいた体調に、出血性ショックが重なり失神に至ったのだろう。この突発的に発生した吐血による三十分にわたる人事不省は、「大患」には違いないが、長い失神――大量の胃出血による〝大失神〟と呼んでよいのではないかと思える。

八月二十四日の吐血後は命になんら別状はなく、容態は安定し小康状態を保っている。鏡子夫人の記録にも、「容態異状ナシ」が続く。

漱石は自分の緊急事態に心配して参集してくれた妻や関係者に感謝の念であふれていた。

病に生き還《かえ》ると共に、心に生き還った。余は病に謝した。又余のために是程の手間と時間と親切とを惜《おし》まざる人々に謝した。

（『思ひ出す事など』十九）

漱石の偽らざる実感である。

早く書き残しておかなければ

一命をとりとめた漱石は明治四十三年十月十一日、修善寺を発って帰京し、「胃腸病院」に再入院した。馬車と列車と担架を乗りついで病室におさまった。

その間に詠んだ俳句――。

新らしき命に秋の古きかな

病院では面会謝絶の扱いだった。その入院中に、東京・大阪の両朝日新聞に、『思ひ出す事など』を連載した。東京朝日新聞では、明治四十三年十月二十九日から明治四十四年二月二十日まで、三十二回にわたり掲載した。

わが病気の経過と、病気の経過に伴《つ》れて起る内面の生活とを、不秩序ながら断片的にも叙して置きたいと思ひ立つたのは是が為である。（『思ひ出す事など』四）

と漱石が断っているとおり、思いつくまま筆まかせで書いている。気分のおもむくままに記述しただけに筆が縦横に走り、体力を回復してふたたび執筆できる喜びも感じられ、生身の漱石が随所に顔を出す滋味深い回想記である。なにが出てくるか、執筆者にも読者にもわからない、双方が楽しい随筆である。

第一回目を書き終えたのは、十月二十日だった。入院して九日後である。

記述に重複個所も見うけられるが、筆は闘病ばかりでなく、幼少時、学生時代、読書、交遊など多方面におよび、含蓄《がんちく》に富んだ文章で構成されている。俳句や漢詩も織りまぜられ、生と死の間《はざま》にあった自分を感謝しつつ回顧している。

その冒頭――。

漸《ようや》くの事で又病院迄帰つて来た。思ひ出すと此処《ここ》で暑い朝夕を送つたのも最早《もう》三ケ月の昔になる。（中略）病院を出る時の余は医師の勧めに従つて転地する覚悟はあつた。けれども、転地先で再度の病に罹《かか》つて、寐《ね》たまゝ東京へ戻つて来ようとは思はなかつた。東京へ戻つてもすぐ自分の家の門は潜《くぐ》らずに釣台《つりだい》に乗つたまゝ、又当時の病院に落ち付く運命にならうとは猶更《なおさら》思ひ掛けなかつた。帰る日は立つ修善寺も雨、着く東京も雨であつた。

（『思ひ出す事など』一）

漱石にはこの三ヵ月間の体験が予想外だったようだ。

余は早く思ひ出して、早く書いて、さうして今の新らしい人々と今の苦しい人々と共に、此古い香《かおり》を懐かしみたいと思ふ。

（『思ひ出す事など』四）

漱石は修善寺体験を早く書きたいという気持ちに支配されている。これは物書きの業《ごう》もさることながら、記憶の消失を恐れたからだろう。早く書き残しておかなければ色褪《いろあ》せるとの焦りが筆を執らせたように思われる。

物書きの業

漱石は、「『思ひ出す事など』は忘れるから思ひ出すのである」とも書いて、体験のはかなさに懸念を示している。修善寺の吐血は、漱石に記憶と経験について深く考えさせたようだ。

再入院中の漱石にとっては、一年に一作の長編小説を発表するという朝日新聞社と交わした責めは、この年、『門』を書き終わっているからはたしている。なにも書かなくてよい立場である。にもかかわらず、漱石は書いている。

修善寺の吐血のあと、ようやく東京に戻り四ヵ月半にわたる長期入院中、なにもしないでいるのは物書きを生業《なりわい》にしている漱石にとって苦痛であろう。この間、俳句や漢詩を詠んでいる。

書かずにいられない漱石がいる。

病床に伏してまで、なお書くのは、物書きの業といえるだろう。その行動に朝日新聞の池辺三山は、漱石の身を案じて、よけいなことはするなと叱ったという。静かに寝ていろというごく妥当な助言である。病院では面会謝絶の扱いなのである。だが、漱石は書く。退屈しのぎだ、との返事は恩人への苦しい弁明である。上手な言いわけではない。

漱石は『思ひ出す事など』を執筆するに先立って、妻や関係者から修善寺のできごとを執拗に聞き取っている。吐血後の日記からは、無意識下で起きた三十分の死を詳細に知りたいという漱石の熱意が伝わってくる。周囲から、「死んでいた」としきりに言われても実感の湧かない漱石にとって、事実の掘り起こしは重要だったのだろう。死の体験は自覚がなく希薄だった。時間が経てばなおさら希薄になる。それゆえ、漱石は思い出を紡ぎ出す行為を急いだ。『思ひ出す事など』は、意識と無意識、生と死、記憶と経験、心と身体といった人間の本質をさりげない描写のなかで深く問うている。

漱石が早く書き残してくれたおかげで、今日、われわれは死の門まで行った人の詳細な経験談を読む幸運に浸れるのである。

■「修善寺の大患」前後の漱石の体重

測定日	体重（kg）	備考
明治 43 年（1910） 6 月 18 日	——	胃腸病院に入院
6 月 25 日	48.1	
7 月 30 日	49.4	退院前日
8 月 17 日	——	吐血
8 月 19 日	——	吐血
8 月 24 日	——	大吐血（修善寺の大患）
10 月 11 日	——	帰京。胃腸病院に再入院
10 月 29 日	44.5	
11 月 5 日	45.3	
11 月 12 日	46.7	
12 月 10 日	51	
12 月 24 日	52.1	
明治 44 年（1911） 1 月 14 日	54.2	
1 月 21 日	54.8	
2 月 1 日	56 弱	

3　医者の激しい出入り

ところで、〝修善寺の大患〟前後には、医者の激しい出入りがあった。漱石吐血の背後でいったい、なにがあったのだろうか。

森成医師

八月十七日……修善寺に同行していた松根東洋城が、漱石の胃痙攣や吐血症状を見て、胃腸病院に医者の派遣を要請。鏡子夫人に電報を打つ。

八月十八日……胃腸病院から森成麟造医師が元朝日新聞社員の坂元雪鳥とともに修善寺に駆けつける。地元の野田洪哉医師とともに治療して漱石の症状は安定する。

八月十九日……鏡子夫人が修善寺に到着。

だが、二十日になって、森成医師は、

ほんのちょっと診察のつもりで来たのに、こうやっていつになおるとも知れない病人にいつまでついてるわけには行かない。胃腸病院の仕事もそのままにしてあるのだから、帰りたいと言うのだった。

（「修善寺の大患」『漱石の思い出』）

これをきいた鏡子夫人は驚くとともに心配も募り、怒りをあらわにした。旅行してもよいとの快諾を得ての修善寺行きだった。ところが来る早々、再発するのは医者の診立てちがいと夫人は考えた。

「その病人を打っちゃって帰るなどとはもってのほかだ」

と強く抗議した。

森成医師も困り、杉本東造胃腸病院副院長を呼び寄せる手はずとなった。

二十四日の夕方にその杉本副院長が到着する。診立ては、病状良好だった。一同、安心していたところ、午後八時半すぎ、夫人の着物を紅《くれない》に染めて吐血し意識を失った。それから医師たちによる懸命の治療が始まる。その甲斐あって、漱石の病状は落ち着いてきた。

こんどは副院長が

ところが、その翌日――、二十五日に杉本副院長が、

「どうしても帰らねばならない」

と言いだし、午前中にあわただしく帰京する。

その際、

「この御重態のことですから、もう一度大出血がないとも限りません。万々一それがあれば絶望だと思っていただかなければなりません」

と言い残している。

けっきょく残ったのは森成麟造で、その後、三日間滞在している。森成は新潟県高田（現・上越市）

出身。三年前の明治四十年に仙台医学専門学校（現・東北大学医学部）を出たばかりの若い医者だった。明治三十五年に東京帝大医科大学を卒業している杉本副院長の実力とは比べようもない。漱石という重態患者を預けられて、森成医師も不安だっただろうが、このときの鏡子夫人の心細さは想像にあまりある。

ふつうなら、杉本副院長はせっかく修善寺に来たのだから、しばらく漱石を診て当然の状況だった。それが二十四時間も滞在せずに東京に帰ってしまった。しかも、もう一度大出血があれば絶望だと言っているのである。であるなら、修善寺に逗留して目の前の患者を診るのが筋というものではないか。

杉本副院長の理不尽ともいえる行動の背景には、重大事態が発生していたのである。このとき、胃腸病院では院長の長与称吉が重態に陥っていたのだった。

長与はかなり前から体調を崩していたのである。胃腸病院の関係者にとって漱石も気がかりだが、院長のほうがそれよりはるかに心配だった。

長与は胃腸病院の医師たちの懸命の治療にもかかわらず、この年の九月五日、腹膜炎で死去する。享年、四十四。漱石は、頼みとしていた胃腸病の専門医である主治医を失ったのである。

漱石はその事実をなにも知らなかった。

額田兄弟

この間の事情を、鏡子夫人が記録していた。

八月二十八日　容態別状ナシ　森成さん東京ニ用事ガ出来テ帰ル　病院カラヌカダト云ウ先生代理ニヨコシテクレル
（「病床日記」『漱石の思い出』）

森成に代わって、「ヌカダ」が来た。

八月三十日　晴　容態別ニ異状ナシ　ヌカダ医師午後二時ノ汽車ニテ帰ル　森成サン入リカワリ東京カラ帰テクル

このヌカダ医師とあるのは、額田豊《ぬかだゆたか》をいう。明治十一年（一八七八）岡山生まれで、明治三十八年（一九〇五）に東京帝国大学医科大学を卒業。明治四十年（一九〇七）から四十三年（一九一〇）まで私費でドイツに留学している。当時、私費留学生は日本で数えるほどしかいなかった。長与称吉が院長を務める胃腸病院に勤務したのは、称吉の弟、又郎《またろう》が医科大学で一年先輩にいて、また、同時期にドイツに国費留学しているので縁が生まれたものと思われる。

額田豊は修善寺に八月二十八日から三十日まで滞在していた。漱石の容態は小康状態だった。額田豊はこの年、胃腸病院を離れ、神田裏猿楽町に医院を開業している。

ところで、この額田豊には、晋《すすむ》という弟がいる。晋は大正元年（一九一二）に豊同様、東京帝大医科大学を卒業した。米国ハーバード大学に留学も経験している。

晋は大正十一年六月二十日、病床にある森鷗外の希望で往診に出かけている。鷗外は四十年来、医者の診察を受けず、晋に診てもらうのが初めてだった。晋を指名し、彼以外に診察してもらう意思はない旨、告げている。

診察を終えると、鷗外から、

「これで僕の身体のことは君にすっかり判った筈だ」

と言われている。鷗外に生き延びる意志はなく、晋には鷗外の病勢がすべて理解できていた。

七月九日、「眠るが如く瞑目せられた」として、臨終を看取っている。

鷗外の逝去後、「鷗外博士の臨終」(『新小説』大正十一年八月、春陽堂)と題し、鷗外の印象を一臨床家の目で記している。

その後、昭和三十七年(一九六二)に、鷗外の生誕百年を記念した座談会において、死亡当時、鷗外の死因は萎縮腎と発表されたが、主因は肺結核だったと公表した(『日本医事新報』千九百七十号、昭和三十七年一月)。その当時、不治の病と恐れられ世間で忌避もされていた結核だったので、ほんとうの病名は伏せられていた。

「痰は結核菌の純粋培養のようでした」

と語っている。もちろん、鷗外も自身の不治の病気に気づいていた。

額田豊、晋兄弟は、奇しくも漱石と鷗外という日本を代表する文豪の治療にかかわったのだった。

また、この兄弟は、大正十四年、帝国女子医学専門学校を創設する。現在の東邦大学医学部である。

帰京

漱石の容態は小康状態だった。しかし、あわただしい胃腸病院の医員の動きに菅虎雄や大塚保治など漱石側近は、胃腸病院は不実だ、との声をあげた。そこで、内科医界の大家、入沢達吉《いりさわたつきち》東京帝国大学医科大学内科教授に診てもらう算段をつけたが都合がつかず、代わりに宮本叔《みやもとしゅく》内科助教授に来てもらう運びとなった。宮本は明治二十五年（一八九二）東京帝国大学医科大学を卒業。のちに東大医学部教授に就き伝染病の権威といわれる人物である。

漱石自身は新しい医者に診てもらうのは嫌だと言っていたが、鏡子夫人の説得が功を奏し、九月六日になって、宮本助教授が杉本東造副院長とともに修善寺を来訪した。

このとき、杉本副院長が修善寺に再来したのは、五日に長与称吉院長が死去し、治療の手が空いたからと思われる。

宮本博士の診断は、

「だいぶいいがまだ動かすには早い、もう二週間もしたら帰京しても差し支えあるまい」

との話で、鏡子夫人はおおいに力づけられたのだった。

その後、九月十日に森成麟造が東京に帰る。この日は長与院長の告別式がおこなわれた日だった。修善寺の旅館「菊屋」には、鏡子夫人や小宮豊隆、野上豊一郎が滞在するだけで、医者はいなくなった。吐血以後、医者の不在は初めてだった。漱石の容態は安定しているとはいえ、関係者の不安は募ったにちがいない。そのせいか、十二日になって鏡子夫人は頭痛を訴え寝こんでしまう。そして、この十二日の夜、森成麟造が修善寺に戻ってくる。

九月二十一日の漱石自身の日記――。

昨日宮本博士来診の報あり。日取未だ定まらず。博士は一度余に逢ひたき由過日云はれたる由。
額田さんは漱〔原〕石といふ人はどんな顔か見て置きたいと思つて来たと。

さらに、九月二十四日、宮本叔と杉本東造副院長が修善寺に再来して診察する。翌日、両人は東京に帰る。漱石の帰京は今しばらく猶予された。

十月十日、宮本叔と杉本東造副院長が修善寺にふたたび来訪。診察の結果、帰京が決まる。何人もの医者が入れ替わりたちかわり往き来して、ようやく帰京することが決まったのである。

かくして、翌十一日、修善寺を発ち、東京に帰り胃腸病院に再入院することとなった。

長与院長の死を知る

この間、長与称吉院長の闘病と死については漱石に内緒にされた。関連記事の出ている新聞も見せないようにしてまで気を使った。

修善寺にいる九月十一日、漱石は小宮豊隆に新聞をもってくるように依頼する。だが、小宮は新聞を見せない方針を貫く。漱石は怒りがおさまらない。そこで、看護婦に頼んで野上豊一郎に新聞を届けさせた。ここには、死去した長与院長の記事は掲載されておらず、漱石は死去に気づかなかった。

漱石の入院生活が始まり、あるとき、胃腸病院の医員に、

「病院の関係者にはお世話になった、長与院長によろしく伝えてください。その後お変わりありませんか」

ときいた。

きかれた医員は返答に困った。長与院長の死は世間周知の事実である。

事、ここに及んで、鏡子夫人はもはや隠しだてはできないと判断した。

激怒されるのを予想しつつ、隣室に森成麟造を待機させ準備万端整えて、夫人は、

貴方もあれほど慕って力にしておられたものだから、もしやおきかせして病気に障《さ》わってはと思って、つい今日まで隠していたのです。べつに貴方をだますつもりではなかったのですから、どうか悪く思わないでください。

（「帰京入院」『漱石の思い出』）

と伝えた。癇癪に火がつくと爆発して止まらず、罵詈雑言を浴びせるのが常だった。とくに、「頭を悪くした」ときは収拾不能である。

しかし、きいた漱石は涙ぐみながら、

「それはお気の毒だったな」

としきりに同情し、隠しだてを咎める風は見せなかった。

見違えるばかり人なつこくなったものでした

修善寺吐血以後、漱石の変化を敏感に感じとったのは鏡子夫人だった。

夫人の回想――。

こんどの病気で、前のように妙にいらいらしている峻《けわ》しいところがとれて、たいへん温かくおだやかになりました。私にもほんとうにこの大患で心機一転したように見受けられました。何と申しますか、人情的とでもいうのでしょうか、見違えるばかり人なつこくなったものでした。

（「病院生活」『漱石の思い出』）

胃腸病院に再入院して無聊《ぶりょう》をかこつ漱石は執筆以外になにかしたくてしかたなかった。運動でもと思い、散歩を考えたが、寒くて出られない。そこで思いついたのが趣味の謡《うたい》だった。好きな謡をやりたいと思ったが、夫人はお腹に力が入ってよくないとして反対した。が、どうしても謡いたい漱石は、では医者の判断に任せようと提案した。いかに漱石が謡に熱心だったかがわかる。

胃腸病院の平山金蔵《ひらやまきんぞう》院長の答えは、謡ってもかまわない、一時間くらいなら危険はないという返事だった。平山金蔵は明治三十六年（一九〇三）、東京帝大医科大学卒業。死去した長与称吉の後、院長職に就いた。称吉の妹・道子が妻であり、胃腸病院を継いだのである。

意を強くした漱石は、「奥様へ」と題して、鏡子夫人へ手紙を綴る。

文面は、謡を興じる是非を問う病院長と漱石との問答形式の内容である。

その後段で、

右談話の正確なることは看護婦町井いし子嬢の堅く保証するところに候。してみるとむやみに天狗や森成大家ばかりを信用されては、亭主ほど可愛想《かわいそう》なものはまたとあるまじき悲運に陥る次第、なにとぞこの手紙届き次第御改心の上、万事夫《おっと》に都合よきよう御取り計らい被下度候《くだされたくそうろう》　敬具

天狗は鏡子夫人が頼りにしている占い師。森成大家は胃腸病院の森成麟造医師のことである。天狗

や森成の言うことだけをきいて、亭主の願いをきき入れないのはかわいそうと、ユーモアを交え、同情を買っている。夫の執心に負けて、夫人は謡本を病室に持参した。

こんな冗談まじりのなんとなく心からほほえましくなるような手紙をよこすなどということは、以前にはまずまずありそうにないと言っていいことでした。（「病院生活」『漱石の思い出』）

鏡子夫人の驚きが素直に伝わってくる。

修善寺吐血は漱石の人間性を変えてしまうほどの変容をもたらしたようだ。それは、『彼岸過迄』『行人』『こゝろ』の後期三部作、さらに、『道草』『明暗』の発表へとつながっていく。

ふたたび主治医を失う

明治四十四年（一九一一）二月、漱石は胃腸病院を退院した。八月に大阪朝日新聞の依頼で近畿地方に講演旅行に出かけた。暑さも影響し、胃の具合に変調をきたして吐血もあり、大阪・北浜の湯川胃腸病院に八月十九日に入院した。緊急入院したものの、その後、的確な治療を受けた甲斐があって、約一ヵ月後の九月十三日に退院して、鏡子夫人とともに帰京した。病院長の湯川玄洋《げんよう》は、胃腸病の専門医として知られていた。ノーベル賞を受賞した湯川秀樹博士の義父にあたる。

帰京途中、寝台列車内で肛門に違和感を覚えた。これは持病の痔疾が悪化したものと思われた。

漱石は痔を治療してもらう医者も探した。修善寺吐血をはさみ、胃腸病院で長期入院を経験し、さらに湯川胃腸病院でも一ヵ月入院したばかりで、痔を治すにしろ入院騒ぎはもう嫌だという気持ちが働いていた。

このころ、漱石は胃の不調を須賀《すが》保《たもつ》医師に診てもらっていた。

須賀は仙台医学専門学校出身で、胃腸病院の森成麟造と同僚で胃腸病院の助手を長く務めていた。同窓でもある。明治四十三年の末ころ、胃腸病院を離れ、牛込の赤城《あかぎ》下町《したまち》に開業した。漱石邸とも近く、胃腸病院に入院中も顔なじみだったので須賀に診察を仰いだのである。

ほんとうは気の置けない森成麟造に診てもらいたいところだったが、森成は漱石が胃腸病院を退院してまもなく、故郷の新潟県高田市に帰り胃腸病院を開業していた。森成が須賀に後を託したと思われる。医師たちの個人的な都合が連鎖して、主治医が代わっていたのである。

九月十五日、漱石は痔の痛みに堪えかね高熱も発し、ほとんど眠れず須賀に電話して往診を頼んだ。このとき、須賀は碁敵《ごがたき》で医師の佐《さ》藤《とう》恒祐《つねすけ》と囲碁に興じていた。両人とも仙台医学専門学校出身で、同窓の仲だった。佐藤は神田錦町で診療所を開いていた。

須賀は電話で漱石の痔疾をきいたが、胃腸は診るが痔は専門外。このとき、多少外科がわかるという先輩の佐藤恒祐に同行を依頼した。

佐藤は戸惑いつつも漱石宅を訪れ診察すると、肛門の後側左方が赤く腫れあがっている。肛門周囲膿瘍だった。湿布をほどこすとかなり楽になったが、手術は必要という判断だった。その手術は自宅でもできるという。入院を避けたい漱石は安堵した。

十六日に自宅に往診してもらいコカイン麻酔で切開手術を受けたところ、かなり大量の排膿を見た。以後、痔については佐藤恒祐から手当てを受けることになった。

この手術体験は、小説『明暗』の冒頭に反映されている。

一方、胃腸のほうは、須賀が漱石の主治医となっていた。だが、大正五年（一九一六）四月に十日間患っただけで、須賀が急逝してしまったのである。

不運にも、漱石はふたたび主治医を失ったのだった。

第十章　急逝の裏に

1　小便医者

真鍋嘉一郎

明治三十八年（一九〇五）のある日、漱石は新橋駅でひとりの若い男に会った。

「夏目先生ではありませんか」

そう言いながら、男は漱石に近づいてきた。

漱石はその顔に見覚えがあった。まぎれもない松山中学の教え子である。

「真鍋《まなべ》くんか」

「そうです。先生。真鍋嘉一郎《かいちろう》です」

二人はどちらからともなく手を握った。

このとき、漱石は三十八歳で、前年より一高講師と東京帝大英文科講師を兼務していた。一月に『吾輩は猫である』第一回を『ホトトギス』に掲載していて、その後、二回、三回と長編化をめざすとともに、さらに、短編も発表していて創作意欲にあふれていた。

真鍋は前年の明治三十七年十二月に東京帝国大学医科大学を卒業していて、翌明治三十八年一月に東京帝国大学医科大学の副手に就いている。漱石が『吾輩は猫である』を発表したときに真鍋は医科大学に勤務しはじめ診療に携わるようになっていた。

このころの真鍋の漱石にたいする評価は低かった。

「先生はもっとえらい人になるのかと思ったら、小説家に堕落してしまったか」
と失望しきりである。恩師は文弱の徒に成りさがり、なんと軟弱なことかと悲観している。だが、これは真鍋の特殊な感想ではなく、当時ではごく一般的な受けとめかただった。そのころ、小説家は男子一生の仕事とは見なされていなかった。日本は明治三十七年二月、ロシアに宣戦布告して以来、時まさに、日露戦争の真っ最中だった。そして、『吾輩は猫である』を発表した明治三十八年一月には、要塞二〇三高地を陥落させ旅順を攻略、五月には日本海海戦でバルチック艦隊を撃破して、国内は戦勝気分に沸いていた。軍人となり、大将をめざすことこそ、男子にとって最高の誉《ほまれ》の時代だった。そうした、日本の浮かれた強兵思想に疑問と違和感をもっていたのが漱石だった。

しかし、新橋駅で邂逅《かいこう》した教師と教え子は互いに、その心のうちまでは知る由もなかった。

漱石は懐かしさから、東京帝大医科大学の副手になった教え子に言った。

「君、医学士になったかね。だが、未だ病人はわからんだろう。おれの小便くらいを診ておけ」

真鍋は漱石から〝小便医者〟と扱われたものの、嫌がりもせず、その後時々、小便を検査していた。

「それは辞書が違って居る」

漱石は気安く真鍋を〝小便医者〟として見立てた。教え子で十一歳年下であることもさることながら、松山時代の二人の特別な思い出が、漱石をして心を許さしめたものと思われる。

漱石と真鍋が出会ったのは、松山の中学校だった。漱石は明治二十八年四月、二十八歳のときに愛媛県尋常中学校（のちの松山中学。以下、松山中学で表記）に赴任した。

真鍋は明治十一年八月に、いまの愛媛県西条市に生まれている。父は旧藩士だったが真鍋が幼いころに死去し、母・ますとその兄の手で育てられた。幼少時から秀才できこえていたが、境遇上から苦学を強いられた。このとき、援助の手をさしのべたのは叔父で、生活、学費など物心両面から支援して、ようやく真鍋は学業の継続が可能となった。

この松山中学の生徒間で、ある習慣が代々伝わっていた。

「新しい先生が来たら荒胆《あらきも》を取るのが学生の本分と心得ていた」

というのが真鍋らの考えである。

ところで、松山中学の元をたどれば伊予、松山藩の藩校・明教館《めいきょうかん》にさかのぼる。明治五年に学制が公布されて以来、校名を変えながら愛媛県第一中学として存立していたが、災害による県財政の逼迫《ひっぱく》から明治二十年、廃校にいたった。そこで、有志が伊予教育義会を創立して資金を募り、明治二十一年に伊予尋常中学校（私立）を開校した。藩校と私立だったという、この中学校の歴史と伝統が生徒をして天狗にさせていた。

松山中学の生徒たちは、とにかく、新任の先生を赤面させて教壇に立ち往生させるのを義務と考え、また、楽しみにしていた。むずかしい問を発して返答に行き詰まらせるのである。

当然、漱石も標的となった。しかも、東京から赴任してきた若い学士である。鼻をあかすにはこれ以上の相手はいない。江戸っ子漱石対田舎悪童の構図である。「てやんでぇ」と「ゆるゆるやってくれんかなもし」の対決だった。

漱石相手に対決したのは真鍋だった。

真鍋は教科書の訳をウェブスターの辞書で引いて徹夜で丸暗記して授業に臨んだ。

すると、講義の最中、漱石の訳とウェブスターの辞書の訳とにちがいが生じた。手ぐすね引いて待っていた真鍋は手を挙げ、

「先生。違います。先生の訳は一番いい辞書と訳が違っています」

と得意になって追いつめた。荒胆を取ったつもりの瞬間だった。

だが、このとき、漱石は少しもあわてず、

「それは辞書が違って居る。辞書を直しておけ」

と言い放った。

真鍋をはじめ、生徒たちは思いがけない反撃にあって、為す術がなかった。荒胆を取られたのは生徒たちのほうだった。

書生になりそこねる

漱石にへこまされた真鍋は、その翌日、漱石の下宿先を訪ねた。骨董屋「いか銀」の家で、以前、外国人が住んでいた場所である。

「先生、昨日は失礼しました。わたしは先生のように偉い先生のところに居ましたら、少しは偉くなれるように思います。つきましては、靴磨きでも何でもしますから、置いてくれませんか」

と漱石に頼んだ。

「それは特志な奴じゃ。それでは俺の玄関番にしてやろう」

と即答した。

ところが、漱石はまもなく真鍋を教員室に呼び、

「妻君を持たぬ同志が三人で間借りをする。もう少し月給が多ければいいが、少ないから君を置けぬから、あの約束は破っておく」

と伝えた。玄関番の話は反故《ほご》になった。月給は八十円だったが、いろいろ出費も多く、玄関番の費用は捻出できなかったようだ。

真鍋は漱石の書生になりそこねたのである。漱石との同居生活は幻に終わった。

ところが、そのときから自分のことを終始、念頭に置いてくれるようになった、というのが真鍋の印象だった。

それから十年後の明治三十八年に二人が新橋駅で遭遇したとき、漱石が真鍋を覚えていたのは、こうした特別の経緯があったからこそであろう。

幾何の問題

真鍋が新任の英語教師、漱石から受けた感想は、上品で華族の若さまのようだった、であった。その後、真鍋が三菱の岩崎久彌《いわさきひさや》男爵に会ったとき、漱石から受けたのと同じ落ち着きを覚えたという。ただ、漱石は教科が英語なのに、フロック・コートがなく、いつも紋付き羽織袴姿で教壇に上っていた。

漱石の英語の授業は、しめやかな美しい言葉を使うため、真鍋はいつのまにか講義に引きずりこまれたらしい。それまでの英語教師は英語に多少の心得のある巡査が務めていた。巡査が英語を知っていたのは、日本が他国と交わしていた不平等条約を改正する前の準備として、外国人が来日したときに支障がないよう東京の巡査にたいして英語を学習させたためである。その巡査が松山中学に赴任していたのだった。いわば巡査が本職の人物が、片手間仕事で英語を教えていたのである。満足な英語の専任教師は漱石が初めてだった。

漱石の英語では、いちいち言葉の「プレフィックス」(prefix　接頭辞)と「サフィックス」(suffix　接尾辞)を細かく説明した。

漱石は接頭辞、接尾辞の他に、構文や文法なども含めて、英語の四大要素を重視して教えたようだ。そのため、一時間に三、四行、一年間に四章くらいしか進まなかった。

それで夏目のプレフヰツクス、サフヰツクス、と云ふ綽名《あだな》さへ出来ました。
(真鍋嘉一郎「漱石先生の思ひ出」『日本医事新報』第九百二十七号、昭和十五年六月十五日)

真鍋は漱石の授業はおもしろく、よく理解できると漱石を高く評価している。

漱石の小説『坊つちやん』に真鍋が登場する。

坊っちゃんは数学教師として、初めて教壇に上り、なんとか講釈を終えた。ただ、「生徒は八釜《やかま》しい」と思った。

此調子で二時間目は思つたより、うまく行つた。只帰りがけに生徒の一人が一寸此問題を解釈しておくれんかな、もし、と出来さうもない幾何の問題を持つて逼《せま》つたには冷汗を流した。仕方がないから何だか分らない此次教へてやると急いで引き揚げたら、生徒がわあと囃《はや》した。其中に出来ん〱と云ふ声が聞える。箆棒《べらぼう》め、先生だつて、出来ないのは当り前だ。

この「幾何の問題を持つて逼つた」生徒のモデルが真鍋といわれている。

（『坊っちゃん』三）

苦労の末に

漱石は松山中学に赴任した翌年――明治二十九年（一八九六）四月には辞職し、熊本の五高へ赴任する。

漱石と真鍋はここで離れ離れとなる。

真鍋は明治二十九年に上京して一高に入り、明治三十七年（一九〇四）十二月に東京帝大医科大学を卒業した。一方、漱石は明治三十六年（一九〇三）一月に熊本から上京し、四月より一高の講師と東京帝大の英文科講師を兼任した。

真鍋は東京で生活するものの、一高、医科大学時代に漱石との交流はなかった。あいかわらず生活苦は続いていたが、成績はつねに首席で、その秀才ぶりは学内で知られていた。真鍋の困窮を見かねた友人が、東京病院院長、東京慈恵医院医学校（現・東京慈恵会医科大学）校長の高木《たかき》兼寛《かねひろ》（元海軍軍医総監）を紹介し、月々の補助金を受ける道をひらいた。また、一時期、お雇い外国人で医科大学教師のベルツの家に寄宿して助手を務め、翻訳に従事した。

さらに、同郷の先輩からの勧めで、東京帝国大学医科大学小児科教授・弘田長《ひろたつかさ》の長女、教子との縁談がもちあがった。

真鍋の出来に注目した弘田教授が、

「うちの娘の婿《むこ》に」

と思い部下に打診したのである。その部下が真鍋の同郷の先輩だった。卒業の二年前の話で、卒業後、結婚となった。真鍋は生活苦や学費調達の苦労からようやく抜け出せたのだった。卒業した翌明治三十八年、真鍋は東京帝国大学医科大学副手に採用された。

「君、上手になったんだなア」

二人が新橋駅で遭遇したのはそんなときだった。このときから、ふたたび、漱石と真鍋の関係が生まれる。師、漱石は真鍋を〝小便医者〟として扱った。一人前の医者として見ていなかった。

ところが、真鍋が病床にある谷干城《たにたてき》の治療にあたっていると知ると漱石の態度が変わる。明治の軍人にして思想家の谷干城は、明治四十四年の春ころから体調を崩した。病気は萎縮腎（現在の腎硬化症）で、闘病生活を余儀なくされた。

主治医は東京帝国大学医科大学内科教授・青山胤通だった。真鍋は当時、青山の下で助手を務めていた。谷の病状とともに、青山を補佐する真鍋嘉一郎の名前も新聞紙面に載り、世間にも周知されていた。

谷干城はほどなく五月十三日午後五時半に死去した。享年、七十四だった。

真鍋が青山を補佐して治療にあたっていたのを知った漱石は、あるとき、

「君、上手になったんだなア、谷さんを診るやうになったんだから俺も悪い時には診てくれよ」

と頼りにするような口ぶりを示した。〝小便医者〟から格上げして一人前扱いである。だが、真鍋はただちに漱石の身体を診ることはなかった。この年の三月三十日にドイツ留学の途についたからで

ある。

真鍋と漱石はふたたび離れ離れになった。

真鍋の修学の課題は、物理的療法の研究だった。当時、ドイツにおいて、物理学者レントゲンにより一八九五年（明治二十八）にX線が発見され、その応用が新分野として脚光を浴びていた。また、一八九八年には、キュリー夫妻によるラジウムの発見もあり、物理的療法の研究は急がれた。その研究を究めるため教授会の推薦を受けてドイツに派遣されたのだった。

主治医に昇格

真鍋が帰国したのが、大正三年（一九一四）十二月十五日だった。三年半の研鑽を経て帰国してただちに東京帝国大学医科大学講師に就任した。

この年の四月から八月にかけて、漱石は『こゝろ』を連載した。九月には胃潰瘍が再発し、自宅で一ヵ月の安静生活を送った。このときの主治医は、牛込の赤城下町に開業していた須賀保医師だった。元は胃腸病院に勤務し、助手を長く務めていた人物である。

帰国した真鍋だったが、漱石と交渉はなく、身体を診る機会はなかった。

漱石のほうで、

「真鍋は大学でいずれ教授をせねばならん責任者であるから、そう私の病用に使ってはならん」

という考えかたが根底にあったからのようだ。

漱石が大正五年（一九一六）五月に『明暗』の連載を始める前――。あるとき、真鍋は漱石に、

「先生の病気を診ましょうか」

とたずねた。

だが、漱石は、

「君は内科であるが、俺は胃病だ。胃病にはそういう医者がいるから、君はやはり小便を診とればいい」

と言った。漱石は胃潰瘍と同時に糖尿病に罹《かか》っていた。

「しかし、先生。わたしが胃のほうも診なければいけないのです」

と真鍋は強く全身の診察を求めた。二つの病気に罹っていても、病気は別々の医者が診るものではないという考えかたである。

「いいや。胃のほうは須賀さんのほうで診てもらうから、君のほうは小便だけ診て監督してくれればいい」

漱石は胃の不調は胃腸の医者に診せればよいという考えだった。真鍋がいくら全身の診察を勧めても、どうしてもきき入れなかった。

だが、胃を診ていた須賀医師がこの年の四月に急逝してしまった。そのため、真鍋が漱石の全身を診るようになる。

かくして、真鍋は漱石の〝小便医者〟から主治医に昇格したのである。

2　どうかしてくれ、死ぬと困るから

大学の教師なんか辞めちまえ

漱石は真鍋の研究室を訪ね、二時間ほど話しこんだことがあった。『明暗』執筆の前である。漱石は医学科の研究室を隈《くま》なく観察したという。けっして満足すべき研究環境ではなかった。お粗末と映ったのだろう。

そして、

君は中学も一番、大学も一番、洋行もしてきて、こんな虐待を受けて居るのは、しやうがないぢやないか、もう少し大学から尊重して貰はんと困るぢやないか。大学の先生などやめたらいゝぢやないか。

とけしかけた。

なぜですかと真鍋が問い返すと、漱石は、一時間の講義に三日も用意するのに、学生は上の空で聴いていて、居眠りしている者もいる。こんなつまらぬことはない、としきりに辞職を勧めた。漱石の場合は、大学教師を辞め、新聞文士となり生活を一変させた経緯がある。

かなり熱心な辞職勧告だった。

真鍋は、たしかに虐待的な待遇をうけていると思ったが、とにかく、大学にたいする義務もありますし、新しく課目を開かねばならない責任もありますと伝えた。

すると、漱石は、

「それでは、のるかそるかやつて見てくれ」

と言ったという。

かくして、真鍋は大学に残った。同時に、漱石と真鍋の縁がふたたびつながったのである。真鍋はのちに、大正十五年八月、東京帝国大学医学部に新しい課目として内科物理療法学の講座を開設して、初代の教授に就いている。

ともに学位拒否

漱石が主治医に真鍋を指名した背景には、教え子であるという経緯もさることながら、心情的に通じあった点があると思われる。

漱石は明治四十四年二月に文部省より学位授与の知らせが届いたが辞退している。いわゆる博士辞退事件として世間に知れわたった。

文部省専門学務局長・福原鐐二郎あての書簡で、

是から先も矢張りたゞの夏目なにがしで暮したい希望を持つて居ります。従つて私は博士の学位を頂きたくないのであります。

（明治四十四年二月二十一日）

と記し、博士号の授与を拒否している。

ところで、真鍋も博士号を保持していない。

真鍋は、

「わしの論文を審査できる教授は東大にはいない」

として学位論文を提出せず、したがって、博士号をもっていない。いわば、学位拒否の先駆けで、博士辞退の面からみれば、真鍋は漱石の先輩にあたる。東大教授ながら博士号をもたない最初の人だった。

夏目金之助が、「漱石」と号した背景には、漱石枕流《そうせきちんりゅう》の故事がある。負け惜しみの強い頑固者の意をこめての筆名である。

学位拒否をめぐり、漱石と真鍋は、こうしたやせ我慢を地でゆくところがあり、以心伝心、意気投合した節もあると思われる。

後年、真鍋は、学位を取らなかったのは漱石を真似したと盛んに指摘され迷惑をこうむっている。これに不満を抱いて真鍋は、先鞭《せんべん》をつけたのは私のほうだと博士拒否の真実を訴えつづけた。学位拒否の先輩は真鍋なのである。

ツグミと南京豆

真鍋は漱石の指名により主治医となった。大正五年四月なかばころから糖尿病の管理のため、漱石から届けられる尿と食事内容を点検して生活指導した。

真鍋は漱石の治療に専念しようとした。

だが、漱石は、

「君は大切な職分にあるから講義してくれ、学生の処に行け行け」

と言い、真鍋がかたわらにいることを許さなかった。

真鍋が正しく治療できる態勢はなかなか整えられなかった。

十一月十八日、漱石は知人の大谷正信からの贈答品である「鶫《つぐみ》の粕漬け」を食べた。スズメ目のツグミは当時、食用に供され、珍味とされていた。漱石は骨ごと食べて胃に不快感を覚えている。

さらに、十一月二十一日、知人の結婚披露宴に招待され築地・精養軒《せいようけん》に鏡子夫人とともに列席した。出がけに胃痛を訴える。披露宴の箸休めで出された漱石の大好物、南京豆の油揚げを食べた。もちろん消化はよくないので、胃潰瘍の漱石は食べるのは控えるべきだった。鏡子夫人は気をもみながら見ていたが、席が離れていたので、注意できなかった。

帰り道で、夫人が心配すると、

「なあに、もうすっかりなおったよ」

と平然としていて、南京豆のつまみ食いをいっさい反省していなかった。好物に目がなく、抑えがきかないのが漱石の食癖である。

ところが、翌日になると、夫人に腹具合の異常を訴え浣腸を依頼した。浣腸後、書斎にこもった。昼近くなって、女中が食前に飲む薬をもっていくと、漱石は苦しそうに机にうつ伏せになっていた。

「頭がどうかしている。水をかけてくれ、水をかけてくれ」

苦しそうな夫をみて、夫人は、床《とこ》をとりましょうと漱石を部屋に導いた。

途中、漱石は、

「人間もなんだな、死ぬなんてことは何でもないもんだな。おれは今こうやって苦しんでいながら辞世を考えたよ」

と冗談とも、強がりとも、余裕とも受けとれる言葉を吐いて、寝巻に着替えもせずに床に就いた。目覚めた漱石は真鍋さんを呼んでくれと、真鍋の往診を指示した。

以後、多忙ながら真鍋が中心となって漱石を診た。漱石は嘔吐をくりかえすようになり、一部には血が混じっていた。

漱石の容態は油断できず、衰弱も進んでくる。

二十七日になって、漱石は自分の体調を、

「いいや、苦しかない」

「じゃ、いたむんですか」

「いいや、べつにいたみもしない」

と答えている。

主治医の真鍋はその言葉に首をひねるばかりである。

数日来、胃への刺激を抑えるために絶食状態だった。だが、漱石が空腹を訴えたので、果物汁やアイスクリーム、葛湯、牛乳などを少量摂取する。

二十八日の夜中に、漱石は急に床に起き上がった。なにごとかと夫人が近寄ると、漱石は頭を掻きむしるようにして、

「頭がどうかしている。水をかけてくれ、水をかけてくれ」

と唸《うな》るようにせきたてた。

見ると、夫は白目を剝《む》いて、尋常ではない。修善寺の吐血のときと同じ状況である。脈も弱くなっている。あわてて、看護婦や女中を呼び、医者の手配を急いだ。

夫人は、ともかく水をと思い、そばのヤカンから水を口に含んでは口移しに水を与え、そして、漱石の求めに応じて、

「貴方《あなた》、しっかりなさいよ。しっかりなさいよ」

と言いながら、ヤカンの水を植木鉢に水をやるように、夫の頭に勢いよくかけたのだった。

「ああ、いい気持だ。ほんとうにいい気持だ」

と漱石は言った。

この後、お湯に浸したタオルで体を温めた。夫人の女中への指示や電話など懸命な対応で、近所の医者が呼ばれカンフル注射が打たれた。漱石は、そんなものは必要ないと言ったが、医者の勧めがあり、それを冷静に受けとめて注射を受けた。

やがて若手医師や真鍋も駆けつける。

治療は、止血効果を期待してゼラチン注射〈注・動物の結合組織を煮て得られる抽出液〉や強心剤としてカンフル注射が打たれた。当時、西洋医学では、出血をみる急性胃潰瘍にたいして、絶対安静がはかられ、食事が経口でできないので、肛門から滋養浣腸が実施された。大腸の粘膜から栄養が吸収されるのを期待しての滋養液の注入だが、効果は限定的である。漱石も注腸栄養を受けている。

栄養補給は、今日では点滴が実施されるが、点滴療法が普及したのは第二次世界大戦の後である。

また、胃潰瘍は胃酸の分泌を抑えるH_2ブロッカー〈注・ヒスタミンH_2受容体拮抗薬〉の普及により、患

者が激減し、出血や吐血による死者は珍しくなった。

繰り言めくが……

漱石のカルテが存在していないので、真鍋による漱石へのそれまでの投薬は想像するしかないが、主に、「ロート根《こん》」が与えられていたのでないかと思われる。西洋医学における胃潰瘍の治療ではごく一般的に使用されていた。「ロート根」は、ナス科の多年草、ハシリドコロの根を指す。消化液分泌抑制作用や痙攣《けいれん》を鎮める作用がある。

繰り言めくが、わたし（筆者）は、もし漱石が胃潰瘍の初期の段階から漢方療法を受けていたら、胃潰瘍はかなり制圧できたのではないかと思っている。漢方は内科系疾患に強い。東洋医学は数千年の伝統を有し、歴史の重みに堪えて残っていて、人の病を癒す有効な医学である。

漱石のような胃腸の虚弱体質で胃の疾患に悩む精神労働者（ホワイトカラー）に恰好の漢方処方として、古来から「四君子湯《しくんしとう》」や「二陳湯《にちんとう》」が知られている。他にも、「安中散《あんちゅうさん》」「半夏瀉心湯《はんげしゃしんとう》」「六君子湯《りっくんしとう》」「帰脾湯《きひとう》」「平胃散《へいいさん》」など、多くの薬方がある。漢方では、消化器にたいする処方がもっとも多い。これは古来から人びとがいかに胃腸病に冒され、苦しんできたかの証左であろう。こうした漢方の胃腸にたいする優良薬方が的確に処方されていたら、漱石の「胃」の悩みは相当軽減されたと思われる。神楽坂に住み、『吾輩は猫である』にも登場した漢方医界の大家・浅田宗伯の弟子たちも、当時、東京市内で開業していた。

また、この十一月に漱石を襲った胃潰瘍の出血時の前に、漢方の「甘草湯《かんぞうとう》」が処方されたなら、緊急事態はかなり回避できたのではないかと想像される。甘草湯は、甘草一種類の薬剤から成る漢方薬である。甘草はマメ科多年草、カンゾウの根を薬用とする。痙攣性の急迫症状にたいして即効性があり、江戸時代に別名、「忘憂湯《ぼうゆうとう》」といわれた。この療法は、ドイツ、オランダ、英国などヨーロッパでも古くから伝わっている。西洋医学の一法として日本の医療現場に用いられても不思議はないはずだった。

だが、東京帝国大学という西洋医学の殿堂が、旧弊陳腐としかみていない漢方医学に注目するはずはなかった。明治期、維新政府は明治七年（一八七四）、「医制」を制定し、医師免許は西洋医学のみに与えると制度化した。漢方医学を医学界から事実上、締め出したのである。

十二月九日午後六時四十五分

この夜――十一月二十八日、漱石は鎮痛睡眠剤「パントポン」を飲んで眠りに入った。

真鍋はじめ、駆けつけた医師たちは、その夜、徹夜だった。ゼラチンやカンフル注射をしたものの、ある意味、医師団は手をこまねいて事態の推移を見守っている状態だった。

医学の世界に、「学位は匙《さじ》がまわらない」と言われることがある。権威筋の医者にありがちの、研究や学術には長《た》けているが、臨床――実践医学は不得手をいう。

真鍋は漱石の緊急事態に、周囲に、「弱った」をくりかえした。

一方、漱石は痼疾《こしつ》の弱い胃をいたわる養生生活を心がけたとは言いがたい。隠れて好きな南京豆や甘味を食した。こうした行為は最低限、慎むべきだっただろう。漱石は人の心の分析や描写には熱心だったが、自分の身体の読みには案外、無頓着だった。

そのころの夫人の回想――。

病人の胃部が瓢箪《ひょうたん》のようにぷくっとふくれあがっているではありませんか。それでようやく大きな内出血があったとわかりました。
（「死の床」『漱石の思い出』）

漱石はあいかわらず、真鍋に大学のほうを優先するように命じていた。そこで、真鍋は医局員の井上文蔵（東京帝大医科大学・明治四十年卒）と加藤義夫（同・明治四十二年卒）を病室に侍らし、真鍋自身は隣室に控えて見守った。病人と主治医の化かしあいの様相を呈していた。

それでも心配で、真鍋が部屋に入ると、
「もう君の講義は済んだのか」
とあいかわらず問いかけられた。さらに、侍っている若い二人の医師について、未熟だと揶揄する評価を伝えたりした。

漱石の病勢はさらにつのってくる。胃に貯留している血液にどう対応するかが医師団で検討されたが、策はなかった。真鍋は食塩注射とゼラチン注射で事態をしのいだ。

その後、小康状態を示し、十二月二日には、薄い葛湯を口にするほどの食欲も出てくる。だが、午後になって、排便中に胃出血をきたし人事不省に陥る。医師の数も強化され、ゼラチンやオピウム、カンフル、食塩などの注射が打たれる。

その夜、三度目の出血があり、漱石は真鍋に、
「真鍋君、どうかしてくれ、死ぬと困るから」
と言った。

しかし、その後、容態がやや改善し、重湯や牛乳をごく少量口にした。だが、十二月九日、脈は微弱になり、衰弱も加わり、危篤状態に陥って、午後六時四十五分、死去した。ここに文豪はついに命を閉じたのであった。床についてから、わずか十八日後である。

遺言も辞世もなし

ところで、漱石には文章家には不可欠ともいえる、遺言や遺書、辞世の歌、さらには、闘病記などがない。『日記』で多少の推移はたどれるが、克明さからはほど遠い。

たとえば、友人、正岡子規には、『仰臥漫録《ぎょうがまんろく》』『病牀六尺《びょうしょうろくしゃく》』があり、門人の芥川龍之介は、妻や菊池寛《きくちかん》、小穴隆一《おあなりゅういち》にあてた遺書、自殺者の心境を綴って久米正雄に送った、『或旧友へ送る手記』を残し、森鷗外には、死の三日前に友人の賀古鶴所《かこつるど》に筆述させた『遺言』がある。

すべて自分の死を想定しての著述である。命をしまうにあたって準備をとっている。

だが、漱石は、年来にわたり胃潰瘍を患い、十一月以来、三度も出血したが、遺書めいたものはない。これはどうしたことか。おそらく、漱石自身は、四十代でまだ若いし、自分はまだ死なないと思っていたからではないのか。

さらに、胃潰瘍の最終段階において、なぜ手術は検討されなかったのか。同じ小説家で胃の病に苦しみ、最後に手術が検討された人物がいる。尾崎紅葉である。胃がんであったが、それは漱石の死の十三年も前の話であった。当然、漱石も手術が検討されてしかるべきではなかったか。

3　なぜ手術をしなかったのか

『病骨録』

尾崎紅葉は明治三十六年（一九〇三）三月三日、三十五歳のとき、東京帝国大学医科大学病院の第二内科に入院した。このときの克明な入院記録が『病骨録《びょうこつろく》』として残っている。主治医は内科教授の入沢達吉だった。

尾崎紅葉の履歴をたどると、明治三十年、二十九歳で読売新聞に『金色夜叉』を連載しはじめた。その後、後編、続、続々と発表するうち、『金色夜叉』は爆発的人気を博した。だが、三十一歳ころから胃に変調をきたし、三十三歳のときには、伊豆・修善寺に静養している。宿は「対碧楼浅羽《たいへきろうあさば》」だった。宿こそちがえ、明治四十三年、四十三歳のとき、修善寺に転地療養した漱石と同じである。なお、二人は慶応三年の同年生まれである。漱石が明治二十一年九月、第一高等中学校本科に進学したとき、同窓に尾崎紅葉がいた。

紅葉は修善寺であんまを呼ぶとともに、独鈷《とっこ》の湯や野天風呂に浸かっている。この滞在記録を読売新聞に手紙形式で発表した。入浴時に鏡に映った自分の姿を目にし、「尠《すくな》からず寒心致候」と、愕然《がくぜん》とした心境を綴っている。全身の肉が落ち、骨が枯れていたのだ。紅葉はおのれの肉体を目のあたりにして、執筆活動による胃への影響と体調不良を痛感したのだった。

その後、明治三十五年（一九〇二）四月、三十四歳で読売新聞に『続々金色夜叉続編』の連載を始めた。だが、積年の胃病にいよいよ耐えかね、長与称吉が院長を務める胃腸病院におもむき診察を受けた。胃液検査もおこなわれ、しばらく通院するうち、院長から、胃の右下部あたりの隆起が気になると言われた。そのうえ、体重が減少するようなら入院を、との助言があった。ひとまず、静養を勧められ上総《かずさ》の成東《なるとう》温泉に一週間ほど出かけている。

こうした体調では『金色夜叉』の執筆の継続も不可能となり、五月には中絶せざるをえなくなった。一連の流れから読売新聞社と折りあいが悪化し、紅葉は十三年勤めた読売新聞社を退社するにいたった。紅葉は気分が落ちこみ、胸が痛み、下腹も張り、胃の不快感もおさまらず体調はさらに悪化したのである。それでも十月には二六新報に入社し、『金色夜叉』の続編執筆に挑戦している。

日本初のインフォームドコンセントか

三月十日に入沢達吉教授の診察を受け、夕食時に長沢医師の回診があった。

紅葉は、

胃腑に或種の瘤腫を発し、又其病勢が近来卒《にわか》に増進の歩を取りつゝある

と記している。胃がんを自覚していた。

紅葉は前年の四月末に胃の幽門部《ゆうもんぶ》（胃の末端部で十二指腸につながる部分）のしこりに気がつき、長与称吉の診断を受け、胃がんの疑いを指摘された。そこで、入沢教授の診察を受けて大学病院に入院した。紅葉自身は、自分はがんではないとの一縷《いちる》の望みも抱いていた。

だが、入沢教授にかわって回診にあらわれた長沢医師は、病気の診断については、「未だ試験中の事」ゆえ、判断はつかないが、

若《も》し其《それ》が悲しむべき者であると為《す》るならば、足下《そつか》（あなた）の予期せらるゝ処置は如何《いか》に

と、紅葉に問いかけた。

今や、病気は胃がんに疑いはないのだが、長沢医師は病名を言わずに紅葉に闘病の態度を質問した。ふつうなら医者の意見を押しつけて当然の時代だった。

ところが、長沢医師の場合は、医者が患者に、どうしますか、と相談し判断を委ねている。珍しい場面である。今日の、インフォームドコンセント（説明と同意）を実践していて、日本で初めてのケースではないかと思われる。

七八分の活路

万一、手術が必要ならば、ひとまず退院して転地療養を図り、そのうえで結論を出したいと紅葉は答えた。

すると、長沢医師は、病気をそのまま放置すれば病勢は募るばかりで、募り募った結果は倒れるよりほかはない、として、

然《しか》らば、十分とは行《ゆ》かぬ迄も、七八分の活路ある手術を試みられぬと云ふ法は無い。

さらに、重大な手術なので万全とは言いがたく、不結果のために死期を早める恐れはないとは言えないと付け加えた。

故に死を賭して手術台に上る覚悟は持たれたい。けれども、空然として死の到《いた》るを待《まっ》の愚に勝ることは幾等《いくとう》であらう。

と長沢医師は積極的に手術を勧めた。そのうえで、目下の急務は体力保養の一点だと、摂生して栄養を摂るように強く助言した。

胃がんでなければ手術を勧めはしない。紅葉は胃がんを宣告されたに等しかった。

噫《ああ》、予《よ》は死の宣告を受けたのではあるまい乎《か》！

と紅葉は茫然として、冷めて味のない一合のミルクを啜《すす》るのだった。

さらに、紅葉は外出して葡萄酒《ぶどうしゅ》を買い求め、病室に戻り二盃飲んで、微酔を期待した。ところが、逆に興奮して、熟睡にはほど遠い夜となったが、そのうち眠りに落ちた。

朝、起きてみると、冷水摩浴《れいすいまよく》（冷水摩擦と冷水浴を合わせた方法）の支度ができている。九時半、入沢教授があらわれ診断結果を告げた。

そして、病室を去る際、

「私の誤診であることを希望するのです」

と言った。

紅葉の胃がんは確定したのだった。

そして、四月七日に帰宅した。けっきょく、紅葉は手術を選択しなかった。

世間で、紅葉の命数は六月かぎりで尽きるともっぱらの噂だった。だが、養生とモルヒネのおかげで、七、八、九月と生き抜いた。だが、体調は回復せず、ついに明治三十六年十月三十日、自宅で胃がんにて死去した。享年、三十五だった。『金色夜叉』の執筆で死期を早め、作品と心中したような晩年だった。

内科なのに外科手術が検討された理由

ここでひとつの疑問にぶつかる。それは、大学病院の内科に入院している紅葉が、なぜ外科手術を提案されたかである。

内科なのに外科手術が検討された——。

今日のように、学際的、あるいは、チーム医療が浸透している時代ならともかく、以前、それも明治時代の権威主義、セクト主義がまかりとおっていた時代には、内科と外科のあいだの垣根は、国がちがうほどの高さが存在するといわれた。お互いの権威とプライドが交錯する。内科医は医学の本道と心得て外科を軽視し、外科医は外科医で、内科は頼りにならないと初めから無視している。面子《メンツ》のぶつかりあいがお互いの交流を妨げていた。

医者の世界に次のようなジョークが伝わっている。

「内科医はなんでも知っているけどなにもできない。外科医はなにも知らないけどなんでもする。病理医はなんでもわかるけど事遅し」

ジョークはさておき、紅葉の治療において、内科教授の入沢達吉がメスを執ることはありえない。にもかかわらず、手術を勧めている。

明治初期、新時代を迎えた日本にあってお雇い外国人のはたした役割はきわめて大きい。政治、経済、法律、建築、土木などあらゆる分野で彼らの指導を仰いだ。

医学も例外ではない。日本医学の揺籃期にあって、内科はベルツ、外科はスクリバと両ドイツ人が日本の医学の基礎を築いた。ベルツが明治三十五年に東京帝国大学を退職するまでに、二十六年という長期にわたり内科学を指導し、数多くの内科医を育成した。ベルツが退職した後、入沢達吉が教授に就任し、入沢内科（第二内科）を創設した。その在任期間は、大正十四年三月までの長期におよんだ。まさに日本の内科学の大家だった。

一方、外科を指導したスクリバも明治三十四年に退職した。この間、スクリバの助手を長く務めたのが田代義徳《たしろよしのり》だった。スクリバの退職後、ドイツ留学をはたし、帰国後、東京帝大の整形外科教授に就任している。田代は日本の整形外科のパイオニアである。

医学界では、内科の入沢、外科の田代として両横綱的存在だった。

入沢も田代も明治二十一年東京帝大医科大学卒業の同期である。そればかりか、二人は六十年間、莫逆《ばくぎやく》の交遊〈注・きわめて親密なつきあい〉を続けた。また、二人は、医学書『近世診療技術』（明治四十四年。南江堂）でともに校閲にかかわっている。両人は内科、外科の垣根を越えた親密な関係を有している。

紅葉が入沢内科に入院したとき、田代はたまたま海外留学中だった。だが、入沢が紅葉に手術を提案したのは、田代がスクリバの助手時代に設立した田代病院、あるいは田代人脈のなかで適当な腹部外科の医師のあてがついていたからであろう。

もし、紅葉が胃がん手術を受けたなら……

ところで、当時の日本の消化器外科の現状はどうだったのだろうか。

東京帝国大学医科大学第一外科の教授は近藤次繁《こんどうつぐしげ》だった。近藤は明治二十五年から二十八年まで私費でドイツ、オーストリア、フランスに留学し、大学や病院で最先端外科を学んで帰国した。その習得した医術を日本で定着させるべく身をもって手術を実践した。最新の消毒法を導入しつつ、腹部内臓外科、肺外科、関節結核などの手術を積極的に実施した。近藤は第一外科の二代目教授であるが、その在任期間は、明治三十一年（一八九八）六月から大正十四年（一九二五）九月までの長期にわたる。

近藤の実績をたどると、明治三十年（一八九七）より二年ほどのあいだに六例の胃がん患者を手術し、うち二例を全治させ退院に導いた。腹部にメスを入れ、腹を開いて手術する開腹術そのものが困難視されていた時代に大手術に成功している。

紅葉が明治三十六年に東京帝大医科大学病院に入院していたころ、日本ではすでに開腹手術や胃がんの切除手術はおこなわれていたのである。

なればこそ、入沢教授も紅葉に最後の手段として、手術という選択肢を提示したのである。

世界の腹部外科の歴史をたどるとき、テオドール・ビルロートの名前ははずせない。ドイツ生まれで、一八六七年よりウィーン大学医学部外科教授に就任した。

一八八一年（明治十四）一月、四十三歳の女性胃がん患者の開腹手術を実施した。世界初の胃がん切除手術に成功し、四ヵ月生存した。このときの経験を踏まえ残胃と十二指腸を吻合《ふんごう》する手術法は「ビルロートI法」と呼ばれた。その後、改良された残胃と空腸を吻合する「ビルロートII法」の術式は今日でもおこなわれている。ビルロートは、〝胃外科の父〟として、世界の医者から尊敬の念を集めている。なお、胃潰瘍にたいしてビルロートII法を初めておこなったのは、ライディヒエルで、一八八二年だった。ビルロートの胃がん切除手術の翌年である。

もし、紅葉が胃がん手術を受けたなら、かなりの進行がんが想定され、切除不能で胃空腸吻合術で終わるか、あるいは何とか胃の幽門側を切除できた場合、再建方法はビルロートII法が採用された可能性が考えられる。

病に馴れてしまったか

さて、漱石の胃潰瘍である。主治医は真鍋嘉一郎だった。紅葉とちがって、入沢達吉ではない。漱石が修善寺で吐血したとき、入沢に往診を頼んだが、都合がつかず、宮本叔内科助教授に代わりに来てもらった経緯がある。内科医界の大家、入沢達吉に診てもらうのは患者にとっては大きな安心と完治への夢につながったのだが、漱石は入沢とは縁がなかった。

わたし（筆者）が想像するに、胃潰瘍があまりに慢性的に推移し、ある意味で病気の宥《なだ》めかた、つきあいかたを知っているため、逆に危機感も軽減されていた可能性を考える。胃痙攣や慢性的な胃痛、消化不良は日常的に自覚していたはずである。しかし、それが毎日ともなると、馴れが生じやすくなるだろう。これは危険である。
だが、身近にいる鏡子夫人は夫の異変を敏感に感じ取っていた。夏ころから湯上がりにあせもの粉薬を塗っているとき、夫の背中の感触を夫人は肌で感じている。

指の尖《さき》で一日一日とやせて行くのがわかるのでした。夏まけかしら、それとも糖尿病の食餌療法で喰べ物が違ったので、こうも目にみえて痩せるのかしらと、何にしてもいやなことだと思っておりました。
（「糖尿病」『漱石の思い出』）

十一月ころになると、めっきり痩せ衰えていたという。

今から思えば秋ごろからもうそろそろ死の徴候があったのでございましょう。
（同）

漱石は自分は胃潰瘍であり胃がんではないと安心していたのかもしれない。さらに、自分は西洋医学の最先端を行く東京帝大医科大学の治療を受けている。まちがいはないはずだと信じきっていた可能性がある。しかも相手は松山時代の教え子である。全幅の信頼を寄せていた。
しかし、その治療の過程は手をこまねいているばかりで、あまりにも歯がゆい。

双方の不運

真鍋を主治医に指名してから、漱石は真鍋が大学できちんと学生を教えているか否かをつねに気にしていて、自由に診察させなかった。真鍋は本来なら漱石の枕元に控えて診療に専念したかったはずである。しかし、終始、漱石から授業について問いかけられ、診療に集中できなかった。この点、真鍋は不幸だった。

一方で、主治医が次々に替わったのは漱石にとって不運だった。

くりかえしになるが、まず入院したのが胃腸病院で主治医は院長の長与称吉だった。だが、長与は漱石が修善寺に滞在中に死去する。そこで、副院長の杉本東造と森成麟造が診るようになる。胃腸病院を退院してからは森成が診ていたが、彼が新潟に帰郷してしまい、こんどは胃腸病院の助手を長く務めていた須賀保医師が診るようになる。しかし、その須賀が大正五年四月に急逝する。そして、真鍋が主治医に指名される。目まぐるしい主治医の変遷である。これでは安定した経過観察はできず、治療のマイナス要因になったと思われる。とくに、真鍋は、胃腸病院の関係者ではないので、漱石の〝修善寺の大患〟について、その実態はなにも知らないのである。

十一月に胃内部出血したとき、真鍋は、漱石が死をまったく予期していなかったと回想している。漱石においては、これしきのことで命を落としたりはしないとして、死は本人の想定外に訪れた可能性がある。

ただ、主治医の真鍋も当初は死までは考えていなかったように見受けられる。漱石の上腹部を触診して、しこり（腫瘤《しゅりゅう》や腫瘍）は触れなかったと思われる。胃潰瘍では、通常、しこりはできず、胃がんは否定され、真鍋は薬物や食事療法など、内科的な治療でしのげると踏んだだろう。真鍋の専門は内科のなかでも物療内科である。光や熱など物理学的エネルギーを治療に応用するのが主体。身体にメスを入れ、臓器に手を加える外科的治療からは遠い医学療法である。当然のように、外科には頼らない。

事実として、手術の話はまったく出なかった

これは仮定の話だが、もし漱石が東京帝大医科大学の外科教授にかかっていたなら、手術という治療手段も検討されたはずである。

だが、内科医の真鍋には、外科の世話にはなりたくないという心理もはたらいただろう。しかも、当時、真鍋の身分は講師だった。内科講師が、外科のそれも教授にお願いをたてることは、よほど個人的に懇意にしていれば別だが、まずできなかった。しかも、真鍋の性格は、漱石同様、負け惜しみの強い変物性格。偏屈な真鍋は、外科医とも親交のある入沢達吉内科教授とちがって、交遊関係も限定されている。頼もうにも、懇意の外科医はいなかったと思われる。

もし漱石に手術を実施するなら、修善寺の吐血後、帰郷して胃腸病院に入院したときがよい機会だったかもしれない。胃出血が初回なら外科医は手術をためらうだろうが、胃からの出血を何度も繰り返しているような漱石の例では、すぐれた外科医と設備と術後の管理などの条件が整えば手術は可能だった。

だが、漱石の時代、今日とちがって、開腹手術そのものにかなり大きな危険をともなう。そのため、もし漱石が手術を医者から提案された場合、漱石自身はおそらく断ったであろう。細かい神経の持主なので、失敗したらどうしようと考え、お任せしますとは言えなかったと思われる。

尾崎紅葉では手術の提案があったが漱石ではなかった。紅葉から十三年を経ているから、日進月歩の医学界にあって、開腹手術は冒険的ではあったが治療の選択肢のひとつであり、検討されてしかる

べきだった。だが、するか否かは別にして、けっきょく、真鍋の医師団ではまったく手術の話が出なかった。

佐伯矩の詰問

漱石の死後、真鍋は、手術について問い詰められる場面があった。

「君みたいに幸せな奴はないネ。人を殺して名を挙げたといふものだ。何故《なぜ》手術しなかつたか」

と責めた人物がいた。

嫌みとも受けとれる辛辣《しんらつ》な言葉を吐いた人物は誰か。佐伯矩《さえきただす》である。

佐伯は日本栄養学の祖と位置づけられる医学博士。明治九年、愛媛県新居《にい》郡氷見《ひみ》村（現・西条市）の医家に生まれた。松山中学に学んだので真鍋の後輩にあたる。漱石はすでに辞職していて教えは受けなかった。岡山の第三高等学校（現・岡山大学）を卒業後、医化学や細菌学などを学び、明治三十八年からアメリカに六年間留学し、大正三年には世界初の栄養研究所を設立した。栄養学と最先端の医学に明るい医学者である。帰国後も世界の医学専門誌を取り寄せ最新医学を研究していた。その佐伯から見ると真鍋の治療には疑問が残り、なぜ手術しなかったのかと強く詰問したのだった。

だが、真鍋は、

「私を責めたのは佐伯矩一人です」

と例外的に非難されたと回想している。

真鍋は自身の治療に自信をもっていた。人から責められる筋合いはないと考えていたようなのである……。

むすびに

原稿用紙上の死

解剖の依頼

漱石が息を引き取ってから、夫人は真鍋と二人だけで話をしている。夫人はこれまでの治療にたいして感謝と御礼の言葉を伝えてこう提案した。

ただここで一つお願いがございます。というのはほかでもございませんが、どうか私どものお礼心までに、この死体をおあずけいたしますから、大学で解剖してくださいませんか。

（「臨終」『漱石の思い出』）

真鍋は夫人の申し出に意外の感をもちながらも、医学者として喜んでいる。

そうしていただければ、私たちのほうでは願ってもない幸いで、いろいろ学術上の参考にもなり、また私としましてもこれまでに尽くしてとうとうこんな破目になった以上、その理由がつき

とめたいと思いますが、解剖させていただいてよろしゅうございますか。（同）

真鍋は夫人の提案がまだ信じられず、再度解剖の件を確認している。再確認しても夫人の解剖の意志は固く、真鍋は感謝の念に打たれている。

真鍋自身は次のように記録している。

奥様が「真鍋さん、貴方が三週間も日夜やつてくれて斯《こ》うなつたけれども、貴方が夏目を殺したといつて、世間から非難されると困るから、夏目もさういつて居つたので、ヤハリ貴方のために解剖をする」と言はれました。（中略）誰にも相談しないで解剖するといふことを奥さんが独断で云はれました。（「漱石先生の思ひ出」『日本医事新報』第九百二十七号、昭和十五年六月十五日）

解剖は真鍋が糾弾されるのを防ぐために夫人が独断で配慮したと書いている。

夫人と真鍋が相談している場に松根東洋城がちょうどあらわれた。夫人はその松根にも相談した。

「あなた残酷だと思いますか。私は夏目の平常から推して、当人もこうした研究の材料になることを喜ぶだろうと思いますが」

とたずねた。

松根は、奥さんさえご承知ならむろんけっこうです、とその場で賛同した。夫人は門下の代表格から賛成され、意を強くして解剖に踏みきった。

夫人は頭部と消化器にかぎって解剖を許可した。解剖の動機は、結婚以来の夫の理不尽な行動にあったと思われる。「頭を悪くした」ときの夫の暴言や暴力に長く悩まされてきた。感情爆発や異常行動を起こす、その夫の脳はどうなっているのかという素朴な疑問が生じていたのだろう。また、被追跡恐怖を発症させた脳にも関心があったと思われる。さらに、頭から胃に移って夫を悩ませた宿痾の胃潰瘍についても、その実態を調べたかったのだろう。かくして、漱石の脳と胃が摘出される運びとなった。

ちなみに、尾崎紅葉も死後、遺言により東京帝国大学医科大学、三浦守治《みうらもりはる》初代病理学教授の執刀の下、解剖に付されている。紅葉に倣《なら》い、夫人は、わが主人も、と考えたかもしれない。解剖の前夜、森田草平の発案で死面《デスマスク》の制作が決まり、彫刻家の新海竹太郎《しんかいたけたろう》が呼ばれ原型を作った。顔面上に石膏《せっこう》が流され死面が取られた。

余談だが、新海竹太郎は森鷗外の死面も取っている。わたし（筆者）は、漱石、鷗外という両文豪の死面を制作した人物が同じだったという点に奇縁を覚え、その死面取りの経緯を、「漱鷗のデスマスク」として小説化した。

長与又郎の報告

漱石の解剖は、漱石の死の翌日——、十二月十日に東京帝国大学医科大学にておこなわれた。執刀者は長与又郎である。又郎は漱石が胃潰瘍で入院した胃腸病院院長、長与称吉の弟で、三男である。病理学、病理解剖学の研究のためドイツ留学を果たし、明治四十四年、三十三歳のとき、東京帝国大学医科大学、病理学病理解剖学の教授に就任している。

漱石の解剖には真鍋も立ち会っている。解剖の結果を長与は十二月十六日の講演で克明に発表した。その内容は学会機関誌に掲載され、表題は「夏目漱石氏剖検（標本供覧）」だった（『日本消化機病学会雑誌』第十六巻第二号、大正六年三月三十日）。

漱石夏目金之助先生御遺族ノ特志ニ依リマシテ、今月ノ十日ニ大学ノ病理学教室ニ於テ、私ハ夏目先生ヲ解剖致シマシタ。

で始まる報告である。

解剖は脳の研究と死の原因となった「消化機系統」を調べるために実施されたと説明している。したがって解剖は脳と腹部だけにかぎられ、胸部やその他には及ばなかった。漱石の脳重量は、一四二五グラムだった。日本男子の平均脳重量は、一三五〇グラムなので、漱石の脳は平均よりやや重いという結果だった。

長与又郎は解剖所見を話す前に漱石の病歴をくわしく説明している。胃腸病院での治療や修善寺での吐血のようす、糖尿病の経緯などについてたどっている。

説明は死去直前の大正五年十一月十八日にツグミの粕漬けを食した日の夜から胃痛と膨満感《ぼうまんかん》に悩まされた胃症状を詳細に報告している。二十一日には結婚披露宴に列席して口にした洋食でふたたび胃症状を悪化させた。それから二度の胃内部出血があり、アルカリ剤と鎮痛剤の治療がおこなわれた。症状は悪化の一途をたどり、十二月に入ると、ふたたび胃内部出血をきたし人事不省に陥った。腹部も大きく膨満し、血便も止まらなかった。さらに心臓の力が弱まり、九日の朝には、カンフル注射にも反応を示さなくなった。脈拍は一二〇と多く、体温は三五度と低く、腹部は膨満して太鼓腹となり、ついに午後六時四十五分、「脱血死《だつけつし》」(出血性ショック死)の状態のもとに死去した。
以上、臨床上の経過をふりかえってから解剖所見に言及している。
解剖してわかったのは、腹部が大きく膨満していた理由として、ガスのためではなく、胃部内出血した血液が胃腸内に溜まっていたためだった。さらに、腸を下のほうからだんだんと開いてみると、いたるところにタールのような色をした黒い血液が充満していた。大腸にも小腸の粘膜にも出血した跡はなく、ただ血液でいっぱいだった。十二指腸を検分すると潰瘍や出血の原因はなかったと述べている。

胃がんではなかった

以下が解剖所見の核心部分である。

胃ニ於テ始メテ大キナ特有ナ潰瘍ガアッタ、(中略)小彎《しょうわん》ノ正中線ニ沿フテ幽門《ママ》輪ヲ離レルコト五仙米突《センチメートル》ノ所ニ、長サ五仙米突デ幅ガ一、二乃至一、五仙米突大ノ楕円形デ横ニ広イ潰瘍ガアリマス、此潰瘍ノ中ニハ多数ノ血管ガ露出シテ居ル、右ノ方即チ胃後壁ニアル血管ハ白色ノ血栓デスツカリ閉マツテ居ル、左ノ方即チ前壁方ニハ二三ノ極ク新シイ、赤イ血栓ニ依ツテ其腔ヲ埋メテ居ルトコロノ血管ガ見エル、前ノ白色血栓ノ方ハ全ク腔ガ塞ツテ居リマスカラ、此方ガ古ク切レタ血管デアリマシテ、恐ラク是ガ第一回ノ出血部位デ、前壁ノ露出破壊セル血管ガ十二月二日ニ破レタトコロノ血管デアリマシヤ《ママ》ウト思ヒマス、漱石の胃潰瘍は胃の幽門輪《ゆうもんりん》〈注・十二指腸につながる部分でリング状をしている〉から手前五センチ離れたところに長さ五センチ、幅一・五センチ大ほどで楕円形をしていた。この潰瘍部に多数の血管が露出していて、十一月二十一日の第一回目の出血と十二月二日の第二回目の出血が、この部分に確認できたと報告している。さらに、所見の記述は続き、楕円形の出血部位とは別に幽門部に近い個所に三個の小瘢痕《はんこん》があり、そのなかで壁が厚くなっているところがある。ここが修善寺の大吐血の痕跡ではないかと記している。

ところで、大正五年十一月は大量の胃内部出血がありながら、修善寺のようになぜ吐血しなかったのであろうか。口から大量に吐いてよさそうだが、吐血はない。これはじわじわと少量ずつ出血して、血液がそのまま腸に送られたためである。吐血したなら、修善寺同様、大騒ぎになり入院も検討されたはずである。また、長与又郎の解剖記録にがんにまつわる記述は皆無なので、胃がんは否定されている。

去私と則天の入れ替わり

真鍋は漱石から主治医に指定され、

「僕は真鍋一人に診て貰へば十分であるから」

と言われ、全幅の信頼を寄せられている。

その真鍋は、漱石が最後に出血したとき、真鍋君、どうかしてくれ、死ぬと困るから、と訴えられている。

平常「去私則天」といふことを云つてゐるが、死ぬ時に先生が「死ぬと困る」といつた

（「漱石先生の思ひ出」『日本医事新報』第九百二十七号、昭和十五年六月十五日）

と回想記に述べている。真鍋は、「去私則天」と達観した境地にありながら、「死ぬと困るから」と叫んだ漱石に人間味を強く感じている。

これには漱石の門人たちから、先生がそんなことを言うはずがない、捏造《ねつぞう》して先生を汚すと糾弾されている。だが、漱石の「死ぬと困る」は看護婦もきいているからまちがいはない。

真鍋によれば、漱石は常々、「去私則天」と言っていたようだ。回想記にはわざわざ横に傍点を付けている。それが平常だったなら、いつから「則天去私」に変えたのだろうか。

「去私則天」は、個が先にある。自己本位、自己都合である。個人を捨てて天の言うがまま、天のおもむくまま個を大きな物に委ねている。一方、「則天去私」では、おのれを絶対世界である天にゆだねて、その後から個を捨てる。どちらも意味はそう変わらないと思うが、音感としては「則天去私」のほうが落ちつく。だが、なぜ「則天去私」と墨書して残したかは判然としない。

生死ハ透脱スベキモノナリ

漱石に最晩年の生命にたいする想いがある。

生死ハ透脱《とうだつ》スベキモノナリ回避スベキ者ニアラズ。毀誉モ其通リナリ。

（『断片』大正四年・五年ころ、七〔8〕）

生死の問題は上手にすり抜けるもので、避けて通ってはならない。それは、人の自分への誹《そし》りや賞賛も同じように考えるべきであるという認識である。漱石は死について達観しているようにもうかがえる。生も死もありのままに受けとめて悪あがきをせず、事態を避けて通らず、そのまま現状を受け入れると解釈できる。

この年——大正五年、漱石は五月なかばから新聞連載のために『明暗』を起稿して書き溜めている。実際に始まるのは、五月二十六日からである。漱石の死により、百八十八回で中絶。十二月十四日まで連載された。

机上の原稿用紙には、「189」という回数が記されていたが、本文はなにも書かれていなかった。『明暗』はここで絶筆となった。

演劇人は舞台で死ぬのが本望といわれている。小説家の漱石は原稿用紙に、「189」と書いて倒れた。まさに原稿用紙の上で死んだのである。これ以上の死に場所はないと思える。

本望の死——。

死など予期しなくてよいのである。漱石には遺書や辞世の句は必要なかったと、わたし（筆者）は考える。

主要参考文献

夏目漱石　一九五六年版、一九七六年版、二〇〇四年版『漱石全集』岩波書店。
荒正人　一九八四『増補改訂　漱石研究年表』集英社。
内田貢編　一九八三『夏目漱石と帰源院』鎌倉漱石の会。
夏目鏡子述、松岡譲筆録　一九二八『漱石の思ひ出』改造社。
——一九九四『漱石の思い出』文春文庫。
夏目伸六　一九九一『父・夏目漱石』文春文庫。
——一九六七『父・漱石とその周辺』芳賀書店。
——一九六七『父と母のいる風景』芳賀書店。
松岡譲　一九三四『漱石先生』岩波書店。
小宮豊隆　一九三八『夏目漱石』岩波書店。
——一九四二『漱石・寅彦・三重吉』岩波書店。
——一九四八『漱石襍記』小山書店。
内田百閒　一九四一『漱石山房の記』秩父書房。
森田草平　一九四二『夏目漱石』甲鳥書林。
——一九四三『続夏目漱石』養徳社。
林原耕三　一九七一『漱石山房の人々』講談社。
半藤一利　一九九二『漱石先生ぞな、もし』文藝春秋。
平岡敏夫、山形和美、影山恒男編　二〇〇〇『夏目漱石事典』勉誠出版。

塩谷賛編　一九五六『夏目漱石事典』創元社。
實方清編　一九七二『夏目漱石辞典』清水弘文堂。
古川久編　一九八二『夏目漱石辞典』東京堂出版。
吉田六郎　一九四二『作家以前の漱石』弘文堂書房。
津田青楓　一九七四『漱石と十弟子』芸艸堂。
水川隆夫　二〇〇二『漱石と仏教』平凡社。
大久保純一郎　一九七四『漱石とその思想』荒竹出版。
原武哲　一九八三『夏目漱石と菅虎雄』教育出版センター。
千谷七郎　一九八四『漱石の病跡』勁草書房。
齋藤磐根　一九九五『漱石の脳』弘文堂。
森田美比　一九八一『外科医佐藤進』常陸太田市。
三好行雄編　一九九〇『夏目漱石事典』學燈社。
長与又郎　一九一七「夏目漱石氏剖検（標本供覧）」『日本消化機病学会雑誌』第十六号巻二号・一九一七年三月三十日。
真鍋先生伝記編纂会編　一九五〇『真鍋嘉一郎』日本温泉気候学会。
真鍋嘉一郎　一九四〇「漱石先生の思ひ出」『日本医事新報』第九百二十七号・昭和十五年六月十五日。
長島裕子　二〇一一「漱石の修善寺の大患と坂元雪鳥『修善寺日記』」『日本近代文学館年誌』七号・平成二十三年。
正岡子規　一九七六『子規全集』講談社。
井上眼科病院、井上治郎編　一九八三『井上眼科病院百年史』井上眼科病院。
佐々木研究所編　一九八三『杏雲堂病院百年史』非売品。
東京大学医学部創立百年記念会、東京大学医学部百年史編集委員会　一九六七『東京大学医学部百年史』東京大学出版会。

物療内科同窓会編　一九六六『東京大学医学部内科物理療法学教室50年史』物療内科同窓会。
酒井シヅ　一九八二『日本の医療史』東京書籍。
尾崎紅葉　一九四二『尾崎紅葉全集』中央公論社。
巌谷大四　一九六七『尾崎紅葉』人物往来社。
小田晋ほか編　二〇〇一『「変態心理」と中村古峡』不二出版。
朝日新聞社百年史編修委員会編　一九九五『朝日新聞社史　明治編』朝日新聞社。
読売新聞１００年史編集委員会編　一九七六『読売新聞百年史』読売新聞社。
古川久　一九七八『漱石と植物』八坂書房。
貝原益軒増選、鳥飼洞斎　一九〇七『改正月令博物筌　詩歌連俳季寄註解』求光閣書店。
高木健夫　一九七四『新聞小説史　明治篇』国書刊行会。
――一九七六『新聞小説史　大正篇』国書刊行会。
小野秀雄　一九六六『内外新聞史』日本新聞協会。
川俣建二著　村上忠重校閲　一九七一『胃外科の歴史』医学図書出版。
禅文化編集部　一九八一『明治の禅匠』禅文化研究所。
松山市立子規記念博物館編　一九九五『図録漱石と子規　愚陀仏庵一〇〇年　第31回特別企画展』朝日新聞社文化企画局大阪企画部。
江戸東京博物館、東北大学編　二〇〇七『文豪・夏目漱石　そのこころとまなざし』朝日新聞社。

あとがき

漱石の胃潰瘍は、巷間、よく知られているところである。その病を診た主治医は誰だったのだろうという素朴な疑問が本書を執筆するきっかけだった。

漱石は多病だった。胃病をはじめ、痔疾、糖尿病、神経衰弱、さらに、眼病も患っている。病が漱石を形作ったといっても過言ではないだろう。

治療に携わった医者は、漱石の人生の途上でそのつど代わっている。その中で、晩年にあらわれて看取った医者は漱石の松山時代の教え子である。しかも、『坊っちゃん』の中にも登場する人物であった。

漱石は医学書を読み込み、みずから養生を試みた形跡がある。これは、漱石の兄二人が若くして結核で死去している事実と無関係ではないだろう。当時、結核は死の病だった。当然、漱石は自分も結核に罹るのではないかと恐怖を覚えたにちがいない。だが、漱石の死因は結核ではない。

漱石を悩ませたのは胃病である。その象徴的な出来事は、修善寺温泉での大吐血だった。漱石が書き残している、〝三十分の死〟を体験したのである。その胃病はいつごろからなのか、どんな治療を受けたのか、胃がんではなかったのか、など次々に湧き起こった疑問は本書で解き明かしたつもりである。

ところで、漱石の早稲田の自宅は「漱石山房」といわれ、門人が多数出入りしていた。人徳があっての賑わいで、慕われていたのであろう。練達の滋味深い文章で、人間の心の機微に精通していればこその作品を残していることから、漱石は人間的にも完成された人格を持ち、穏やかな家庭生活を送っていたものとわたしは想像していた。

ところが、鏡子夫人の追想録や子どもたちの随筆を読むと、〝良き夫〟、〝良き父〟からはほど遠い家庭人だった。日常的な悪態、暴言、暴力で、家族は戦々恐々としている。どうやら、漱石は胃病同様、精神的にも苦悩を抱えていたようだ。

その実態はわたしにとって、ひとつの発見であり、ますます興味を惹かれる要素となり、このたび、本書で検証を試みてみた。

わたしは医学・薬学の世界を執筆の分野と決めた中で、文豪の生きざまに医学的にアプローチしたいと思った。特に若いころから読み親しんだ森鷗外、夏目漱石、芥川龍之介については気になっていた。

これまで、芥川龍之介については、睡眠薬による自殺に疑問をいだき、『藪の中の家――芥川自死の謎を解く』として刊行した。森鷗外では、留学先のドイツで撮った集合写真について、『明治二十一年六月三日――鷗外「ベルリン写真」の謎を解く』と題して検証した。そして、このたび、夏目漱石について、その生涯を医学的側面から読み解いてみた。

以上の三作は、わたしにとって、言わば、〝文豪三部作〟のつもりである。

本書は、月刊『大法輪』に、「漱石・明暗を行く――胃病死の謎を解く」と題して、平成二十六年八月号〜平成二十八年十二月号に連載した原稿を、このたび加筆、改稿して単行本化したものである。

『大法輪』誌では、連載の機会を与えていただいた編集長（当時）・黒神直也氏にたいへんお世話になった。

また、連載時から絶えず指導と励ましをいただいた、千葉県・あきば伝統医学クリニック院長の秋葉哲生氏、消化器外科医の秋丸琥甫氏、鉄舟会理事・有賀檡生氏、精神科医の石田孜郎氏、岡山県・すばるクリニック院長の伊丹仁朗氏、東京大学名誉教授の山内一也氏に深くお礼申し上げます。

さらに、本書の刊行を決めていただき、編集過程において、講談社の横山建城氏、原田美和子氏に貴重な助言と示唆をいただいた。深く感謝の意を表します。

新刊本を上梓するたびに思うのは、一人の力には限りがあり、多くの人たちの援助によって一冊が完成するということである。紙面を借りて厚くお礼を申し上げる次第です。

二〇一八年八月　炎夏の日に

山崎光夫

山崎光夫（やまざき・みつお）

一九四七年、福井市生まれ。小説家。森鷗外記念会評議員。早稲田大学教育学部卒業。テレビ番組の構成、雑誌記者などを経て、一九八五年「安楽処方箋」で小説現代新人賞を受賞、同年短編「サイレント・サウスポー」で直木賞候補、一九八六年「詐病」「ジェンナーの遺言」が連続して直木賞候補となる。一九九八年『藪の中の家――芥川自死の謎を解く』で新田次郎文学賞受賞。医療分野に造詣が深く、常に新しい角度から歴史や現代社会をとらえなおした作品には定評がある。『日本の名薬』（文春文庫）、『ドンネルの男――北里柴三郎』（東洋経済新報社、のち『北里柴三郎――雷と呼ばれた男』と改題して中公文庫）、『開花の人――福原有信の資生堂物語』（東洋経済新報社）、『健康の天才たち』『戦国武将の養生訓』（ともに新潮新書）、『老いてますます楽し――貝原益軒の極意』（新潮選書）、『二つの星――横井玉子と佐藤志津　女子美術大学建学への道』『明治二十一年六月三日――鷗外「ベルリン写真」の謎を解く』『我に秘薬あり――家康の天下取りと正倉院の名薬「紫雪」』（ともに講談社）、『小説　曲直瀬道三　乱世を医やす人』（東洋経済新報社）ほか著書多数。

胃弱《いじゃく》・癇癪《かんしゃく》・夏目漱石《なつめそうせき》

持病《じびょう》で読《よ》み解《と》く文士《ぶんし》の生涯《しょうがい》

二〇一八年一〇月一〇日第一刷発行

著者　山崎光夫《やまざきみつお》

発行者　渡瀬昌彦

発行所　株式会社講談社
東京都文京区音羽二丁目一二―二一　〒一一二―八〇〇一
電話（編集）〇三―三九四五―四九六三
（販売）〇三―五三九五―四四一五
（業務）〇三―五三九五―三六一五

装幀者　奥定泰之

本文印刷　慶昌堂印刷株式会社

カバー・表紙印刷　半七写真印刷工業株式会社

製本所　大口製本印刷株式会社

ISBN978-4-06-513381-1　Printed in Japan
N.D.C.910　317p　19cm

講談社選書メチエ　刊行の辞

書物からまったく離れて生きるのはむずかしいことです。百年ばかり昔、アンドレ・ジッドは自分にむかって「すべての書物を捨てるべし」と命じながら、パリからアフリカへ旅立ちました。旅の荷は軽くなかったようです。ひそかに書物をたずさえていたからでした。ジッドのように意地を張らず、書物とともに世界を旅して、いらなくなったら捨てていけばいいのではないでしょうか。

現代は、星の数ほどにも本の書き手が見あたります。読み手と書き手がこれほど近づきあっている時代はありません。きのうの読者が、一夜あければ著者となって、あらたな読者にめぐりあう。その読者のなかから、またあらたな著者が生まれるのです。この循環の過程で読書の質も変わっていきます。人は書き手になることで熟練の読み手になるものです。

選書メチエはこのような時代にふさわしい書物の刊行をめざしています。

フランス語でメチエは、経験によって身につく技術のことをいいます。道具を駆使しておこなう仕事のことでもあります。また、生活と直接に結びついた専門的な技能を指すこともあります。

いま地球の環境はますます複雑な変化を見せ、予測困難な状況が刻々あらわれています。

そのなかで、読者それぞれの「メチエ」を活かす一助として、本選書が役立つことを願っています。

一九九四年二月　　野間佐和子